L'ENFANT DE VINCI

DU MÊME AUTEUR

QUI EST SNOB ? *essai*, Calmann-Lévy, 1973.
ATHANASE OU LA MANIÈRE BLEUE, *roman*, Julliard, 1976.
LE ROMANTISME ABSOLU, *essai*, Stock Editions n° 1, 1978.
LIGNE OUVERTE AU CŒUR DE LA NUIT, *document*, Robert Laffont, 1979.
LA NOSTALGIE, CAMARADES ! *essai*, Albin Michel, 1982.
LES HISTOIRES DE L'HISTOIRE, *récits*, Michel Lafon, 1987.
LA FAYETTE, LA STATURE DE LA LIBERTÉ, *biographie*, Editions Filipacchi, 1989 (prix Contrepoint 1989, Award de littérature de l'Université J.F. Kennedy, prix de la société de Géographie, Plume d'or de la biographie).
DESAIX, LE SULTAN DE BONAPARTE, *biographie*, Librairie Académique Perrin, 1995 (prix Dupleix).
TRILOGIE : L'HISTOIRE DE FRANCE EN TROIS DIMENSIONS :
LES DYNASTIES BRISÉES, Lattès (prix Grand Véfour de l'Histoire), 1992.
LES AIGLONS DISPERSÉS, Lattès, 1993.
LES SEPTENNATS ÉVANOUIS OU LE CERCLE DES PRÉSIDENTS DISPARUS, Lattès, 1995.
LES ÉGÉRIES RUSSES *(en collaboration avec Vladimir Fedorovski)*, Lattès, 1994.
LES ÉGÉRIES ROMANTIQUES *(en collaboration avec Vladimir Fedorovski)*, Lattès, 1996.
ROMANS SECRETS DE L'HISTOIRE, Michel Lafon, 1996.
ALFRED DE VIGNY OU LA VOLUPTÉ ET L'HONNEUR, Grasset, 1997.
LES LARMES DE LA GLOIRE, Anne Carrière, 1998.
AGNÈS SOREL, BEAUTÉ ROYALE, Éditions de la Nouvelle République, 1998.
JE VOUS AIME, INCONNUE. BALZAC ET EVA HANSKA, NiL, 1999 (prix Cœur de France).
LE BEL APPÉTIT DE MONSIEUR DE BALZAC, Éditions du Chêne, 1999.
LA TRILOGIE IMPÉRIALE :
LE SACRE... ET BONAPARTE DEVINT NAPOLÉON, Tallandier, 1999.
LES VINGT ANS DE L'AIGLON, Tallandier, 2000.
LE COUP D'ÉCLAT DU 2 DÉCEMBRE, Tallandier, 2001.
LA GRANDE VIE D'ALEXANDRE DUMAS, Minerva, 2001.
LES VIEILLARDS DE BRIGHTON, *roman*, Grasset, 2002 (prix Interallié).
MES CHÂTEAUX DE LA LOIRE, *carnets de voyage*, Flammarion, 2003.
LES PRINCES DU ROMANTISME, *biographies*, Robert Laffont, 2003.
L'ÉDUCATION GOURMANDE DE FLAUBERT, essai, Minerva, 2004.
SUR LES PAS DE GEORGE SAND, *carnets de voyage*, Presses de la Renaissance, 2004.
SUR LES PAS DE JULES VERNE, *carnets de voyage*, Presses de la Renaissance, 2005.

GONZAGUE SAINT BRIS

L'ENFANT DE VINCI

roman

LE GRAND LIVRE DU MOIS

A la mémoire de mon frère disparu.

A Edouard, François, Bernard,
Jacques, Marie et Henry.

Chacun de nous a dans le cœur une chambre royale ; je l'ai murée mais elle n'est pas détruite...

Gustave FLAUBERT

La littérature n'est pas née le jour où un jeune garçon criant Au loup ! Au loup ! a jailli d'une vallée néanderthalienne, un grand loup gris sur ses talons : la littérature est née le jour où un jeune garçon a crié Au loup ! Au loup ! alors qu'il n'y avait aucun loup derrière lui. Que ce pauvre petit, victime de ses mensonges répétés ait fini par se faire dévorer par un loup en chair et en os est ici relativement accessoire. Voici ce qui est important : c'est qu'entre le loup au coin d'un bois et le loup au coin d'une page, il y a comme un chatoyant maillon. Ce maillon, ce prisme, c'est l'art littéraire.

Vladimir NABOKOV

PREMIÈRE PARTIE

Ô saisons, ô châteaux,
Quelle âme est sans défauts?

Arthur RIMBAUD

A flanc d'abîme, construit
en pierre philosophale,
le château étoilé.

André BRETON

L'histoire est un cauchemar
dont j'essaie de me réveiller.

James JOYCE

L'histoire, il faudrait la
réécrire à chaque époque.

Alexandre DUMAS

L'histoire n'est pas une
science, c'est un art.
On n'y réussit que par
l'imagination.

Anatole FRANCE

CHAPITRE 1

« *Va dormir dans le lit de Léonard* »

Le jour de mon anniversaire, par un bel hiver enneigé, mon père me prit à part et m'entraîna dans la salle des gardes où régnait un froid de glace. Dans la cheminée monumentale, flambaient les bûches de la forêt d'Amboise. Il me dit : « Maintenant tu as treize ans. C'est l'âge de la *robe prétexte* chez les Romains, celui de la majorité chez les rois de France. Tu as le droit, à partir d'aujourd'hui, d'aller dormir dans la chambre de Léonard. »

Il se tient debout, près de la cathèdre Renaissance, ce haut fauteuil en bois sculpté. Sa voix est douce et sa parole est ferme. Il est avec moi aussi tendre qu'impressionnant. Dans ce manoir de brique rose et de tuffeau immaculé qui baigne dans l'or de la Loire, Léonard de Vinci a passé les trois dernières années de sa vie et c'est ici même qu'il a rendu l'esprit. Ici sont venus les grands du royaume ainsi que les artistes pour visiter le maître toscan. Chaque recoin de cette demeure et presque chaque objet est chargé de ce passé légendaire. A droite de la cheminée, un fragment de l'une des premières tapisseries de Tournai évoque les fastes de la chevalerie et *La Chanson de Roland.* Au mur, deux hallebardes et un tinel, sorte de hache qui servait à trancher d'un coup son ennemi, éveillent ma nature violente, tandis que dans une niche, sous une douce lumière, une statue en bois polychrome représentant saint Jean apaise mes tourments. Des coffres en bois du VIe siècle et des sièges de la Renaissance espagnole, recouverts de cuir de Cordoue, attestent de la libre circulation des styles dans l'Europe des cultures.

Je lève les yeux vers mon père. Son passé de courage pourrait me le présenter en armure. Est-il un être réel ou une des statues de la bravoure ? Ses parents déportés pour faits de résistance sont morts dans les camps et lui-même est un héros de la dernière guerre. Il m'en impose et en même temps il est mon père. Avec ses cheveux d'argent rejetés en arrière, sa chemise blanche, sa cravate bordeaux, son costume bleu profond, son ruban de la Légion d'honneur et l'éclat de sa chevalière, il est pour moi, tout simplement, l'image de la France. Il me désigne mon cadeau. Ce dernier, massif, posé sur les dalles, est enveloppé dans un papier de fête. Je me demande ce que cela peut être et me réjouis déjà de la taille inhabituelle de l'objet. Je déchire fébrilement l'emballage et découvre avec étonnement la merveille. C'est un établi de menuisier, dessiné pour un enfant, mais avec tous les instruments nécessaires au travail du bois : une scie égoïne, une équerre, un rabot, un maillet, un niveau, un ciseau à bois, un tournevis, une vrille, une pince, un mètre, un compas, une règle. Douze outils aussi utiles que symboliques, auxquels s'ajoutaient ces gros crayons destinés à faire les tracés.

Etonné, je m'empare de ces instruments de travail en comprenant qu'on fait peu de cas de mes capacités intellectuelles et qu'une nouvelle vocation s'ouvre à moi dans le monde matériel. J'ai en effet perçu que mes parents se demandent ce qu'ils vont bien pouvoir faire de moi, un cadet beaucoup moins doué que son aîné. Car en dehors de mes illuminations en histoire et en français, je récolte de si piètres notes en sciences naturelles, physique-chimie, mathématiques et géographie.

Mon père me regarde attentivement et guette ma réaction face à ce cadeau rustique. Alors, comme s'il voulait effacer l'impression produite sur moi par cette suggestion d'un avenir artisanal, il prononce avec un ton inhabituel et une force étrange une phrase que je n'oublierai jamais. Et cette recommandation énigmatique, qui va me conditionner, c'est le vrai présent de mes treize ans :

« Va dormir dans le lit de Léonard, cela te donnera des idées ! »

CHAPITRE 2

L'Histoire comme une maison qu'on croit connaître

Enfant, lorsque le soir venait dans la demeure familiale à Amboise, je rejoignais mes parents pour le dîner dans une salle gothique dont le plafond à caissons contenait toutes les armoiries des propriétaires qui s'étaient succédé dans cette demeure de Touraine. Le manoir avec sa tour octogonale, ses deux corps de logis, sa chapelle de pierre blanche, sa toiture d'ardoise, son colombier au fond du parc, son prieuré, sa rivière et ses haies vives, s'enfonçait doucement dans la lumière dorée et déclinante du val de Loire, que le génie italien comparait à celle de la Toscane.

Ce Clos-Lucé d'Amboise où avaient été élevés les enfants de France était aussi la maison des femmes ; les mères, les sœurs, les épouses ou les maîtresses des rois. Auprès du château royal, il était la résidence du repos, de l'enfance, de l'amour, celle de l'enchantement et de la fête. Louise de Savoie y avait préparé son fils François à être roi, Marguerite de Navarre y écrivait *L'Heptaméron* et Anne de Bretagne la duchesse en sabots y priait en son oratoire. Un dauphin y avait été élevé, Charles Orland, mort prématurément, prince titubant d'un avenir incertain. François Ier, belle petite brute amicale, s'y était battu comme je le faisais avec mes frères dans la tour carrée dont la pierre des escaliers étroits, bordés de fer, blessait nos genoux. Nous avions les mêmes jeux, les mêmes arcs, les mêmes embuscades au fond du parc et j'avais créé mon royaume en bâtissant une cité lacustre sur la rivière l'Amasse où je me croyais le seul maître dans la forteresse des bois. Le goût du lierre avait ma préférence ; il me paraissait être le parfum du temps. A table, j'étais toujours emporté dans mes songes et, dans la symphonie des cuillères d'argent, négligeant mon potage, je levais les yeux vers les armes aux couleurs éclatantes ornées d'animaux magiques et de signaux mystérieux ; déjà je regardais l'Histoire comme le ciel de ma vie.

Plus tard si une insolence, une maladresse ou une distraction m'avaient fait punir par mon père, je me retrouvais écarté de la table familiale, jeté au-delà de la lourde porte de bois ouvragé qui se refermait sur moi. Je restais collé à sa chaleur, tentant d'entendre encore les propos placides de cette famille heureuse, la mienne, mais, déjà, rejeté malgré moi dans l'obscurité de l'Histoire tandis que filtrait sous la porte le rai de lumière de ce dîner dont j'étais exclu et qui s'éternisait. Je me retrouvais seul dans le noir, plongeant dans la peur délicieuse de ce château hanté par le génie, car Léonard de Vinci avait reçu d'un roi de vingt ans le manoir du Cloux en cadeau souverain. Ce n'était pas seulement dans sa demeure que nous vivions mais c'est là qu'il était mort le 2 mai 1519. Tout cela je le savais et je ne pouvais m'empêcher de penser que son âme, son esprit et pourquoi pas son fantôme hantaient chacune de ces pièces, chacun de ces sombres couloirs et plus que tout sa chambre où il avait dormi chaque nuit, puis rendu l'âme.

Alors commençait la longue marche qui devait me mener à ce qui était désormais ma chambre. Il me fallait m'armer de courage pour m'arracher à la chaleur des autres, pour accéder à cet étage après un long et dur parcours. Il s'agissait de traverser le couloir étroit et secret donnant dans la salle des gardes, cette étendue de mystère et de menaces dans l'obscurité où brillaient, aux premières lueurs de la lune, les lames argentées des hallebardes, puis je devais gravir les escaliers dont les marches conduisaient aux appartements. Enfin, ultime frayeur, passer à côté de la porte toujours ouverte de la chambre de Léonard où soufflait encore le vent puissant du génie qui avait traversé les Alpes, et dont le visage imprimé dans mon cœur me faisait l'effet d'une montagne de domination avec ses cheveux immaculés telles des neiges éternelles étalées sur ses versants. Parfois, j'osais entrer dans sa chambre, attiré par les cabinets italiens incrustés d'ivoire dont les tiroirs à secrets étaient traités à la façon des colonnes d'un temple. Et puis au fond de cette pièce étrange il y avait mon amour, ma fiancée, la petite Marguerite des Marguerites, peinte par François Clouet. Elle me fixait de son air intelligent et doux. Plus tard, Marguerite de Navarre écrira des fabliaux, des histoires à partir des intrigues de la cour, des contes moraux pour mieux comprendre les vérités étonnantes de l'amour.

J'étais arrivé au seuil de la chambre de Léonard quand soudain un bruit insolite m'alerta et m'inquiéta. Etait-ce un oiseau ou une chauve-souris qui avait frappé la fenêtre à meneaux ? Sa volonté était-elle de me faire peur ou simplement de visiter le père du vol libre, Vinci, qui s'était endormi ici pour l'éternité ? L'effroi m'avait saisi. J'étais seul entouré d'ombres, et en me retournant brusquement pour tenter de fuir, alors que je n'y voyais goutte, je reçus un coup violent. Mon front venait de heurter la table de travail du plus grand génie de tous les temps. Ce fut un choc. On a le droit d'avoir peur quand on est encore enfant et qu'il est dix heures du soir !

L'Histoire est à revisiter comme une maison qu'on croit connaître et dont on ne possède finalement que bien peu de clés. Les jours et les ans nous voient faire dans cette demeure inlassablement les mêmes parcours, user les mêmes dalles de nos pas, pousser les mêmes portes, hanter les mêmes pièces du souffle de nos corps endormis. C'est à la faveur d'un accident, la vitre cassée d'une fenêtre aveugle, que je découvris une courette intérieure au sommet de la tour et un passage condamné entre l'aile du château et le corps du bâtiment. Ainsi, dans cette maison où je vivais depuis des années, existaient des endroits secrets dont je ne soupçonnais même pas l'existence. L'enfance en offrant un accès direct à la vie sauvage favorise ce genre de découverte : au pied du mur du château, cachée dans les buissons qui occultent les fondations de l'ancienne forteresse, se trouve la source inconnue, la fontaine merveilleuse, la porte des ombres, l'arche des ondes mystérieuses qui, quand l'eau est basse, donne accès au sous-sol du château, au trou béant de l'Histoire, à cette obscurité nécessaire qui, une fois traversée et vaincue, vous permet d'accéder à l'autre lumière. De même en est-il des chambres fermées qui, telles ces demoiselles distinguées, gardent un air de perpétuelle jeunesse. Combien d'heures ai-je passées dans la chambre aux pommes, où notre cuisinier Maurice, personnage aussi fruste que fabuleux, soucieux du sort d'une famille nombreuse, entassait les fruits de l'automne dans sa peur de manquer sans cesse entretenue par le souvenir d'une guerre qui n'était pas si lointaine. Cette chambre aux pommes était contiguë à celle de Léonard mais séparée d'elle par un mur épais, et l'on ne pouvait y accéder que par un petit escalier sinueux et sournois, qui partait d'un jardin plein de roses, traversait les communs, et dont la première marche se trouvait aux cuisines. Le parfum de la chambre aux pommes était celui de l'oubli et sa température étrange s'expliquait par le fait que cette pièce était constamment fermée et par l'entassement des épaisseurs successives des siècles. Une couche de poussière argentée recouvrait ses livres, ses partitions de musique, ses lettres et ses secrets dont se repaissait mon âme tout entière.

CHAPITRE 3

Un château hanté par le génie

Quoique vivant dans une demeure historique, ouverte au public, j'ai toujours échappé à la visite guidée. Pour moi, l'Histoire était de chair et de sang ; de caresses et de peau douce. Le soir, sous un ciel de lit parsemé de fleurs de lis, je rêvais en lisant *Quentin Durward.* L'histoire d'un jeune page écossais qui découvrait au château de Plessis-lès-Tours la cour de France à l'ombre menaçante du plus rusé des rois, Louis XI dont la première femme était Marguerite d'Ecosse, m'enchantait. Tout cela n'était pas si loin puisque nous avions sur l'autel, dans la chapelle du Clos-Lucé, un crucifix qu'avait serré dans ses mains Marie Stuart. Mais j'ignorais encore que le pouvoir de l'imagination était aussi un pouvoir d'investigation et je ne savais rien de cette phrase de Pouchkine qui allait devenir pour moi une profession de foi : « Le vrai délice des romans de Walter Scott vient de ce que nous y prenons connaissance du temps passé comme s'il s'agissait de la vie quotidienne. »

A l'image de mes fugues dans la forêt d'Amboise, j'allais tomber dans l'Histoire sur des clairières inconnues, découvrir après des heures de marche des étangs sans nom et des cavernes inattendues cachées par le lierre dont tout disait à l'intérieur qu'elles venaient encore d'être fraîchement habitées. A notre insu, à côté de nous, des vies respirent, des cœurs palpitent et à quelques centimètres de mes doigts qui frôlent des murs dans la nuit, des indices du fond des âges refusent de s'assoupir. C'est ici que j'ai découvert les envoûtements de l'Histoire, à la croisée des grands destins et des petits faits entre ce qui ne verra le jour que plus tard et ce qui est seulement né pour s'évanouir. Je guettais l'instant furtif et fabuleux où l'incroyable apparaît quand le hasard fait un signe qu'il ne renouvellera pas. Cet instant où, à force de recherches, de travail, de temps perdu ou de hasards retrouvés, on peut tomber sur l'indice, la découverte, le détail immense, l'apparition d'une vérité inconnue des autres. Cet instant comparable peut-être à celui que vécut saint Hubert – dont la chapelle domine Amboise – quand, dans la brume de la forêt, il vit briller, au-devant des feuillages entre les bois du cerf, la croix du Christ.

Car pour nous enfants des livres et des songes, fils curieux des oubliettes et des récits à cadenas rouillés, il est une histoire verticale qu'on regarde d'en bas comme une tour imposante et une histoire horizontale sur laquelle on se couche comme sur le vieux divan d'une chambre oubliée. L'histoire verticale découpe en tranches dorées la succession des héroïsmes qui ont bâti une nation intégrant dans cet habit de lumière les ruses et les méfaits. L'histoire horizontale, c'est celle des jours à côté, des jours oubliés aux horizons immenses. Elle donne le vertige d'une plaine infinie. Leur rencontre c'est la vérité nue, quand l'épée brillante de la mémoire des humains surgit du noir fourreau des illusions entretenues. Toute mon enfance, j'ai traqué les histoires comme un veneur s'obstinant à vouloir capter ne serait-ce que la vision du passage de la Licorne.

Une vieille dame de compagnie qui habitait à la maison depuis des lustres et qui avait été au service de ma grand-tante m'en racontait de belles. De belles histoires. Elle s'appelait Mademoiselle Vote et pour nous, les enfants, par l'extravagance de son esprit, par le style de ses vêtements et par l'étrangeté de son comportement, elle était un perpétuel sujet d'étonnement. Elle-même, dans sa jeunesse, avait été éperdument amoureuse d'un prince polonais retiré dans la forêt de Loches, non loin du château de Montrésor, qui avait la capacité magnétique, en fixant d'un œil impérieux un aigle empaillé pendu au plafond, de le faire tournoyer par la seule force de son regard. Cette ancienne demoiselle m'avait offert un objet qui lui était infiniment précieux et dont je n'avais osé penser qu'elle se séparerait un jour. C'était un petit cor d'ivoire serti d'argent, fait pour un infant, dont le son était prodigieux. Aussitôt maître de cet instrument de magie, je bondis dans la forêt d'Amboise pour enchanter de la musique de l'oliphant les animaux qu'on voit sauter dans les grandes allées. Las, il m'arriva ce jour-là la pire des mésaventures. Je perdis le premier objet précieux que j'avais vraiment désiré. J'ai fouillé l'entassement des feuilles, retourné la boue sèche, noué mes mains autour des racines. Puis je suis entré dans une grande fureur. Je me suis retiré pour pleurer dans un arbre creux. Jamais je n'ai retrouvé la trompe de chasse ciselée à merveille pour un chant si pur. Et pourtant, aujourd'hui, j'entends le son de cet instrument parmi les feuilles de ce livre. Il chante la complainte de l'Histoire encore et toujours oubliée, voulant manifester sa présence vert-de-gris dans les pourritures d'or de l'automne alors qu'il est à jamais fondu dans les verdures éternelles.

CHAPITRE 4

La visite au chanteur d'opéra

« Venez avec moi, nous allons rendre visite au chanteur d'opéra. » Mon père, qui avait fait ce qu'on appelait alors une *belle guerre* comme jeune lieutenant au 1er bataillon de choc et que son courage médiéval, allié à l'audace du parachutiste, avait conduit en première ligne jusqu'à libérer l'Alsace sous les ordres de de Lattre, avant d'occuper l'Allemagne sur le lac de Constance, tenait beaucoup à ce que ses enfants, en cette période de l'Avent, rendent visite à l'ancien combattant qui demeurait en contrebas des fondations du château dans une masure donnant sur un potager où il avait hébergé ce héros de la guerre de 14. Il est du devoir des pères d'offrir à leurs enfants des exemples, de leur révéler les réalités malheureuses de l'existence, sans pourtant les dégoûter de se conduire en gens de bien. Mission périlleuse, car jusqu'où peuvent-ils aller dans la révélation d'une vérité souvent sinistre et jusqu'où l'éclat de la légende peut-il couvrir de ses réverbérations lumineuses les saletés de la vraie vie ? C'est entre ces deux extrêmes que la balance de l'éducation doit choisir le plus juste des angles.

Malgré la modestie de la maison de Monsieur Claret, on percevait à l'intérieur une certaine atmosphère de grandeur. Le souvenir des tranchées ne s'était pas dissipé dans ce bric-à-brac enfumé où le héros de Verdun tentait, s'appuyant sur sa canne, de se lever du fauteuil pour accueillir le héros de 39-45 entouré de ses petits, aussi inconscients qu'intrigués. Encore une fois mon père ne put s'empêcher de le prier de nous conter ses souvenirs de guerre et je me demandais s'il le faisait pour satisfaire sa curiosité inlassable du récit d'un brave sur la capacité de survie de la nature humaine, même lorsqu'elle est enterrée, ou s'il désirait entendre répéter ce récit, pour l'effet d'exemple que sa force pathétique devrait exercer sur nous.

Monsieur Claret était un conteur efficace. Avec son discours impeccable entrecoupé de détails sordides, il vous plongeait dans la tragédie boueuse qui avait aligné les noms de millions de Français sur les monuments aux morts de nos villages. De ses lèvres minces tombaient des descriptions horribles et malgré l'innocence de ses yeux bleus translucides, il nous entraînait dans des orages d'acier et des vapeurs d'ypérite. Sous le déluge de ses mots nous vivions l'épreuve du feu, l'enfer des poilus, la peur dans les bourbiers de la Picardie, la vue sombre des champs labourés d'obus où s'élevaient quelques croix de bois dans le soir et les matins menaçants de la relève pour le Chemin des Dames. Ferdinand Claret nous racontait sa guerre : « Il m'est arrivé de transporter un blessé avec un ami, un copain qui tenait le brancard, visible par les Allemands qui nous canardaient. Alors moi je me couchais tout de suite. Le major restait debout. S'il avait été tué, il aurait été tué debout. Le blessé, lui, criait tout ce qu'il pouvait. Il nous traitait de tous les noms. Je n'avais jamais vu un officier se coucher lors des bombardements. Tous les officiers que j'ai vu tués étaient tués debout. » Les mots de l'ancien combattant laissaient mon père rêveur. Lui aussi, jeune lieutenant, avait failli y rester. Un de ses hommes blessé, posté en arrière au-delà d'un muret qui protégeait le reste de la troupe, gémissait sous la menace du feu des Allemands. Aucun des costauds du peloton, même avec toute l'amitié du monde, n'avait envie de se faire trouer la peau en allant le chercher. Et ce jour-là, mon père, que ses hommes considéraient comme un binoclard de Sciences Po et un intello parisien dégingandé, sauta le mur, et en rampant s'approcha du pauvre soldat abandonné. Il parvint à le ramener jusqu'au muret et, miracle, l'ennemi ne fit pas feu sur eux. A partir de ce jour, les durs du régiment cessèrent de considérer avec légèreté ce jeune homme de bonne famille, au langage châtié, parce qu'ils avaient eu peur, quand lui y était allé.

Avant d'entrer dans la chaumière, mon père nous avait dit qui était Monsieur Claret, d'abord pour forcer notre respect, ensuite pour nous préparer à la compassion que nous ne manquerions pas d'éprouver à moins d'être des monstres. Il voulait nous faire comprendre que les héros n'ont pas toujours été tristes. Mais il voulait aussi nous dire qu'il y a pire malheur que de mourir. Avant d'être gazé à la Grande Guerre, ce qui détruisit à jamais les effets ensorcelants de sa voix sublime, Monsieur Claret avait été un grand chanteur d'opéra. Il régnait en prince à la Scala de Milan, était heureux et triomphant à la Fenice, brillait à Covent Garden, et sa réputation scintillait du palais Garnier jusqu'à Saint-Pétersbourg. L'élégance de ses traits, l'affectation de ses manières dans sa robe de chambre de satin et la beauté de sa femme, vieille pomme ridée, dont la cambrure rappelait la danseuse qu'elle avait été, composaient ce contraste saisissant fait de fauteuils rouges et de voix d'or, de boue et de mort.

Même si finalement il avait sauvé sa peau, ce revenant de l'enfer avait fait le sacrifice de sa vraie vie ; celle d'un artiste dont les cordes vocales étaient le bien le plus précieux. Il n'était pas mort pour la France, mais il était désormais le spectateur de sa propre déchéance. Son vrai martyre, c'était de subir, encore aujourd'hui, le souvenir de son art du chant, à jamais éteint. Quand Monsieur Claret cessait de parler, la voix fluette de sa femme s'élevait. Comme beaucoup de compagnes d'hommes qui ont connu la célébrité, elle chantait encore ses louanges pour perpétuer ce bruit de fond qui est si doux et qui s'appelle la gloire. Elle disait combien il avait été beau, adulé par les femmes, et laissait entendre, comme pour prouver que ce qu'elle avançait était vrai, combien elle avait été trompée. Un petit sourire satisfait flottait alors sur le visage de son mari qui se souvenait de ses conquêtes parmi les cantatrices. Il s'égarait parfois à en dire un peu plus sur l'une ou l'autre de ces femmes aux poitrines opulentes, qui faisaient monter la température du public, avant de l'effleurer derrière le rideau cramoisi, ou même de le provoquer dans sa loge. Ces descriptions osées aux accents érotiques, gênants aux oreilles des enfants, n'étaient pas prévues au programme et le visage de mon père semblait se fermer dans ces moments-là. Monsieur Claret était trop fin pour ne pas s'en apercevoir et aussitôt il reprenait l'offensive du récit des combats. « J'étais maigre comme un clou quand je me suis engagé, il fallait sortir de la tranchée et partir à la baïonnette ou au pas de guerre. Malgré le froid, la faim, la saleté, les vers, j'ai survécu, sans pouvoir oublier l'image de ce camarade réduit en bouillie à mes côtés. » Monsieur Claret racontait comment il avait été blessé par un éclat d'obus en septembre 1917 et comment il avait subi sa lésion du larynx et la destruction d'un de ses poumons à Ypres en Belgique. Il désignait sa jambe droite et disait qu'on l'avait amputée. Ma curiosité était à son comble, car j'espérais bien qu'il allait soulever son pantalon et nous montrer sa jambe de bois. Par quelle intuition foudroyante l'avait-il perçu ? En tout cas, c'est vers moi qu'il tourna son regard d'azur comme des flammes de gaz bleu pour dire : « Tu sais, mon tibia cassé, ils l'ont remplacé par un os en ivoire, comme on le faisait déjà sous la Renaissance, lors de la bataille de Pavie. »

Cette promenade dans l'Histoire nous empêchait de voir le temps passer. Nous étions venus visiter Monsieur Claret juste après le déjeuner et il était déjà cinq heures du soir. Il fallait trouver une fin heureuse à cet après-midi de tragédies. Et soudain, le visage de Monsieur Claret était ébloui d'un insolite bonheur. Après avoir évoqué la douceur des permissions, c'était de la folle allégresse de l'Armistice qu'il allait nous parler.

« Tu te souviens Suzy, tu étais à Paris, raconte donc aux enfants le déferlement d'enthousiasme que cette nouvelle formidable a provoqué sur les Boulevards. » La femme du héros, la muse du chanteur, l'âme de la danse, l'égérie de sa vie, retrouvait la souveraineté de sa grâce et posait ses propos comme des entrechats : « Oh oui, je m'en souviens comme si c'était hier. La foule innombrable avait envahi les rues. On portait les soldats en triomphe, les gens s'embrassaient sans retenue. Autour de l'Opéra, vingt mille personnes chantaient *La Marseillaise*. Un groupe de poilus a entonné les premières notes et là, surprise, l'hymne national est repris par le baryton Noté, puis, dans la soirée, par la cantatrice Marthe Chenal. » En entendant ce nom fameux et pour lui familier, Monsieur Claret ne put s'empêcher d'avoir un petit sourire de grande satisfaction. Sa femme qui ne s'était aperçue de rien continuait son récit. « Dans la foule compacte, bousculés par la joie, nous ne nous étions pas rendu compte que quelqu'un nous surveillait d'en haut, à la fois silencieux, ému et réfléchi. C'était Georges Clemenceau qui observait la scène d'une fenêtre du Grand Hôtel. Tout à coup, il est reconnu, un groupe de badauds le désigne en levant le bras et voici que la foule, comme un chœur antique, le salue d'une immense ovation. » Suzy avait encore les larmes aux yeux après cette évocation, en préparant les bols de chocolat chaud qu'elle accompagnait de ces merveilleux macarons de Cormery, spécialité pâtissière tourangelle, légèrement parfumée à l'amande. La fin du goûter avait donné le signal du départ et Monsieur Claret, qui pendant le récit de sa femme tisonnait les braises dans la cheminée, s'était finalement à demi levé pour saluer mon père. Mais, alors que j'étais le dernier à quitter la chaumière, il m'attrape par le coude et avant que je n'atteigne la porte me souffle dans l'oreille : « Reviens me voir, mon petit, je te raconterai l'histoire de la femme du gendarme. »

CHAPITRE 5

Qui est donc la femme du gendarme ?

Lorsque, le jeudi suivant, j'ai poussé la porte de la chaumière de Monsieur Claret, tout était prêt pour m'accueillir, Suzy avait préparé une petite chaise d'enfant tendue de velours bleu qu'elle avait placée en face du haut fauteuil de son mari. « Qui est donc la femme du gendarme ? » demandai-je d'emblée, sans la moindre gêne, à Monsieur Claret. Il me répondit : « La femme du gendarme est pour moi le nom de code de la Joconde. On l'appelait Mona Lisa, elle était la troisième épouse de Francesco di Bartolomeo di Zambini del Giocondo. Un homme rogue, rustre et riche, vieux barbu jaloux et surtout le commandant de la gendarmerie de la ville de Florence. Je pense que le portrait de la femme du chef des gendarmes a été exécuté entre 1503 et 1505 et le Vinci tendait des écrans de toile autour d'elle, afin d'intercepter et d'atténuer le rayonnement du soleil. Tout le travail de l'artiste était de faire apparaître la lumière intérieure qui éclaire notre âme et j'ai toujours pensé que le visage de la Joconde ressemblait à une lampe d'albâtre. »

Il se tournait vers le visage de sa femme comme pour vérifier, sous l'éclairage électrique, si de l'épiderme de Suzy, celle qu'il avait tant aimée, émanait un éclat comparable... « Le visage de Mona Lisa, poursuivit-il, diffuse une blancheur diaphane et propage sur le monde son reflet. » Comme chez elle, il cherchait chez sa compagne les effets d'une lumière ondoyante, rythmiquement gagnée par la pénombre. Dans le soir de cette vieille chaumière, la muse du Vinci et la femme de Claret semblaient irradier d'un même corps mystique. Claret maintenant se tournait vers moi : « Regarde bien le tableau et tu verras, derrière elle, à gauche, un chemin qui serpente dans une vallée vers des pics qui s'élèvent à l'horizon. Tu remarqueras aussi, à droite, un pont qui traverse une rivière roulant ses eaux tumultueuses. Il ressemble beaucoup à celui sur lequel tu t'amuses tant au fond du parc. La masse des montagnes estompées par les brumes correspond à la théorie du Vinci, du bleuissement des lointains, et rappelle ses dessins de la chaîne des Alpes exécutés après son ascension du mont Rose. »

J'écoutais Monsieur Claret avec d'autant plus d'attention que mon père venait d'ouvrir au public notre demeure familiale.

Il avait exigé que chaque jour nous nous levions de bonne heure, avant la visite, et qu'à l'heure dite nous soyons prêts car les visiteurs commençaient à défiler devant les lits à baldaquin dès neuf heures du matin et l'effet eût été déplorable, si dans la suite des salons et des chambres, ils avaient vu des enfants ébouriffés tout juste émergés des oreillers. La seconde exigence était la sécurité. Comment ne pas être inquiet de permettre à tant de gens de pénétrer dans la demeure historique, sans une surveillance sérieuse, alors qu'on les laissait souvent seuls en tête à tête avec des chefs-d'œuvre. Mon père, qui était uniquement guidé par la passion généreuse du partage des beautés du patrimoine et par la vocation de faire redécouvrir au plus grand nombre l'âme illuminée qui imprégnait ces murs, ne pensait pas au vol. Mais Monsieur Claret, lui, en faisait une obsession. Il ne pouvait oublier cette date d'avant guerre qui l'avait tant marqué, le 21 août 1911, où l'une de ses relations avait subtilisé à la France la séduction d'un sourire mondial. Et il avait choisi de me dire pourquoi : « J'ai connu jadis un personnage étrange, qui ne payait pas de mine, qui vivait seul et qui avait pris l'habitude de venir chez moi sabler le champagne aux grandes occasions, je me demande d'ailleurs s'il n'était pas un peu épris de Suzy. Il s'appelait Vincent Perrugia. C'était un ouvrier italien qui effectuait des travaux de rénovation dans le salon Carré du musée du Louvre et qui n'avait qu'un amour dans sa pauvre vie, le visage de Mona Lisa.

Quelle n'a pas été ma stupéfaction d'apprendre beaucoup plus tard que c'était lui le voleur du portrait de la femme du gendarme. Pour ce faire, il avait retiré la toile célèbre de son cadre et l'avait cachée pendant deux ans à l'intérieur d'un placard à balais, au dernier étage du 5, rue de l'Hôpital-Saint-Louis, où il habitait alors. »

A ces mots, je fus saisi d'un long frisson. Moi aussi, et personne ne le savait, j'avais une habitude cachée. Je m'enfermais au Clos-Lucé dans un haut placard de la grande salle où étaient rangés les loups destinés à faire disparaître les toiles d'araignées, en face d'une créature dessinée par Léonard de Vinci. C'était mon secret et j'étais persuadé que personne ne pouvait le partager. Est-ce que Monsieur Claret le savait ? Pourquoi me parlait-il de cela ? Etait-ce une allusion ou une certitude ? Comment pouvait-il en être informé ? La peur m'avait saisi. J'avais honte à l'idée d'être surpris dans ce plaisir solitaire. Je n'avais pas encore éprouvé l'étendue de ses délices. Car souvent, quand je savais la maison déserte, les autres étant partis en promenade, j'avais plaisir à aller me blottir dans ce placard où je contemplais, les yeux écarquillés dans la pénombre, la seule femme aux seins nus qu'il m'avait été donné de voir. C'était une fresque du génie représentant une dame encore jeune, à la poitrine dénudée qui tenait une pomme dans sa main droite, portant devant son sein gauche le fruit de la tentation. On l'appelait « la Pomone » et l'insistance de son regard, la beauté de sa bouche ourlée, la matière douce et tendue de sa chair offerte, le rayonnement rosé qui émanait de la couleur de sa peau, l'abondance de l'amour charnel qu'elle semblait prête à dispenser, avaient achevé de me troubler à jamais. De plus, elle affichait un de ces sourires ambigus dont le maître avait le secret et qui semblait une invite à réaliser toutes les plus folles rêveries d'un enfant explorateur aux abords de l'adolescence. Ce que ne savait pas Monsieur Claret et qui me séparait de la démarche esthétique de son ami Vincent Perrugia, le fou de la Joconde et l'amant immobile de la femme du gendarme, c'est que la femme de mon désir m'avait accordé un privilège infiniment supérieur. Dans cette fresque inconnue, signée par Léonard, c'est entièrement nue qu'elle s'offrait à moi.

Quand Monsieur Claret se remit à parler, je respirai un grand coup. Soudain, j'étais soulagé. Ainsi donc, il n'avait rien saisi de mon trouble et, sans doute par miracle, mon secret avait échappé à son sens aigu de la divination et à l'intense pénétration de son regard. « Vincent Perrugia n'avait agi que par patriotisme », clama Monsieur Claret, avec cette voix rauque qui était désormais la sienne. Je ne l'écoutais plus, tout à la joie formidable de n'être pas découvert dans mon péché mortel. L'ancien chanteur d'opéra continuait de soliloquer : « J'ai fini par m'y connaître en matière de caractère humain. Pour moi Vincent était une sorte d'innocent. Un solitaire du Louvre qui avait cru rencontrer l'épouse de ses songes et un justicier exilé, isolé loin du pays de la création. Il n'avait qu'une idée en tête. Une idée fixe qui était aussi une idée fausse. Il la réalisa un an avant cette guerre maudite qui m'a privé de mon art et c'est, en effet, en employant le subterfuge d'une malle à double fond que Vincent réussit son exploit; faire passer la Joconde en Italie, rendre enfin le tableau à sa terre natale. Tu vois mon petit, comme la vie est injuste. En combattant pour mon pays, j'ai perdu la faculté d'éblouir le monde avec la magie de ma voix. Et lui, Vincent, en volant la Joconde, qu'il voulait restituer à sa patrie, il s'est privé d'un acte chevaleresque en croyant l'accomplir. Moi, on m'a cambriolé mon organe et lui, on lui a volé sa revanche. Parce qu'il s'était trompé : il ignorait que la France n'avait pas dérobé la Joconde à la Péninsule, mais que c'était l'artiste lui-même qui, au contraire, ne pouvant s'en séparer, l'avait emportée secrètement dans ses bagages, lorsque en 1516 il était venu finir ses jours chez vous, là-haut, au Clos-Lucé à l'invitation de François Ier. »

Léonard de Vinci avait traversé les Alpes à dos de mulet en choisissant bien son moment : au début du printemps. Accompagné de Francesco de Melzi et de son serviteur Battista de Villanis, il avait apporté de

Rome, dans des sacoches de cuir, trois de ses toiles préférées. Selon le témoignage du secrétaire du cardinal d'Aragon, venu le visiter à Amboise, il y avait là « le tableau d'une dame de Florence peint au naturel sur l'ordre de feu Julien de Médicis », les deux autres étaient la *Sainte Anne* et le *Saint Jean-Baptiste*. Attaché à sa ceinture, le maître avait toujours un carnet sur lequel il dessinait ardemment tout ce qu'il voyait durant sa traversée des Alpes ; la fonte des neiges, les chutes d'eau, les torrents furieux roulant sur les rochers, la force des cataractes. Et c'est ainsi, en arrivant au refuge de Saint-Gervais, lorsqu'il se fut installé devant le foyer, déployant ses dessins devant le feu, qu'il eut la révélation que la fin du monde viendrait par la submersion des eaux.

Soudain, j'eus l'impression que Monsieur Claret me dévorait des yeux. J'avais le sentiment un peu flou qu'il voulait me sonder pour savoir si j'étais dans l'état de recevoir des secrets liés à l'art et au destin, dont il possédait, lui, une parcelle précieuse. La vivacité avec laquelle il parlait était destinée à introduire son interlocuteur dans un monde ésotérique. Ce monde, où tout ce qui est caché s'explique, et où tout ce qui est clair devient mystérieux. Mais Monsieur Claret n'en était avec moi qu'aux travaux d'approche. Il me faudrait bien d'autres visites, et la protection complice de Suzy, pour que le chanteur à la voix éteinte, le mage de la musique et l'ami involontaire du voleur du plus grand chef-d'œuvre de tous les temps daigne enfin m'affranchir.

Au-dehors, il pleuvait à verse et nous écoutions le battement de la pluie contre la vitre en contemplant son ruissellement au-delà de la transparence du carreau. Je n'avais plus envie de remonter au manoir, parce que je sentais que Monsieur Claret n'avait pas dit son dernier mot. « Les choses sont tellement plus belles lorsque l'ombre les ensevelit à moitié, souffla-t-il, comme épuisé. Et puis le temps change tout, même les teintes de la beauté. Regarde la Joconde ; sans doute le bleu des lointains s'est-il oxydé, sans doute son épiderme avait-il autrefois plus d'éclat, et les teintes du vêtement étaient-elles sans doute plus vives. Tu sais le tableau de la Joconde était jadis entièrement bleu, alors qu'aujourd'hui elle répand sur le monde une lueur verdâtre. Seule son expression n'a pas changé ; les lèvres dessinent une énigme tandis que le regard scrute le spectateur. Pour comprendre le mystère de cette toile, il suffit de savoir que, pour l'artiste, le sfumato était parfois un style de pensée. On ne peut pas deviner ou présager à la place de Léonard. Tu dois toujours attendre qu'il te donne lui-même son secret. N'oublie pas que c'est lui qui a dit : “ La peinture est une poésie muette et la poésie, peinture aveugle. ” »

Alors, Monsieur Claret, qui semblait avoir tant de mal à se mouvoir et jouait à l'invalide, recroquevillé dans son fauteuil de cuir, se dressa avec une énergie inhabituelle, tout droit, comme lorsqu'il s'avançait sur la scène sous les acclamations à la fin d'un opéra. Il ouvrit toute grande la porte de la masure. Il pleuvait des cordes, et l'allée du potager était maintenant trempée par l'averse. Monsieur Claret avait son idée, et sa démonstration était sous nos yeux, silencieuse, sans paroles nécessaires ; *la lumière n'est jamais aussi belle que par temps de pluie.* Il n'avait même pas besoin de me le dire car cela me rappelait la phrase du peintre Whistler que j'avais notée sur mon carnet à spirale vert, où je rassemblais toutes mes citations préférées : « C'est après la pluie qu'il faut voir Venise. » Moi aussi j'étais parti dans le même voyage imaginaire, à dos d'âne sous le déluge, dans les Alpes, entre les cols et les pics, considérant des sommets, le vide de la vallée. Nous étions dans un monde étrange d'orages, de vapeurs infernales et de sons angéliques. Nous communiions tous les trois : le génie absent, le chanteur présent, et l'enfant rêveur, dans un semblable délire, détachés de la terre et comblés par le jeu inattendu et infini du mouvement des eaux, entre l'érosion des formes naturelles et le tourbillonnement des liquides.

CHAPITRE 6

L'amour pendant la messe de minuit

A treize ans, le pire n'est pas d'avoir un secret, c'est de ne pouvoir le confier. Voilà trois mois déjà que je suis hanté par la même lumineuse mélancolie. L'éblouissement a eu lieu à Noël dernier pendant la messe de minuit à l'église Saint-Denis d'Amboise. Toute la famille était réunie dans le chœur derrière l'autel et face à nous, au-delà du grand crucifix doré et de la haute flamme des cierges, le premier rang des fidèles. C'est là que je la vis. Avec ses yeux de velours noir, son teint pâle, son front bombé, sa bouche cerise. L'ovale de son visage était enserré dans un capuchon de fourrure argentée. Au-delà d'elle tout semblait flou et grandiose dans la pureté des cantiques et au fond de l'allée centrale les hautes orgues tonnaient le bonheur du minuit chrétien. Après la communion, mes yeux se sont posés sur ses paupières fermées. Quand elle a levé enfin son regard vers moi, j'ai été foudroyé par la bonté malicieuse de son expression. Elle semblait remercier le Seigneur de m'avoir rencontré. Moi aussi j'avais envie de tomber aux pieds du Créateur, parce que cet instant où l'amour m'était enfin donné, je l'avais imaginé depuis si longtemps, espéré avec tant de ferveur, attendu avec tant d'ardeur. J'étais affamé d'affection. Je la fixais intensément pendant que s'élevaient sous la voûte de la vieille église les accents du chant *Les Anges de nos campagnes.* Je la regardais encore et encore pour l'imprimer dans mon âme, pour la graver dans l'avenir de mes souvenirs. Ses lèvres bougeaient un peu et ses yeux souriaient tandis qu'elle prononçait les mots que j'attendais, les mots que je ne pouvais entendre, les mots du serment, caresse de l'infini, les mots non dits qui seuls peuvent panser la blessure. Je ne savais comment m'approcher d'elle. L'assemblée allait se lever et se fondre vers la grande porte. Comment fendre la foule embaumée par les promesses de la Nativité et les joies tant attendues du réveillon pour la rejoindre ? Et même si je pouvais parvenir à deux pas d'elle, quelle parole prononcer ? Oserais-je ?

Je prends le parti de ne pas bouger, de réserver le temps qui reste, non pas à la poursuivre vainement mais à la contempler sereinement, de là où je suis, comme pour l'éternité. Elle a fait le même choix. Elle n'a plus les mains jointes, mais unies dans son manchon. Elle est debout derrière sa chaise, ses parents sont déjà au bout du rang, s'apprêtant à partir, tandis qu'elle reste là. Elle me regarde et son visage est nimbé de cette lumière si douce qui émane de l'être qui se sait aimé, qui se sait choisi, qui se sait désigné. Elle n'a pas peur et toute son expression tend à me calmer, à me rassurer, à m'offrir la certitude de son acceptation. Par quelle intuition peut-elle sentir que notre amour va s'accomplir ? Je ne connais pas son nom et n'ai même aucune idée de son adresse. Elle peut très bien être venue passer Noël avec sa famille chez des amis et ne pas habiter notre département. Est-ce que le sort sera assez cruel pour me forcer à attendre l'année prochaine pour la revoir dans ce même enchantement de la messe de minuit ? Pourquoi est-ce la femme qui offre la sérénité quand l'homme propose de s'en emparer ? Pourquoi devant ma demande si sauvage et si timide répond-elle sans rien dire avec tant de civilité dans sa manière de me parler avec les yeux ? Le doux discours silencieux de son visage. L'archiprêtre de l'église d'Amboise s'avance vers nous avec ses traits épais, ses yeux ronds, sa bavette de vieux bébé, son embonpoint, son étole et sa majesté par trop insistante. Il est escorté d'un suisse. Il salue mon père, ce qui retarde notre sortie. Je vois alors s'éloigner la capuche argentée. Va-t-elle se retourner ? Non, elle ne le fait pas. La petite fille, je l'apprendrai plus tard, est déterminée. Elle m'a déjà tout dit, elle s'est engagée sans un mot. C'est à moi maintenant de galoper vers son consentement, de franchir les murailles, de briser les verrous des portes interdites, de sauter par-delà les douves, de grimper le long de la tour en déchirant mes ongles dans les cavités des pierres descellées pour atteindre enfin le balcon où elle pose ses coudes gracieux, le bas de son visage tenu dans ses mains jointes, d'une manière ogivale. Oui, je n'attends que cela, rien d'autre ne me retient à la vie. Tout mon être est rassemblé dans cette quête d'elle. La nuit qui commence est bien celle d'une nativité, illuminée de l'intérieur. Il va donc falloir que je me déguise en ténébreux. Je ne dois rien dire et pourtant il me faut la retrouver. Je ne sais comment apprendre la ruse et comment savoir sans interroger. Je dois changer complètement ma manière d'être, regarder plus, parler moins et trouver des reliefs aux silences. Je ne dois plus pleurer non plus. Je ne suis plus seul, elle est là dans les parages, et même si je ne sais pas où elle dormira cette nuit, je la vois danser, virevolter, elle a trouvé le bonheur. Et la chose incroyable, c'est que ce bonheur c'est moi. Comment vais-je répondre à l'imagination de ses espérances ? Je lui prête tant de talent dans l'art d'aimer et dans celui d'être aimée. Je la sens souveraine dès qu'elle se sait préférée. Après s'être agenouillée à la messe et que mon regard l'a rejointe quand elle s'est relevée après la communion, elle a grandi d'un cran. Son regard pourtant est toujours le même, elle me regarde d'en haut parce qu'elle est un tout petit peu plus grande que moi, mais elle me regarde d'en dessous tout simplement parce qu'elle est en état d'amour. Je vais devoir l'aimer et la guider, n'ai qu'une envie : courir derrière elle au milieu des fougères, dans la fantaisie de son itinéraire. Je la perçois fantasque, je la sais sérieuse. Le mélange et l'alternance font son charme magique. C'est ainsi que je la veux pour femme. Et c'est ainsi que je désire la garder. Elle m'a tout donné sans rien me dire. Je suis résolu à tenir ma promesse sans même l'avoir prononcée.

Tous les châteaux de cartes que j'avais construits autour d'une solitude si bien entourée par la gloire de l'Histoire et le bonheur d'une famille se sont effondrés d'un coup. J'ai déjà dit adieu aux baisers sur le front de ma mère le soir avant de m'endormir dans le lit à baldaquin bleu. Maintenant je suis un homme, c'est à elle que je dois les gestes, les caresses. Et comme un chevalier, je l'enlacerai. Je me pencherai dans sa chevelure et mes cils iront à la recherche de la ligne de son cou. Elle se penchera avec grâce quand je poserai mes lèvres sur sa peau. Alors commencera l'amour comme chez les grands ; la violence défilant dans la pourpre des baisers, les écartèlements cachés dans les étreintes de la nuit, la succession des attitudes courtoises qu'effacent d'un coup la brutale fusion des corps, la transe, la honte oubliée, le désir souverain. Et enfin, après le commencement de tout cela, la beauté mordue au cœur par la chimère. Innocents, nous étions ainsi entrés dans notre destinée.

Je m'étais promis de ne rien demander à personne, mais en même temps je voulais tout faire pour la retrouver. Comment mener l'enquête sans prononcer le nom, un nom que je ne connaissais même pas ? Je sentais qu'elle n'était pas loin et pendant des mois, j'ai écumé les goûters d'enfants, me rendant à toutes les invitations, dans l'espoir fou de me retrouver face à elle. Bien sûr, j'ai croisé d'autres jeunes filles, certaines beautés livides aux airs anglais, certaines chevelures d'ébène aux sourires orientaux, des rires frais comme du cresson sous l'éclat de la rousseur. Parfois, j'ai été distrait, jamais je n'ai été retenu. Même si avec l'épuisement des semaines et la fatigue des mois, j'ai eu le sentiment parfois de perdre un peu la précision de son image, le dessin si fin des traits de son visage, je sentais qu'elle n'était pas partie, son âme était voisine. J'avais des certitudes et je m'accrochais à la puissance du projet de mes rêves. Ainsi je m'étais persuadé que son prénom commençait par un « A » : Ava, Ariane, Arielle, Aurore, Angélique, Apolline, Albane, Atalante, Agnès, Aglaé, Astrid, Augustine, Amandine, Armelle, Anne, Alice, Adrienne, Agathe, Adèle, Albina, Alexandra, Aline, Alix, Aliénor, Amélie, Anaïs, Anastasia, Aimée, Ambroisine, Allegra sans oublier cette Arthénice qui était l'anagramme de Catherine. Je feuilletais avec frénésie le dictionnaire des prénoms comme s'il allait me donner le nom de famille de l'inconnue bien-aimée. J'avais mis en place dans ma tête le grand chantier des retrouvailles. Une nouvelle vie s'offrait à moi, elle était immense. Elle seule était capable de la remplir. Il suffisait de la retrouver.

CHAPITRE 7

A treize ans, le pire n'est pas d'avoir un secret

Au lendemain de cet éblouissement, je courais dans le parc du Clos-Lucé pour ne pas reconnaître tout ce que j'avais longuement exploré. Les arbres étaient nouveaux, le pont aux motifs ouvragés me paraissait plus large, des couloirs secrets sous les verdures serrées s'ouvraient devant moi sans prévenir, l'eau de la rivière et de l'étang offrait des miroitements métalliques, à l'éclat dur, inconnu de moi jusqu'à cet instant. Même, lorsque je retrouvais les miens pour le grand déjeuner de Noël où l'on attendait dans la salle à manger du haut l'oncle d'Amérique, arrivant de Paris avec les somptueux cadeaux du magasin de jouets *Le Nain Bleu*, les visages de mes parents, de mes frères et des invités de mon âge dansaient dans mon champ de vision comme au carnaval de l'oubli. Ils étaient sans masque, mais ils étaient aussi sans expression particulière. La joie partagée faisait qu'ils se ressemblaient trop. La famille entière était devenue floue. J'allais de l'un à l'autre dans la joie des baisers, dans la gaieté accélérée de ce jour de fête entre les papiers dorés, les rubans rouges, la dinde et le chocolat et les robes chatoyantes des Rois Mages dans le lointain de la crèche. Mais ces êtres familiers auxquels m'unissaient les liens du sang, c'est comme si soudain ils avaient pris un sérieux recul. Elle s'était interposée, elle flottait devant moi comme une icône.

Après ce grand déjeuner de traits d'esprit, de rires, de vins de Vouvray, de saveurs tourangelles, de récits de voyages et de plaisirs partagés, mes parents proposèrent la traditionnelle promenade dans la forêt d'Amboise. Je demandai à mon père de m'en dispenser. Il accepta. Je lui avais dit : « Il me faut réfléchir. » Alors que tous avaient passé la poterne, je restais le seul maître des lieux. Je ne savais pas exactement où aller et je suivais mes pas. Ils me conduisirent vers la masure du chanteur d'opéra. Monsieur Claret m'accueillit dans une étrange fébrilité, exprimant une joie surfaite et m'offrant en catimini un alcool de cerise. Noël, c'était pour lui l'occasion du souvenir réveillé des moments extatiques. L'hiver était propice aux résurrections de sa gloire lyrique et sur la table transformée en capharnaüm, les photos de jadis s'étaient accumulées. Visiblement, il voulait refaire le grand voyage, revivre à l'instant les inoubliables accents du ténor d'autrefois : « Tu sais ce que je viens de retrouver ? Le livret des *Huguenots*. Ça ne te dit rien, *Les Huguenots* de Meyerbeer ? Il y a longtemps qu'on aurait dû te parler de cet opéra en cinq actes où l'une de tes ancêtres joue à la perfection la partition de l'amour. » Il secouait à la hauteur de mon visage le livret d'Eugène Scribe. Il revivait les grandes heures de cet opéra qu'on jouait peu désormais tant sa distribution exigeait d'interprètes. Les deux premiers actes se passaient en Touraine, les trois derniers à Paris, à la veille de la Saint-Barthélemy. Tout commençait au mois d'août de 1572 et il y avait dans l'intrigue entre les catholiques et les protestants la même rivalité que celle des Capulet et des Montaigu. Avec, comme dans Shakespeare, une belle histoire d'amour contrarié par la séparation des croyances entre Valentine, fille du comte de Saint Bris, seigneur catholique, et Raoul de Nangis – interprété par Monsieur Claret –, gentilhomme protestant. Le valet était un ténor, l'archet était un baryton, le moine était une basse et les deux bohémiennes des sopranos. Monsieur Claret était en pleine forme. Il brassait de l'air, il remuait dans tous les sens, allant d'un bout à l'autre de la pièce, comme s'il était à la fois tous les personnages sur la scène. Alors, pour la première fois devant moi, il tenta l'impossible. Le héros gazé de la Grande Guerre voulait à tout prix chanter. Et c'est un son rauque, aux accents de bronze, qui surgit alors de sa gorge détruite. Il y eut d'abord comme un miracle et puis tout capota d'un seul coup. Seul restait un filet de voix, comme la fin d'une rivière dans une vallée desséchée. Je me penchais vers lui pour entendre, tout de même, le chant qui résistait. Claret, le ténor de légende, était Raoul dans la scène 2. Il clamait la rencontre de l'amour quand Nangis voyait pour la première fois Valentine de Saint Bris.

Non loin des vieilles tours et des remparts d'Amboise,
Seul j'égarais mes pas, quand j'aperçois soudain
Une riche litière au détour du chemin;
D'étudiants nombreux la troupe discourtoise
L'entourait, et leurs cris, leur air audacieux
Me laissait deviner leur projet; je m'élance...
Tout fuit à mon aspect. Timide, je m'avance...
Ah! Quel spectacle enchanteur vint s'offrir
A mes yeux!

Quand il entreprit de chanter la romance dédiée à la beauté immaculée de Valentine, non sans m'avoir expliqué que les amoureux s'étaient rencontrés sous les remparts d'Amboise, j'eus une frayeur soudaine. Est-ce qu'il savait que j'étais épris ? Etait-il capable de deviner que moi aussi j'avais été foudroyé en cette même cité royale si souvent drapée par notre histoire ? Il était toujours aussi bizarre, Monsieur Claret. Si je ne connaissais pas le prénom de mon amour, il avait l'air, lui, de connaître l'état de mon cœur. Et dans la description chantée de Valentine, je retrouvais tous les attraits de mon icône aimée :

Plus blanche que la blanche hermine,
Plus pure qu'un jour de printemps,

Un ange, une vierge divine,
De sa vue éblouit mes sens.
Vierge immortelle !
Qu'elle était belle !

Monsieur Claret s'était de nouveau emparé du livret. Il levait les bras comme s'il était le chœur à lui tout seul :

Vraiment, sa candeur est charmante !
Hélas, il tremble devant deux beaux yeux !

L'exactitude de la correspondance entre l'état amoureux qui était le mien et que je faisais tout pour cacher, et l'expression de ce même sentiment restitué par Raoul à travers le larynx endommagé de Monsieur Claret dans l'opéra de Meyerbeer, dont les circonstances se déroulaient justement à Amboise, c'était trop ! J'écoutais cependant avec bonheur Raoul de Nangis, gentilhomme protestant, s'exprimer à ma place :

En m'écoutant, un doux sourire
Trahit le trouble de son cœur,
Et dans ses yeux j'ai su lire
Le présage de mon bonheur.

Monsieur Claret ne pouvait plus s'arrêter. Maintenant, il désirait vivement commenter cet opéra tout en livrant ses impressions et ses avis, en authentique critique : « A partir de l'aveu de Valentine l'ouvrage devient réellement émouvant. La présence, au quatrième acte des *Huguenots*, de cet andante amoroso (cavatine), que rien ou presque dans le style n'annonçait jusque-là, est un profond mystère. Comme le fit remarquer Berlioz, le talent ne suffit pas pour concevoir cela : il faut du génie ! »

« La scène suivante se passe au château de Chenonceaux », m'annonce Claret. Je n'ai pas eu le courage d'assister à cette évocation avec ce vieil homme édenté à la voix caverneuse, cet ancien ténor excité par le retour fiévreux du souvenir. Soudain, c'est mon amour pour elle qui a parlé. Il m'a dit de ne pas le dire. Il m'a dit de ne pas le montrer. C'est parce que je l'ai compris que je quitte la maison Claret au moment où ce dernier récite le duo qui unit un instant Raoul de Nangis au duc de Nevers.

Ces moments lyriques dans la maison de Monsieur Claret n'avaient pas fait que me distraire. Ils avaient aussi gâché un peu de mon plaisir. Ce que je croyais avoir vécu d'unique, quelqu'un l'avait ressenti avec la même force que moi, à quelques siècles de distance, à la veille des guerres de Religion. Si mon amour pour elle était exclusif, l'aventure qui nous liait déjà n'avait rien d'exceptionnel. L'amour avait-il fait de moi, dans ses premiers dégâts, un être infatué de sa personne au point de penser que ce qu'il avait vécu, d'autres ne l'avaient jamais avant lui ressenti ? Avoir treize ans, est-ce que cela justement ne servait pas aussi à comprendre que ce que l'on croyait inédit était déjà partagé, remis en scène et peut-être même à la fin de tout galvaudé ?

CHAPITRE 8

La marche dans la forêt d'Amboise

La marche, l'hiver, dans la forêt d'Amboise était un rite familial qui se renouvelait plusieurs fois par semaine. Avec mon père, le rythme était militaire et il affrontait les vents contraires, sous un ciel gris brumeux, d'un pas énergique. La découpure de la forêt se dessinait en rameaux fins et menus comme une arborisation dans une agate. Au loin, des fumées bleuâtres flottaient entre les fûts noircis des arbres au bout des allées et dans les trouées des clairières. Souvent, il se faisait accompagner par ses deux amis, un marquis monarchiste et un général gaulliste. Leurs propos n'étaient pas futiles, ils échangeaient des leçons d'histoire, des souvenirs de stratèges, des récits de batailles. Sur les grandes allées, sur les racines des arbres, entre l'ébouriffement des broussailles et des herbes sèches poudrées à blanc par la neige, nous, les trois aînés, nous tentions de tenir le rythme en respirant les brumes, les vapeurs et les pluies sous le pâle rayon qui caressait les plaques de mousse et le velours vert des écorces. Nous attrapions leurs paroles en enfonçant nos bottes dans la neige en un crissement doux. Cette marche sylvestre dans les empreintes du père nous faisait reprendre le souffle des ancêtres de la Gaule chevelue. Ce peuple possédait une éloquence qui lui était propre. Au temps de César, l'aristocratie gauloise habitait au fond des bois, par plaisir autant que par souci de sécurité. Les forêts étaient les temples des divinités et les habitants des campagnes consacraient jadis un bel arbre à un dieu suivant le rituel des druides. Dans le silence de la marche rythmée par le seul bruit de la respiration, nous retrouvions les bois sacrés et cette atmosphère religieuse qui règne sous les grands arbres, comme elle émane de ces statues de la Renaissance resplendissantes d'or et d'ivoire. Mais ce n'était pas seulement la légende qui nous disait que ces lieux inaccessibles aux hommes sont peuplés d'une foule de créatures qui habitent les bois, les sanctuaires, les lacs, les sources et les fleuves. On les appelle Faunes, Fontes, Satyres, Sylvains, Nymphes, Ondins, tous meurent comme les humains, mais à un âge très avancé et ils possèdent le pouvoir de prédire l'avenir, d'attaquer les hommes et de leur nuire. En cette forêt d'Amboise, sous le signe du chêne, du coudrier ou de l'if, le meilleur des arbres pour y tailler les arcs et les flèches, nous découvrions sous une nef mystérieuse un lit dont les bois formaient la base d'un dais. Etait-ce une hallucination? Car les fées, femmes fatales, sont capables de toutes les métamorphoses pour parvenir à leurs fins : elles peuvent se transformer en biches pour exciter un chasseur aventureux, elles font surgir de somptueux décors qui, au matin, se révèlent un chaos de ronces et de boue. Cette vision, était-ce la couche des fées ou le lieu de sommeil de ces redoutables sorcières qui chevauchent des balais de genêts ou des pieux de haies. Et qui font des sabbats dans les rares clairières dont le sol, sans végétation, fait apparaître de larges cercles qu'on appelle « ronds de sorcières » ? Ce n'est donc pas seulement dans les contes, me disais-je en traversant une clairière argentée, que le héros des bois métamorphose un cheval en la fille du roi. Je tentais de discerner où étaient les dryades, les elfes, les nymphes, les dames blanches et les dames vertes. Allais-je découvrir dans des vallons reculés ce fameux Pan aimant à réunir d'étranges assemblées de dryades et de nymphes représentées sous la forme de belles jeunes filles ? Je ressentais le frémissement de leur féminité à travers les feuilles. Il y avait aussi les hamadryades, ces autres nymphes des bois, prisonnières du cœur des arbres. Mais il était dangereux de les approcher car elles passaient pour frapper de folie le mortel qui se laissait séduire. Il suffisait d'avoir lu *Tristan et Iseut* pour partager ce sentiment de menace qui pèse toujours sur l'amour et qui provoque l'inquiétude du roi Marc : « Une nuit quand tous le croyaient loin, il alla se cacher dans le pin de la fontaine où on lui avait dit que son neveu et sa femme tenaient leurs plaids. Il vit bientôt venir Tristan, qui s'assit au pied de l'arbre, puis Iseut s'avancer, enveloppée dans sa chape. Tristan tendait déjà les bras à son amie, quand il aperçut l'ombre du roi dans la fontaine. Il demeure cloué par la peur. Iseut aussi a vu l'image dans l'eau. Elle s'avise alors d'une ruse. » La forêt faisait peur ; elle était, sous les feuillages sombres du doute, le théâtre de la trahison et du péril.

Au-devant de moi, au rythme de ses pas, mon père entrait dans la légende. Etait-ce parce qu'il portait le prénom de saint Hubert que les ronces et les épines semblaient s'écarter d'elles-mêmes pour le laisser passer ? Je l'entendais raconter à ses compagnons de marche comment, envahissant l'Allemagne, son peloton en tête de l'armée de Lattre, il progressait avec prudence dans la Forêt-Noire tant il sentait ses hommes menacés par les tireurs d'élite de la Waffen SS, invisibles aux yeux, dissimulés dans le faîte des arbres.

CHAPITRE 9

La chasse-galerie

Lorsque c'était ma mère qui conduisait la marche, l'atmosphère était différente. L'imaginaire menait le bal. La cadence était moins rapide et il fallait lever les yeux au ciel. Pour elle tout instant était un conte de fées et elle se dirigeait vers les étangs en nous racontant des histoires de son enfance, elle qui avait été élevée au milieu des bois. Elle seule pouvait savoir que dans le croassement des corbeaux qui passaient au-dessus de nous il y avait vingt-huit intonations différentes. Elle savait interpréter les messages de la forêt ; un taillis qui frissonne, une branche qui se rompt. Elle seule pouvait nous désigner le chemin pâle du ciel entre le faîte des arbres et ressusciter la féerie sauvage de cette hallucination qu'éprouvent parfois les veneurs en mal de sensation et qu'en Touraine on appelle : *la chasse-galerie*. Elle nous demandait si nous l'avions entendue. Nous ne savions même pas de quoi il s'agissait. Elle nous expliquait alors que dans des moments d'égarement, il arrivait aux promeneurs éperdus de fatigue d'entendre un vacarme qui s'approchait, composé des hurlements du maître d'équipage, de l'aboiement des chiens et du son cuivré des sonneries de la trompe de chasse. Ils s'attendaient bien sûr à voir surgir l'équipage et les cavaliers aux tenues ventre-de-biche aux parements amarante, accompagnés par la meute en furie. Mais alors que le vacarme devenait assourdissant, prouvant l'extrême proximité des chasseurs, ils ne voyaient toujours rien. C'était là un phénomène magique. La chasse allait passer, mais au-dessus de leurs têtes comme si les sabots des chevaux foulaient une allée de nuages. Ainsi galopait l'orchestre furieux de cette suite trépidante, *la chasse-galerie*, aussi tonitruante et bruyante qu'elle était invisible. Ma mère affirmait que jeune fille, elle avait entendu elle aussi *la chasse-galerie* et elle était intarissable sur tous les mystères issus de la forêt. N'était-il pas normal qu'elle évoquât pour nous l'histoire de saint Hubert, cette légende du VIIIe siècle qui avait inspiré à Amboise les motifs gothiques flamboyants de la chapelle du château royal, elle dont le bien-aimé mari portait le même prénom ? Ce haut dignitaire de l'Etat mérovingien, fondateur de la ville de Liège, ne respectait rien d'autre que sa primitive passion, l'amour de la chasse. Un jour de Noël, pendant que ses voisins se rendaient à l'église, hanté par son obsession cynégétique, il s'enfonça avec ses chiens dans la forêt. A peine s'était-il lancé sous les voussures des arbres qu'un cerf fit son apparition portant entre ses bois le signe de la Sainte Croix, et après avoir reproché ses égarements au chasseur des Ardennes, Dieu le convertit. Il n'avait pas échappé à ma mère que, parmi ses nombreuses qualités, saint Hubert guérissait la rage, ce fléau des campagnes, qui affectait aussi souvent son fils cadet ; en l'occurrence moi-même ! En nous contant cette scène initiatique de la conversion de saint Hubert, ma mère pensait nous arracher définitivement aux survivances païennes du mythe du cerf et nous attacher aux plus hautes aspirations chrétiennes. Elle nous confia aussi ce qui s'était passé de tout à fait curieux lors d'une chasse à courre entre les deux guerres. Un vieux et valeureux maître d'équipage venait de mourir et ses compagnons couraient le cerf par une journée d'hiver, nostalgiques des ordres qu'il donnait de sa voix d'airain. Alors qu'enfin ils avaient acculé l'animal contre un impénétrable hallier, il se tourna pour faire face à ceux qui le traquaient, pressentant sa fin. Les veneurs furent émus de voir le dix-cors aux majestueuses empaumures les dévisager un à un dans la noblesse d'un ultime adieu comme s'il les connaissait personnellement. Et alors, stupéfaction, ils reconnurent dans le regard du grand cerf portant chandelier celui de leur vieux maître d'équipage dont l'âge trahissait la vaillance et qui venait de les quitter. Profitant de cet effet de surprise et de cette ressemblance inouïe qui un instant avait troublé ses poursuivants, le vieux cerf franchit d'un bond la haute haie et disparut à jamais. Tayaut ! Tayaut ! C'était trop tard. Les cavaliers qui voulaient se lancer à la poursuite de l'animal de chasse avec des chiens d'autant plus hésitants que leur instinct ne les avait pas trompés venaient de comprendre qu'ils ne pouvaient sonner l'hallali pour l'un des leurs : un maître d'équipage décédé, réincarné le temps d'un regard en cette bête de chasse qui leur avait offert sa fuite comme un ultime salut.

Ainsi était ma mère, la fée chrétienne que semblaient fasciner les mystères païens de la forêt profonde. Elle avait été élevée dans cette province ancienne, un pays sorcier où sa nourrice avait vu des lutins surgir des carreaux de la cuisine. Le monde étrange de la forêt lui était familier et dans cette terre de jeteurs de sorts et de meneurs de loups, elle semblait n'avoir peur de rien, pas même des feux follets. Autour d'elle, les guirlandes de lierre révélaient un essaim de nymphes ailées. Les libellules, un tourbillon de fusaylles graciles, les elfes, les sylphes, les sotrés, les korrigans, les poulpiquets, les ioulons et autres farfadets, échappaient soudain à la mémoire des contes pour fouler les prés bleus du soir. Et dans un étroit sentier sous une voûte impénétrable, auprès d'un tronc noir dressé qu'un rayon de lune rendait plus fantastique encore, il n'était pas rare qu'ils se manifestent par un inquiétant remue-ménage, ou un rire aigrelet qui tombait des branches en cascade. Il arrive qu'un lutin cache un démon capable d'abuser des hommes : ainsi sont les lupeux du Berry contre lesquels George Sand dans ses récits nous avait mis en garde. Robert, le garde-chasse de Chanceaux, dont le bel uniforme de velours vert côtelé me fascinait, racontait volontiers que dans la Brenne, pays d'étangs bordés de saules « têtards », un marcheur attardé avait été attiré par une voix au bord de l'eau. L'infortuné, apercevant le reflet déformé de créatures malfaisantes, se penchait tant et si bien qu'il basculait dans l'onde froide et s'y noyait. Et malheur encore à celui qui venait à piétiner la tourmentine, laquelle avait en effet toutes les apparences d'une touffe d'herbes : à peine y avait-il posé le pied qu'il ne pouvait plus sortir de la forêt.

Ma mère était très croyante. Sa foi ardente lui était comme une blanche armure. Elle aimait d'ailleurs à nous rapporter que la Pucelle d'Orléans était passée par ces chemins, en harnois immaculé tout de fer poli et argenté, damasquiné d'or, doublé de satin cramoisi. Elle avait galopé dans ces allées ténébreuses que dans le soir nous foulions de nos pas. A partir d'un puits de pierres, insolite découverte au cœur de la forêt, ma mère ressuscitait pour nous la vision de Jeanne d'Arc, descendant de son destrier, ramené du château du Rivau. Je rêvais d'entrevoir son épée car j'en connaissais l'histoire. C'était l'épée cachée qui prouvait bien que les voix qu'elle entendait lui parlaient vrai. Elle l'avait envoyé chercher en l'église de Sainte-Catherine de Fierbois. Les voix de Jeanne l'avaient prévenue que cette épée profondément enterrée portait dessus sa lame cinq croix. Le marchand d'armes de Tours, à qui l'on avait remis un mot pour les desservants de la chapelle, y trouva sans trop de peine plusieurs épées. Au milieu d'elles, celle qui portait en effet les cinq croix : le blason du saint sépulcre. Dès que les gens d'Eglise se mirent à l'astiquer, la rouille en tomba comme par enchantement. L'avions-nous vraiment vue ou n'était-ce que le souvenir de cette évocation enchantée ? En tout cas j'ai toujours gardé l'impression d'avoir assisté à la scène où la jeune fille de dix-huit ans venue de Lorraine posait sur la margelle immaculée son soulier de fer. Nous vivions dans une sorte de rêve grâce à notre mère qui, avec le plus grand naturel, nous affirmait que les grottes des environs avaient été habitées par des fées. Nous imaginions le nain rongeur mangeur de noisettes, progressant secrètement à l'ombre des ramures. Elle nous racontait aussi comment jadis les brigands surpris dans leurs méfaits étaient pendus, haut et court, aux arbres le jour même de leur arrestation. Etait-ce elle ou était-ce moi, qui avait vu cette vieille femme aux longs cheveux filasse balançant son corps mort, vêtu de haillons, au gré du vent, la nuque brisée par la corde qui la maintenait debout dans l'air au-dessus de nous ? Elle m'avait aussi raconté ce qui était arrivé en forêt de Cuisé, près de Compiègne, au futur roi Philippe Auguste quand il avait à peu près mon âge. Il avait chevauché tout le jour et une partie de la nuit sur les traces d'un énorme sanglier qui s'arrêtait subitement pour repartir aussi vite dans sa course folle, entraînant l'enfant toujours plus avant dans la forêt. La monture du jeune prince finit par s'épuiser et, après deux jours d'errance, il se crut perdu et ne dut son salut qu'à sa rencontre avec un charbonnier. La ruse du diable, sans doute désireux d'empêcher Philippe Auguste de monter sur le trône, avait échoué de justesse.

Ma mère chantait en marchant et disait des poèmes comme elle aurait murmuré des prières. C'étaient ceux que lui avait inspirés une jeune fille à l'esprit hanté, qui vivait seule au milieu des bois avec des fleurs dans les cheveux et que, là-bas dans le Lochois profond, dans cette forêt de Chanceaux qui était celle de son enfance, on appelait la folle de Chantereine. Nous suivions notre mère, fascinés, passionnés, affamés de nouvelles histoires. Elle usait avec ses fils de la stratégie des fées, se servant de ses pouvoirs magiques pour mettre ses admirateurs à l'épreuve. Elle nous avait composé des costumes adéquats, des jeans de couleur verte, renforcés aux genoux par des pièces de cuir, et des pourpoints marron aux tons bruns fatigués, couleur de terre humide. Elle semblait détenir des secrets et l'on n'osait se demander qui pouvait bien les lui avoir transmis. Elle savait par exemple que lorsque le roi Louis XI, en

1472, avait appris la mort d'un de ses enfants, François, alors qu'il chassait au cœur de la forêt de Loches, avait par signe de deuil, en son grand chagrin, ordonné qu'immédiatement on coupe les arbres autour de lui dans un cercle de cent mètres de diamètre, créant ainsi un espace funéraire semblable au désert de sa douleur. Quand s'achevait la promenade et que nous rentrions à la maison en accélérant le pas, notre mère flottait dans le grand rêve émeraude de la forêt immémoriale et nous emportait comme si nous étions les bagages de ses songes.

CHAPITRE 10

Le Loup s'appelait Estienne

« Si vous n'êtes pas sages, vous aurez affaire à Estienne Le Loup. » Cette phrase en forme de menace retentissait dans nos cerveaux d'enfants avant de se répandre en nos corps sous la forme d'un long frisson glacé. Estienne Le Loup était le personnage terrifiant de la maison. On le savait aussi rusé que sans scrupules et pourtant il était encore un enfant de notre âge quand il avait séduit l'universelle *araigne*, le roi Louis XI en personne, la toque rabattue sur le front, arpentant les salles de son château sinistre en se frottant frileusement les mains. La scène nous avait été souvent racontée. Ce roi si rusé aimait à se promener incognito, vêtu comme un marchand, pour recueillir les avis et les réactions spontanées de son bon peuple. Il était à la tête de l'Etat, mais agissait comme un espion. Il prenait un plaisir pervers à ce que ses sujets, qui ne le reconnaissaient pas toujours, lui dévoilent leurs intentions. C'est au château de Loches « sinistre séjour » qu'il fut élevé. Mais c'est au château d'Amboise, où il se plaisait, qu'il aimait à parcourir les cuisines. Un jour, il croise un jeune marmiton fort affairé. Il l'apostrophe et lui demande : « Combien gagnes-tu ? » L'enfant sourit et lui répond sans s'embarrasser : « Je gagne comme le roi. » Le roi, déguisé en bourgeois ce jour-là, n'en croit pas ses oreilles : « Comment, tu gagnes autant que le roi ? Mais nul ne connaît vraiment l'étendue de ses ressources. – Je gagne comme le roi, dit l'enfant, je gagne ce que je dépense. » La réponse était intelligente. Elle allait faire la fortune d'Estienne Le Loup. Cette réaction avait plu au roi et il décida de s'attacher ce jeune garçon dont il fit d'abord son maître d'hôtel, puis son chambellan et enfin son homme de confiance. Ainsi commença, à partir d'une réponse spirituelle, une irrésistible ascension. Le petit garçon maigrichon allait devenir un gentilhomme aisé, bientôt marié à Artuse de Ballan, de la maison des seigneurs de Maulévrier. Son rôle auprès du roi ne cessera de grandir. Il est d'abord garde des forêts d'Amboise et de Montrichard, et ensuite gouverneur d'Amboise. Il se montra si dur dans la perception des impôts de la ville, qu'il dut se protéger et défendre le Cloux contre les vengeances locales. Il y installa de l'artillerie : une couleuvrine et un petit canon. C'est alors que le domaine fut entouré d'un mur d'enceinte, avec poterne et pont-levis, dont on voit encore l'emplacement au côté de la porte actuelle. La galerie, terminée par la tour de guet, était percée d'étroites fentes en guise de fenêtres d'observation. Ainsi, Estienne Le Loup tenait en respect ses administrés. Riche, puissant, rusé, quand il sourit ses crocs blancs brillent au firmament de l'ambition. Il apporte les ressources de sa grande fortune à l'agrandissement du manoir du Cloux. Cette demeure d'une dizaine de pièces est à l'image de Plessis-lès-Tours, la résidence du roi. C'est sur la terre qu'il avait acquise auprès des religieuses du prieuré de Moncé, qu'il étendit sa propriété avec ses vignes, ses jardins, ses viviers, sa saulaie, son colombier carré, sa belle vue sur la Loire, ainsi que son affluent, l'Amasse, traversant son domaine. Mais l'affamé fut-il pour autant repu ?

De jour comme de nuit, Le Loup est au service du roi. Rien n'échappe à son regard impitoyable et à ses yeux phosphorescents. C'est lui qui, le soir, au château d'Amboise, est chargé de fermer les portes à clé et d'éteindre les flambeaux. Il faut tout surveiller et éclairer le roi lorsqu'il se met au lit. Ce n'est qu'après avoir vérifié qu'il n'y a aucun ennemi caché dans les recoins ou sous la couche royale, qu'Estienne Le Loup se décide à y placer le trousseau de clés du château, comme cela se faisait déjà du temps des Mérovingiens. Louis XI est un roi frileux et superstitieux, et les pires cauchemars sont sa compagnie coutumière. Lorsqu'il est dans son château de Plessis-lès-Tours, caché derrière son escalier à vis, il a peur de tout, mais s'en remet à ses gardes écossais.

Grand chasseur devant l'Eternel, Louis XI fuit sa frayeur de la fin prochaine en passant sa vie à traquer le cerf ou le sanglier. La chasse reste le délassement préféré du roi et, pour se livrer à ce plaisir, rien de mieux que la magnifique forêt d'Amboise. Si avare par ailleurs, il dépensait sans compter pour ses équipages de vénerie, ses oiseaux de fauconnerie et ses chiens. Il alla même en 1461 jusqu'à faire transporter dans cette forêt, qui avait sa préférence, tous les cerfs et les biches qu'on avait pu capturer dans la région parisienne. C'est seulement après la mort de Louis XI que le jeune souverain Charles VIII put satisfaire la passion qu'il avait héritée de son père. Il chassa tous les jours et permit à la noblesse de l'imiter. Les seigneurs longtemps privés de ce plaisir par le despotisme du roi Louis remirent vivement à la mode leur divertissement favori. Quand Louis XI devint vieux, terrorisé à l'idée d'une mort prochaine, il se distrayait de ses idées noires en lâchant des rats dans sa chambre à la poursuite desquels ses chiens s'élançaient en grondant. Du fond de sa sinistre retraite, cet esprit si grand devenait un cerveau vulgaire dès qu'il se trouvait en présence de la mort. Ce qui lui avait si bien réussi avec les hommes, il le tenta avec Dieu : corrompre par la promesse et acheter par l'argent. Pour ne pas mourir, ce prince taciturne était prêt à payer le prix. Il chercha à obtenir la clémence du ciel par des cadeaux somptueux. Et des libéralités prodigieuses. Dans ce but il se défait de tout, de ses ornements royaux et de son bonnet enrichi de pierreries. A l'église de Saint-Martin il offrit une statue en argent qui pesait cent vingt-six marcs deux onces et le modèle en vermeil du château de La Guerche. Allant plus loin pour plaire à Dieu, il remplaça le treillis de fer qui protégeait le tombeau du saint par une grille en argent. Pour prolonger ses jours il eut encore une meilleure idée : recourir à l'intervention d'un saint homme, François de Paule. Il le logea dans une dépendance du Plessis où il fonda un couvent. Malgré les dévotions de l'ermite calabrais, les jours du roi étaient comptés. Louis XI mourut le samedi 30 août 1483. Roi cruel et retors, il avait une telle méfiance des hommes qu'il ne se trouvait à l'aise que dans la fréquentation des bêtes. Mademoiselle Vote m'avait raconté qu'il possédait en forêt d'Amboise une extraordinaire ménagerie peuplée d'espèces inconnues sous nos cieux : éléphants, dromadaires, léopards et autruches. Dans chacun des châteaux où il résidait, Louis XI faisait disposer des volières et des cages. Il ne cessait de s'attendrir sur ses faucons préférés, ses chevaux, ses chiens et sa chèvre chérie, baptisée Mignonne, mais il n'avait aucune pitié pour ses ennemis et laissait croupir dans sa cage le cardinal La Balue... L'ambition dévorante de ce dernier le poussa à trahir successivement l'Eglise et l'Etat jusqu'au moment où il fut nommé chapelain et conseiller du roi et obtint, grâce à lui, le chapeau de cardinal. Il détourna treize mille livres sur les quinze mille que lui avait données le roi pour corrompre l'entourage de Charles le Téméraire. Il fut surpris par la police de Louis XI au moment où il s'efforçait de faire échouer par des messages secrets la mission qui lui avait été confiée. Ainsi était l'évêque félon qui pour une fois avait su mettre en défaut le tyran perfide, fantasque et rusé diplomate. Il le paya très cher : onze ans de prison dont quelques années de cette interminable détention dans les geôles d'Amboise. Le personnage était assez méprisable. Le souvenir de ces cages, appelées « fillettes » par les familiers de la cour, où on nous menaçait de nous enfermer, alimentait nos cauchemars d'enfants. C'étaient des cages de fer et de bois de quelque huit pieds de large, à peine de la hauteur d'un homme, couvertes de plaques de métal avec de terribles serrures. Les prisonniers y vivaient recroquevillés pendant des années et le fameux chroniqueur Philippe de Commynes y séjourna durant huit mois ; lui dont la plume était indomptable gardait de cette longue captivité, où l'on vivait tête baissée, un cuisant souvenir. Le récit de l'enfance obscure de Louis XI, raconté par Maurice, notre cuisinier, ne pouvait que me toucher. Eloigné de ses parents et des usages de la cour, il passa sa jeunesse au château de Loches, sous la protection de sa nourrice berrichonne et de sa gouvernante Clémence, qui fut sa « berceresse ». La condition de l'enfant avait tellement peu de rapport avec celle d'un dauphin, que l'intendant, Jacques Trousseau de Bois Trousseau, n'avait pas toujours de quoi payer les fournisseurs du château, ni même les repas du fils du roi. Le futur Louis XI jouait avec des garçons de son âge, aussi pauvres et mal vêtus que lui. Il naquit quand son père avait vingt ans, et lui-même ne régna qu'une vingtaine d'années. Il entra en rébellion contre son père et n'assista pas à ses funérailles.

Pétri de respect pour celui qui m'avait mis au monde, j'étais pourtant un enfant colérique et rebelle. Obéir, c'était le propos noble de mon père. Désobéir, c'était mon acte de chevalerie au service d'un ordre inconnu, attirant et dangereux. Mon père était sévère avec moi. Il est vrai que j'étais d'une insolence rare. Un jour que je l'avais défié durant le déjeuner avec des mots mordants, il avait perdu son sang-froid. A bout de patience, il m'avait jeté son verre à la figure. Mais aussitôt, je m'étais penché et le verre était allé se fracasser dans la jolie vitrine qui était derrière moi, remplie d'objets précieux. Je m'étais réjoui bêtement parce que j'ignorais encore quelle importance Léonard de Vinci accordait à cette question de l'éducation. Comment aurais-je pu savoir que la réponse s'était glissée dans le pli secret du folio soixante-sept du Codex Atlanticus que le maître toscan avait accompagné de ce commentaire : « Cette fable est destinée à ceux auxquels est arrivé malheur parce qu'ils ne châtient pas leurs enfants. » En considérant le cas de Louis XI, qui avait eu l'audace inouïe de s'élever contre son père, je demeurais perplexe. A la fois fasciné par cette capacité de passer outre le respect et réprouvant en même temps cette façon de faire, je n'avais pas envie d'être capable d'un tel forfait qui avait conduit un fils de roi chez le pire ennemi de sa dynastie, et un dauphin récalcitrant jusqu'à un exil dégradant auprès du duc de Bourgogne.

Si nous avions si peur d'Estienne Le Loup, c'est parce que nous percevions que c'était un homme qui était capable de tout. Et puis ce nom de « Loup » avait de quoi nous intimider. Les loups étaient donc faits pour surveiller les enfants et les contraindre à la sagesse. Les meutes étaient là pour nous mettre au pas et leur long hurlement dans le soir était destiné à nous faire taire. On nous avait même laissé entendre que dans l'obscurité, entre chien et loup, c'est-à-dire cette heure incertaine, il était des êtres effrayants, les loups-garous, à la fois hommes et loups, ces dévastateurs de sommeil qui foulaient de leurs pas légers nos songes sourds.

Mademoiselle Vote ne pipait mot mais à ses yeux écarquillés quand ma mère parlait des loups, je sentais qu'elle en savait plus sur le sujet. Qui lui avait appris à savoir se taire toujours ? Qui avait éteint cette femme, elle qui ressemblait à un encensoir ? Qui l'avait bridée, humiliée, mise à terre ? Parfois elle laissait échapper des plaintes et prononçait des bribes de phrases comme : « Les psychiatres me l'ont dit » ou encore : « On m'a jetée dans les bras des prêtres », des expressions étranges, sans véritable sens, mais qui indiquaient tout de même combien elle avait été manipulée et malheureuse. Avec ses airs hagards, je me demandais si elle n'était pas un peu folle. Elle semblait échappée de quelque part, enfuie de quelque chose. Elle avait été prisonnière, elle ne l'était plus. Elle paraissait troublée et en même temps elle semblait libre. Elle était tenue debout par ses obsessions intérieures ; la passion de la forêt, l'amour distant des enfants et la folie têtue de la recherche des empreintes, à pas de loup.

CHAPITRE 11

Les confitures de sang

Mademoiselle Vote était bien placée pour savoir que la chasse au loup est l'une des plus difficiles qui soit. Un loup ne se lasse pas de courir. Quand il est sur les traces d'une proie, il peut parcourir jusqu'à deux cents kilomètres pour satisfaire sa cruauté. Depuis qu'elle était petite fille, elle était en admiration devant son père, un grand chasseur à la barbe fleurie, vêtu de velours côtelé. C'était un lieutenant de louveterie, qui racontait les traques d'autrefois et comment au XVIIIe siècle le Grand Dauphin avait levé un loup dans la forêt de Fontainebleau et ne l'avait attaqué que quatre jours plus tard aux portes de Rennes.

Elle notait sur son petit carnet noir, peut-être dans le but de venger un jour ses amis les loups, les fusils les plus célèbres qui avaient contribué à leur massacre. Le comte de Saint-Prix qui avait fait tuer devant ses chiens quatre cents loups, le baron Halna du Fretay qui en tua trois cents, le comte de Châteaubourg qui en tua huit cents, le comte de Tinguy du

Nesmy qui entre Vendée et Morbihan en tua peut-être deux mille.

Les loups me faisaient peur, mais ils étaient aussi mon rêve. Ils passaient dans les fables et ornaient les blasons. Ils ne cessaient de rôder et de voir dans la nuit. Moi aussi, j'aurais aimé avoir le droit d'être une bête sauvage. Moi aussi, je me sentais cruel parfois, comme ces êtres brutaux armés de dagues effilées dont je savais qu'ils avaient vécu ici. J'étais sûr que dans les sous-sols du château on entendait encore les pas de notre assassin familier, du redoutable tueur qui jadis avait fait de notre maison la sienne. Il s'appelait Michel du Gast. Il était le capitaine de la garde d'Henri III et avait été fait par ce prince gouverneur d'Amboise. C'était une sorte de géant à rapière, de monstre froid sanglé dans son pourpoint, d'homme de main au service du souverain pour les plus basses œuvres. On ne le dérangeait pas beaucoup. On le convoquait rarement. Mais quand on le faisait, c'était alors toujours pour tuer. L'avant-veille, on l'avait prévenu qu'il fallait partir de bon matin. A cheval et au galop, il s'en était allé jusque chez le roi. C'était pour être à l'heure au rendez-vous, à la seconde du coup fatal, à la minute de la trahison, à l'heure du crime. Il était des Quarante-Cinq fidèles du roi qui assassinèrent le duc de Guise, et c'est lui qui acheva le Balafré. Ce jour-là, on avait poignardé un grand homme qui croyait dur comme fer que ses ennemis se déroberaient. Prévenu du danger, il s'était exclamé : « Ils n'oseront pas ! »

Le vendredi 23 décembre, le temps était sombre et une pluie froide tombait sur le château de Blois. Henri III devant aller en pèlerinage – à Notre-Dame de Cléry – avait la veille au soir fait prier le duc et le cardinal de Guise, l'archevêque de Lyon et quelques autres seigneurs de se trouver à six heures du matin dans son cabinet parce qu'il voulait tenir conseil avant de partir. Le roi réveillé dès quatre heures se tenait dans son cabinet neuf. Il avait caché sa garde dans sa chambre à coucher. On attendait les deux frères. Le cardinal de Guise était au conseil mais le duc n'arrivait point. Il n'avait quitté qu'à trois heures du matin sa maîtresse, la belle Madame de Sauves. Il était près de huit heures quand ses valets de chambre le réveillent en lui apprenant que le roi est prêt à partir. Il se lève en hâte et sort pour se rendre au conseil. A son entrée dans la salle, le duc de Guise s'assoit près du feu en se plaignant de la température. Soudainement il se sent très mal. Son beau visage altier devient pâle comme la mort. Est-ce un pressentiment ou simplement l'effet des excès de sa nuit d'amour ? Il se sent défaillir. Il demande qu'on lui apporte des confitures. Saint-Prix, premier valet de chambre du roi, lui propose des prunes de Brignoles. Le duc en mange et se sent mieux. Alors s'ouvre la porte de la chambre du roi et l'on dit à Guise que Sa Majesté le demande dans son cabinet vieux. Le duc met quelques prunes dans son drageoir puis il retrousse son manteau, et saluant l'assemblée avec sa grâce coutumière il entre dans la chambre du souverain. Il se trouve alors en présence des Quarante-Cinq. Les gardes s'inclinent. Le duc de Guise s'approche du passage qui conduit au cabinet. Soudainement anxieux de se voir suivi il s'arrête un instant et dans un geste d'hésitation caresse sa barbe avec la main droite. A cet instant même un homme qui se trouve près de la cheminée le saisit au bras et lui porte un coup de poignard en travers de la gorge. On se jette à ses jambes pour l'immobiliser et on le frappe derrière la tête. Guise n'a pas dit son dernier mot. Il renverse un de ses assaillants d'un coup de drageoir et bien que son épée soit prisonnière de son manteau, cet homme puissant et plein de force entraîne ses meurtriers d'un bout à l'autre de la chambre. Tel un animal blessé traînant à sa suite une meute, il va et vient de la chambre du roi au cabinet vieux, maculant de sang murs et tapisseries. Perdant son sang en abondance le duc s'arrête au milieu de la chambre. Va-t-il tomber ? Titubant, il répète toujours et de plus en plus faiblement : « Ah ! Quelle trahison ! Quelle trahison ! »

Du Gast s'approche, il va donner le coup de grâce. Jusqu'à la garde dans l'estomac du malheureux ; mais le Lorrain ne tombe pas. Apeurés un instant, les assassins reculent. Les bras tendus, les yeux éteints, la bouche ouverte, le corps ensanglanté et percé de dix blessures, il tombe aux pieds du roi. La victime de l'effroyable attentat n'a pas les yeux clos. Entre ses longs cils, les paupières à demi fermées, il semble surveiller ses meurtriers, le sang coule à flots et bientôt il meurt. Du Gast contemple la belle ouvrage. C'est lui qui lui a porté les premiers coups dans le dos, puis les premiers coups dans le ventre. C'est seulement après que les gardes d'Henri III se sont assurés de la réalité de son décès que le roi hausse la portière de son cabinet pour rentrer et enfin contempler son ennemi étendu dans une mare de sang. Il lui donne un coup de pied au visage comme le duc de Guise en avait donné à l'amiral de Coligny, le jour de la Saint-Barthélemy. « Mon Dieu ! Qu'il est grand, s'écria-t-il ; il paraît encore plus grand mort que vivant. » Du beau travail d'assassin où l'on reconnaît la main ferme et la manière forte de Monsieur du Gast. La dépouille, couverte d'un tapis, sur lequel on a placé une croix de paille, est traînée dans la garde-robe.

Mais ce n'en est pas assez de ce guet-apens mortel, il faut encore occire son frère. Au lendemain de ce traître meurtre les Quarante-Cinq reçoivent l'ordre d'exécuter aussi le cardinal de Guise-Lorraine. Cette fois ils se récusent. Mais le capitaine du Gast est là. Il accepte la mission et détermine trois soldats de sa compagnie, Gosi, Châlons et Viollet, moyennant quatre cents écus, à tuer le cardinal. Le 24 décembre au matin la chose est faite. Les hommes en armes ont apostrophé le prélat « Monsieur, pensez à Dieu ! » avant de le larder de coups au cœur. Ce soir c'est la nuit de Noël, le corps du cardinal et celui de son frère le duc de Guise sont brûlés dans la chambre des combles et leurs cendres sont jetées dans la Loire.

« L'homme est un loup pour l'homme », disait souvent Maurice. Il n'avait pas vu le fantôme du tueur aux grandes bottes débordantes de sang. Après avoir fait son travail de commande, du Gast était rentré à la maison. Qui aurait pu imaginer que sous cet air de mari sérieux, de père débonnaire et de frère bienveillant, il y avait un professionnel du poignard ?

Mademoiselle Vote, qui aimait me parler aussi bien du caractère singulier des femmes que des bizarreries des hommes, ne voulait pas que j'ignore qui était Henri Ier de Lorraine, troisième duc de Guise, dit le Balafré. Elle m'expliqua qu'il avait été élevé dans la haine des protestants qui avaient assassiné son père. Elle me dit que c'était pour se venger qu'il avait ordonné le meurtre de l'amiral de Coligny. Elle m'indiqua que c'était lui qui avait préparé le massacre de la Saint-Barthélemy. Je voulais en savoir plus sur le Balafré, épaté par son côté hautain dans l'adversité, dédaigneux de la mort à tous les instants. Elle me dit qu'il était marié avec Catherine de Clèves et que d'elle il avait eu quatorze enfants. Elle me raconta aussi une histoire qui s'adressait à l'adulte en moi, et plus tout à fait à l'adolescent. Une nuit, croyant qu'il était trompé par sa femme, le duc de Guise avait pénétré dans sa chambre avec une dague et une fiole. Il dit à son épouse : « Madame, vous me trompez, il vous faut mourir ! Comme je suis bon, vous pouvez choisir : le poignard ou le poison ! » Elle se met à genoux pour supplier son mari, et demander grâce. Le duc est implacable, immobile et fier, il se montre inflexible. Catherine de Clèves choisit de mourir par le poison. Le duc lui tend alors la petite fiole et c'est sans un tremblement qu'il la voit boire devant lui. Il quitte sa chambre comme un fantôme tandis que toute la nuit elle prie Dieu pour qu'il l'accueille au paradis. Au petit matin, le duc de Guise retourne dans la chambre de sa femme. Avec un sourire aiguisé et radieux, comme une nouvelle lame, il lui fait cette confidence : « La fiole ne contenait qu'un bouillon de légumes. » L'homme est un loup pour sa femme.

Pointez votre doigt dans le pot de l'histoire de France et pourléchez-vous des confitures de sang. Ce n'est pas un péché mortel. Bien avant le meurtre du duc de Guise, Léonard de Vinci a pratiqué cette gourmandise morbide au printemps 1478 après l'échec de la conjuration des Pazzi. Cette famille orgueilleuse de banquiers florentins, soutenue par le pape Sixte IV, avait fomenté l'assassinat de Laurent de Médicis et de son frère Julien. Ce dernier ne put en réchapper et les représailles furent terrifiantes, la peur enseignant avec vivacité l'art de la réplique la plus brutale. Le spectacle des corps des conjurés pendant au gibet avait pleinement atteint son objectif : dissuader à jamais le peuple comme les princes de tenter à nouveau un tel forfait. Il est vrai que l'exposition des blessures des suppliciés avait tellement taraudé les habitants de Florence qu'elle aurait même pu détourner un bourreau de l'exercice de sa profession. La mémoire de ces corps torsadés par la torture semblait avoir la vertu de fixer le remords avant même que l'action ne soit entreprise. C'est alors que Léonard de Vinci entre en scène. Il se rend sur les lieux et dessine le visage de Bernardo Bandini, assassin de Julien. Il note en marge le détail des élégants vêtements avec lesquels le supplicié est allé à la mort : chapeau, pourpoint de satin noir, manteau à col de velours doublé de renard, longues chausses noires... Le deuil grimpe le long des jambes.

CHAPITRE 12

Hurler avec les loups

A la fin de chaque repas, la vieille demoiselle procédait au même rituel qu'elle imaginait discret, persuadée que nul ne l'avait encore remarqué. Elle ouvrait le fermoir ouvragé de son sac à main posé sur ses genoux et y fourrait en cachette les morceaux de mie de pain enroulés, les boulettes de viande et les croûtes de fromage qu'elle avait accumulés durant le déjeuner.

Nous, les enfants, conscients de son manège, nous avions pris pour jeu de l'imiter, répétant ce va-et-vient de la main, devenu notre signe de reconnaissance. Quand elle se levait de table, personne ne se demandait à qui pouvaient être destinés ces reliefs dérobés aux repas.

Il m'a fallu beaucoup de temps pour comprendre que c'est à un animal sauvage, toujours affamé, qu'elle réservait ses provisions secrètes. Mademoiselle

Vote, qui avait passé sa jeunesse chez les Polonais de Touraine dans ces vastes propriétés où les aristocrates venus des neiges osaient chasser comme des barbares à la fois à cheval et à tir, était familière de ces animaux qu'on croyait depuis longtemps disparus : les loups ; queues basses et jarrets tendus. Ces loups pour lesquels j'avais de la tendresse sans jamais les avoir croisés. Ces loups qui avaient bouleversé mon poète préféré Alfred de Vigny, né à Loches où j'avais vu le jour, promenant sa plume au Maine-Giraud en 1843 sur la plaine neigeuse de la page pour célébrer leur grandeur avec *La Mort du loup*.

Hélas ! ai-je pensé, malgré ce grand nom d'hommes,
Que j'ai honte de nous, débiles que nous sommes !
Comment on doit quitter la vie et tous ses maux,
C'est vous qui le savez, sublimes animaux !...
« ... Gémir, pleurer, prier est également lâche,
Fais énergiquement ta longue et lourde tâche
Dans la voie où le sort a voulu t'appeler,
Puis, après, comme moi, souffre et meurs sans parler. »

« En Pologne comme en France, disait Mademoiselle Vote, les loups se nourrissaient essentiellement de cerfs. C'est avec la venue de l'hiver qu'ils se mettaient à chasser en meute. » La Touraine et le Blésois étaient infestés de loups qui semaient la terreur dans la campagne. Le nom de Blois venait de *bleiz*, mot gaulois signifiant « loup ». Ces bêtes féroces attaquaient les troupeaux et leurs bergers dont on ne retrouvait que quelques os, le reste ayant été dévoré. Les loups, on ne parlait que de cela à la maison. C'était le sujet de conversation préféré de ma mère. Elle nous racontait comment un vieux violoneux de son enfance, poursuivi par eux, les avait fait fuir en saisissant ses sabots de bois et en les claquant l'un contre l'autre dans le silence de l'hiver glacé. Je me souviens aussi de quelle manière insistante, sous le regard réprobateur de mon père, elle avait harcelé de questions à ce propos un diplomate d'Europe centrale, lors d'un dîner chez le marquis de Serres, qui nous avait expliqué comment en 1520 François Ier avait réorganisé un corps de chasseurs professionnels hiérarchisé ; cette vénérable compagnie des louvetiers naguère créée par Charlemagne. Tout se mélangeait dans ma tête entre ces loups qui pendant la dernière guerre, effrayés par la mitraille, avaient franchi la Vistule et ceux qui apparaissaient aux confins des forêts françaises dans cette attitude de domination qui leur était si singulière ; poil hérissé, épaules voûtées, oreilles droites et regard fixe. Entre ce que me racontait d'eux Anne-Marie, ma ravissante cheftaine de louveteaux qu'on appelait Akéla, et le souvenir évoqué par ma mère d'une petite fille russe, enfant bien-aimée du gouverneur Rostopchine, il y avait de quoi rêver. L'enfance de la future comtesse de Ségur était à mon goût. Sous les hautes fenêtres du château de Voronovo, à quelques centaines de verstes de

Moscou, la petite fille russe s'effrayait du chant choral vorace et cynique des bêtes affamées. Mais, tout cela n'était que littérature. Encore une fois, c'était à Mademoiselle Vote que je devais la révélation qu'existait encore le vrai méchant loup au museau pointu et aux grandes oreilles. Toute sa gestuelle confidentielle dans la salle à manger était en fait destinée à nourrir son animal préféré, et pourtant les restes accumulés ne pouvaient suffire à apaiser l'appétit féroce d'une bête dont le besoin en nourriture est de trois à huit kilos de viande par jour.

Alors que mes parents prétendaient que les loups avaient disparu de la forêt d'Amboise et que mon ancêtre Paul Schneider, lieutenant de louveterie – fils du fondateur des usines du Creusot, maître de forges venu de Lorraine –, avait abattu le dernier d'entre eux dans la vallée de l'Indrois en 1861, c'est en suivant par un beau matin d'hiver les pas de la vieille demoiselle, foulant le givre craquant sous nos bottes, que j'allais trouver un démenti flagrant à cette certitude ancestrale, si bien ancrée dans les esprits. En chemin, Mademoiselle Vote lisait leurs empreintes à livre ouvert dans la neige. Elle y déchiffrait leurs déplacements, semblait même y relever leurs états d'âme jusqu'à me désigner les traces du bonheur des joutes amoureuses de ceux qu'elles appelait pudiquement « les jeunes mariés ».

Quelle ne fut pas ma stupéfaction quand, enfoncé dans la forêt au milieu d'une belle clairière, je vis la vieille fille placer ses deux mains en porte-voix et lancer un hurlement rauque à vous glacer le sang. Un lourd silence épaissi par la lenteur ouatée de l'hiver succéda à ce signal. Et bientôt une clameur identique lui répondit, accompagnée de jappements joyeux de plus en plus proches. Deux louveteaux semblant surgir de nulle part bondirent dans la clairière. Admiratif, je levai les yeux vers la vieille demoiselle, comblé par ce spectacle inattendu. Mais la matinée n'était pas terminée. Mademoiselle Vote continuait à lancer ses appels me disant que, par chance peut-être, se présenterait à nous un de ces grands mâles de quatre-vingts kilos capable de tuer un cheval.

Elle me révéla alors de quelle nature était ce cri qui avait le pouvoir de créer la complicité entre les espèces; une émission harmonique composée de plusieurs sons, d'abord un long et bas, ensuite un plus bref lancé d'une voix haute. Je n'en revenais pas de voir cette demoiselle si distinguée au pâle visage recouvert de poudre de riz, portant jabot de dentelle ivoire, se métamorphoser en femme-loup hurlant le signal de sa race, et c'est avec une complicité faite d'autant d'admiration que de stupéfaction que je contemplais cette dame de compagnie si discrète se transformer devant moi, le temps d'un appel, en authentique bête du Gévaudan.

Hurler avec les loups

Jusqu'où irait-elle pour encore me surprendre, celle qui – sous la table, serviette brodée et armoriée posée sur ses genoux – collectait les vestiges de nos repas en faveur d'une espèce qu'on disait disparue ?

CHAPITRE 13

La vieille fille au nez bourbonien

Ces promenades me rappelaient ce temps d'avant, et le souvenir de cet instant où, au moment du brame des cerfs, dans cette saison qui s'écoule de la fin de l'été au début de l'automne, j'avais connu l'incroyable. C'était Mademoiselle Vote, la dame de compagnie qui vivait au Clos-Lucé depuis si longtemps, déjà présente à la génération précédente, singulier caractère et curieux personnage, qui m'avait fait connaître les vrais effrois de la forêt profonde. Elle avait l'habitude de se promener seule en forêt, avec son souci de liberté et son esprit provocateur. De cette vieille fille au nez bourbonien et à la coiffure séparée en trois boules, je préférais suivre les pas, aussi bien aux aurores du monde que dans les nuits claires et froides où elle osait m'entraîner, sous la bruine et la pleine lune. Parfois, elle me réveillait tôt le matin, pour m'offrir la faveur secrète de l'accompagner écouter la complainte du désir, au cœur des brouillards qui stagnent mollement dans les fonds. Mademoiselle Vote était l'ennemie des chasseurs. Elle chantait à tue-tête sous les arbres centenaires :

Dans la forêt d'Amboise,
Chasseurs allant chassant,
Je vous chercherai noise,
... Avec mes chants

Son esprit rebelle m'avait conquis. Et, tandis que des effluves de feuilles consumées, de glands et de champignons imprégnaient la forêt, nous progressions sous le couvert des frondaisons pour entendre les brames. C'était l'émission, au départ, très espacée, de rots brefs et rauques qui montrent que l'animal fait sa voix, mange et surveille ses biches, ne tolérant pas qu'elles s'éloignent du périmètre qu'il leur a défini, là où rôdent les autres cerfs. Dans les sous-bois, Mademoiselle Vote me désignait en silence un daguet balafrant les arbres de ses perches pour apaiser la fièvre qui le brûlait. C'est quand les jours raccourcissent et que la sève ne monte plus, que les mâles sont prêts à s'affronter. Alors les antagonistes brisent leurs andouillers et se blessent parfois même mortellement. Elle me montrait les boulettes rejetées par les chouettes qui contenaient de minuscules crânes de souris. Elle régnait avec réserve sur la Touraine des forêts giboyeuses et l'automne était sa saison, quand le bouleau devient jaune, le châtaignier roux et le mélèze or. Elle m'expliquait que le style ogival était né de la contemplation des grandes allées, et qu'il suffisait de lever les yeux pour voir s'unir les hautes branches des grands arbres à la manière d'une voûte médiévale de verdure. Autrefois, dans la préhistoire barbare, il y avait les bois sacrés, désormais l'image de la forêt cathédrale prouvait qu'elle était le berceau d'une race et la résidence d'un Dieu.

« J'aime le son du cor le soir au fond des bois... », clamait la vieille fille récitant le poème d'Alfred de Vigny lorsqu'elle me rejoignait là, dans la folie de mes lectures et la forêt des livres, où je retrouvais en tournant les pages, telles des feuilles d'automne, les rendez-vous que me donnaient les romantiques d'un autre temps, comme les frères perdus de ces vastes forêts couvrant nos rêves de leurs dômes de ténèbres, dans l'indifférence du temps. Ainsi, dans ma frénésie à mettre mes pas dans ceux de mes écrivains préférés, je pistais le jeune Goethe, en lisant sa *Campagne de France*, étonné de voir sa passion pour la minéralogie et tentant de comprendre pourquoi ce militaire en campagne prenait tant de plaisir à collectionner les cailloux. Ce qui m'émerveillait dans le romantisme, à l'origine de la naissance de l'unité européenne, c'était ces êtres, loin les uns des autres, qui pensaient la même chose au même moment. Et, encore une fois, le jeune vicomte français ne m'avait pas déçu, quand la plume de Chateaubriand décrivait : « Ces voûtes ciselées en feuillages, ces jambages qui appuient les murs et finissent brusquement comme des troncs brisés, la fraîcheur des voûtes, les ténèbres du sanctuaire, les ailes obscures, les passages secrets, les portes abaissées, tout retrace le labyrinthe des bois dans les églises gothiques. » Je répétais ces phrases : « Les forêts ont été les premiers temples de la divinité, et les hommes ont pris dans les forêts la première idée de l'architecture. » Comme je me sentais proche de cet être jeune et pauvre, malade et exilé, séparé de sa compagnie du Royal-Navarre qui s'était débandée dans la retraite, traînant sa mélancolie, arpentant la campagne de Verdun jusqu'à Namur, s'endormant le soir au versant d'un talus, avec sous sa tête fiévreuse le manuscrit d'*Atala* en guise d'oreiller. L'enfant de Combourg devenu grand était l'auteur de cette maxime majestueuse : « Les forêts précèdent les peuples, les déserts les suivent. » Elle semblait aussi juste dans le décor chenu de sa Bretagne que sous les frondaisons de ces Ardennes antiques où il s'était égaré et qui avaient su inspirer le roman des *Quatre Fils Aymon*. Un terroir élu de la littérature puisque je découvrais que Verlaine tirait son origine de Paliseul, tandis que Rimbaud était de Charleville non loin de la statue du duc de Gonzague.

Ecrire ne serait-il pas un passeport pour franchir les obstacles de ce monde féroce ? Désormais tout était mêlé ; mes lectures nocturnes où j'usais mes yeux sans jamais ressentir la lassitude et le spectacle de l'existence. Je voulais garder à l'égard de la forêt des livres la gratitude qui sied de la part de celui qui a tout reçu, moi l'autodidacte aux mains fébriles, qui recopiait dans son carnet vert à spirale les phrases des autres, quand elles exprimaient mieux que lui ce qu'il pensait. J'étais fier de noter, en exergue à mon carnet vert, cette pensée de Vitruve :

« Je ne cherche point, en écrivant cet ouvrage, à cacher d'où j'ai pris ce que je produis sous mon nom, ni à blâmer les inventions d'autrui pour faire valoir les miennes. Je professe, au contraire, la plus grande reconnaissance envers tous les écrivains qui ont recueilli, comme je le fais, tout ce que les auteurs plus anciens ont préparé et amassé, chacun dans sa profession ; car leurs ouvrages sont comme une source où nous pouvons puiser abondamment ; nous profitons du travail de ceux qui nous ont précédés pour compléter avec assurance de nouveaux ouvrages. »

CHAPITRE 14

La forêt des livres

Ainsi je me préparais à être fidèle à tous ceux qui avaient célébré l'arbre philosophal comme Léonard de Vinci. Car j'avais compris qu'au milieu des années soixante, la forêt était devenue une bibliothèque délaissée par les hommes et que pourtant, c'était en son cœur qu'on pouvait découvrir le sens caché des êtres et la vérité voilée de l'envers du monde. Le grand artiste avait ses préférences, le chêne, l'orme et le hêtre étaient ses bien-aimés. Le peuplier aussi bien sûr puisque c'est sur un mince panneau de ce dernier qu'il a peint la Joconde. En lisant Léonard je ressentais combien s'imposait la correspondance entre le ressac des océans et le mouvement de la forêt. Son écriture me comblait, précise et imagée. Seul il était capable, par le style, d'ajouter les ombres au froid et les rayons à la chaleur de l'astre. Je cherchais avec frénésie dans ses manuscrits et dans le Codex Atlanticus qu'il avait daté et signé du château du Cloux une comparaison entre la force des eaux et la majesté des bois, égale à celle que j'avais trouvée dans Pline l'Ancien et retrouvée dans Rimbaud : sa métamorphose de la mer en terre, dans le premier poème en vers libres de la littérature française : « Le littoral lui-même est occupé par les chênes fort impatients de croître ; minés par les flots ou poussés par les vents, ils entraînent avec eux de vastes îles, qu'ils embrassent de leurs racines, et naviguent ainsi debout en équilibre. Leurs branches immenses, comme des agrès, ont souvent terrifié nos flottes, quand les flots les poussaient comme à dessein sur les proues de vaisseaux à l'encre de la nuit et que ceux-ci, ne sachant à quoi recourir, engageaient un combat naval contre les arbres. » Ainsi je pouvais comprendre ce que serait ma vie future. Du moins je m'en persuadais : je ne serais qu'un arbre solitaire combattu par la brutalité de tous les vaisseaux. Pourtant l'intelligence de la forêt était une force pour ceux qui savaient la comprendre et Mademoiselle Vote m'avait dit que se percher dans un arbre correspondait à une position rituelle dans toutes les traditions celtiques. C'est ainsi que l'homme sauvage a fait son ascension. Grimpant parmi les branches, il a partagé les fruits de la connaissance avec le monde animal. Il a appris à voir de haut. En écoutant la voix de la vieille demoiselle et en contemplant son visage un peu hagard à cet instant-là, j'ai cru entendre le murmure de Léonard ; souvent il me parlait comme en *sous-titre* aux propos des humains et alors que je fixais les traits de mon interlocuteur, c'était sa voix à lui qui venait jusqu'à moi. « Ne pas prévoir, c'est déjà gémir », me souffla-t-il ce jour-là, en écho au cri du guetteur perché, auquel sa position élevée offre le pouvoir d'être informé avant les autres, l'avance considérable donnée par le savoir.

Lors de mes vagabondages dans les verdures éternelles j'avais l'impression de lire l'univers et la forêt était pour moi la plus belle des bibliothèques. Je commençais à comprendre pourquoi les poètes sentaient dans la forêt la présence de l'origine, rejetée dans l'oubli par la folie des villes. Et je croyais saisir que si la mémoire du terroir nous était donnée, c'était justement pour apprendre à savoir survivre à la sauvagerie de la modernité. Je lus une phrase de Balzac traitant de la fraternité secrète des feuilles et des pages. Je fus émerveillé : « Il n'est pas un site de forêt qui n'ait sa signifiance, pas une clairière, pas un fourré qui ne présentent des analogies avec le labyrinthe des pensées humaines. Quelle personne dont l'esprit est cultivé peut se promener dans une forêt sans que la forêt lui parle ? »

Entre les promenades dans la forêt d'Amboise et les heures de lecture nocturnes sous le baldaquin bleu du Clos-Lucé, j'avais le sentiment d'atteindre la vie rêvée, celle où la sédimentation des mots et la pétrification des pages ressemblent au travail de la forêt contre le temps, quand elle retarde la fonte des neiges, empêche l'érosion et le ruissellement des eaux qu'elle filtre finement par son système racinaire. Les livres reliés étaient comme ces arbres creux dont les cavités étaient favorables aux oiseaux, et à ces rapaces nocturnes comme la chouette hulotte et la chouette chevêche. Les livres étaient des cages à oiseaux, des caches à animaux, des réservoirs de secrets. Il y avait la vie au cœur des écorces de la mort ; les écureuils, la martre, la jeunette, les lérots et les muscardins, qui bougeaient sans cesse dans les vieux arbres. Et les phrases se succédaient en masse comme dans la forêt les fougères, les papillons, les crapauds, les bouquets d'armillaires, les pelotons de mycènes. La forêt, c'était ce passé revenu au-devant de nous. Mademoiselle Vote me disait que l'arbre le plus ancien qu'elle connaissait se trouvait dans l'Indre, au pays de George Sand : l'if de la Motte-Feuillie, vieux de mille cinq cents ans, sous lequel elle assurait que Jeanne d'Arc se serait reposée et dont la circonférence est de huit mètres. Si j'aimais le romantisme ce n'était pas seulement parce qu'il était devenu la carte d'identité de ma toute jeune adolescence, c'était aussi parce qu'il me permettait de vivre harmonieusement mes voyages dans l'Histoire. Le romantisme s'était retourné sur la Renaissance, comme la Renaissance s'était retournée sur l'époque gréco-latine. Il ne m'avait pas échappé qu'entre la Renaissance où il avait vécu et le romantisme qui l'avait arraché à l'obscurité, on avait complètement oublié de célébrer le génie de Léonard de Vinci. C'est grâce à un sonnet de Charles Baudelaire que l'ombre du grand homme avait retrouvé sa lumière. Baudelaire, « ses forêts de symboles et leurs vivants piliers » qui vous observent, me restituait un Léonard de Vinci aux cheveux ceints de lierre. Baudelaire qui avec ses mots froids communiait avec moi dans les mêmes effrois forestiers : « Grands bois, vous m'effrayez comme des cathédrales. Vous vibrez comme l'orgue... » La quête du Graal je la pratiquais en accumulant les mots. Les livres étaient faits pour dissimuler l'inaccessible. Les œuvres étaient comme la forêt d'Orient à l'époque de Chrétien de Troyes : un véritable labyrinthe. Ce pouvait être cette recommandation un peu rude du fondateur de l'ordre des cisterciens, rénovateur de la règle monastique, et inspirateur des templiers, saint Bernard de Clairvaux : « Vous trouverez plus de choses dans les forêts que dans les livres ; les arbres et les rochers vous apprendront ce que les maîtres ne sauraient enseigner. »

La forêt c'était le royaume de nos songes et la sève de nos rêves ; elle courait de l'arbre généalogique à l'arbre de la connaissance, de l'arbre de la vie à l'écorce de la mémoire. Encore une fois, c'était la pensée d'un Italien, Giambattista Vico, qui la résumait le mieux : « Les choses se sont succédé dans l'ordre suivant, d'abord les forêts puis les cabanes, les villages, et enfin les Académies savantes. »

L'histoire de France aussi il fallait la considérer à partir du faîte du chêne majestueux, le roi des bois, l'arbre le plus répandu dans notre pays, ce chêne pédonculé, qui possède un haut pied irrégulier, lequel laisse filer la lumière. Car jadis, dans les forêts devenues extrêmement denses après le déluge, les géants erraient sans pouvoir imaginer l'existence d'un ciel au-delà des sombres frondaisons qui les protégeaient. De là-haut, en revanche, on voit tout. Même le passage au galop du poète Guillaume Budé, amoureux des chevaux, des chiens et des oiseaux, mais ne dédaignant pas le noble déduit, au point d'oser courir le même sanglier que le roi François Ier. Ce dernier avait beaucoup de chance. Son oncle Louis XII lui avait donné ses premières leçons de vénerie, et devenu le Roi-Chevalier, il allait bâtir avec autant d'ambition que de panache ces châteaux spécialement dédiés à la chasse, qui ornent en Europe l'aurore de la Renaissance. Fleurange, compagnon de jeunesse du futur souverain, évoque la grâce du roi Louis XII qui eut la délicatesse, pour complaire à son neveu, de transporter les animaux de forêt en forêt. Il raconte comment : « Il faisait prendre des bêtes dans les forêts voisines de Chinon et les faisait apporter dans le parc pour son jeune neveu, qui tant y prenait plaisir. » Ainsi, l'infatigable chasseur deviendra le protecteur des bois, des chênes sacrés, des châtaigniers aux fruits généreux, des noyers au bois précieux. Dès le début de son règne, il prend une série d'ordonnances pour défendre le capital forestier français. C'est lui l'auteur de l'ordonnance royale de 1518, qui montre l'importance extrême accordée par la plus haute autorité du royaume aux forêts de la couronne. En 1521, François Ier interdit tout défrichement dans ses domaines, et exige qu'un quart de la forêt royale soit préservé pour constituer une futaie. En 1537, il intervient dans l'administration des forêts particulières et pour la première fois il oblige les ecclésiastiques et les communautés rurales à demander l'autorisation des parlements pour la vente des bois de haute futaie. Ainsi deviendra-t-il *l'empereur vert* et cent ans après sa mort le domaine royal comptera-t-il un million d'hectares. Il sait d'instinct ce principe qui nous vient des rois saxons : dans les forêts royales, il ne doit rester désormais qu'une seule bête féroce, le souverain lui-même. On avait situé le château de la Belle au bois dormant à Ussé, à quelques lieues de là, pour penser à Charles Perrault, le champion du merveilleux, qui dès l'enfance nous fait savoir que la forêt sauvage est le lieu de la souveraineté qui survit au sommeil, du cœur du pouvoir et du centre du secret. Dans ce conte, la princesse arrive trop tôt et du coup le temps s'arrête avant de reprendre sa course ; par une simple piqûre au doigt, la fille du roi se retrouve réfugiée dans le domaine forestier. Et commence alors pour elle le profond sommeil qui durera cent ans, habité par ces songes où le temps voyage avec autant d'aisance vers l'avant que vers l'arrière. Léonard de Vinci savait tout de cette théorie interdite de la synchronicité, selon laquelle le temps, enroulé sur lui-même, peut aussi remonter du futur au passé. J'avais tenté de retrouver dans la texture des feuilles et dans sa parabole sur les arbres l'image de ces espaces-temps qui se séparent, se superposent, et finalement se sédimentent dans le bloc de l'éternité : « L'alternance des feuilles sur la branche propose deux fins : premièrement ménager des intervalles pour que l'air et le soleil puissent passer entre eux et secondement permettre aux gouttes tombant de la première feuille d'arriver à la quatrième ou à la sixième... », enseignait le Maître toscan. En promenade en forêt, tout à l'écoute de ses théories secrètes, j'étais attentif à tout ce qu'il disait et surtout au rôle qu'il donne à la feuille : « La feuille est toujours tournée à l'endroit, vers le ciel afin de mieux recevoir sur sa surface entière la rosée qui tombe de l'air en un mouvement lent. Ces feuilles disposées sur l'arbuste de manière à se recouvrir le moins possible alternent l'une au-dessus de l'autre comme un lierre qui tapisse les murs... »

CHAPITRE 15

Le chêne à la curieuse clameur

Avec Mademoiselle Vote, la vie était une cathédrale de feuilles d'automne. Pour elle, les bois étaient un monde vivant, et une leçon pour les enfants. C'est ainsi qu'elle rêvait d'enseigner la variété des couleurs : le vert tendre du mélèze s'opposait au vert bleu foncé ou presque noir de l'épicéa. Elle entendait l'âme du chêne qui chante les grandes symphonies des orages, elle savait qu'au temps des druides, le rite d'initiation consistait à faire passer les enfants à travers un arbre fendu. Pour moi qui n'y comprenais rien, les vertes ramées provoquaient la crainte et tandis qu'elle voyait dans les voûtes hardies la noblesse des vaisseaux, je pensais que la forêt était le palais de la solitude. Un jour, elle me prit la main pour me dire un poème de Ronsard. En l'écoutant, j'éprouvai le sentiment singulier de me parler à moi-même :

Je n'avais pas douze ans qu'au profond des vallées,
Dans les hautes forêts, des hommes reculés,

Dans les antres secrets, de frayeur tout couverts,
Sans avoir soin de rien, je composais des vers.
Je n'avais pas quinze ans que les monts et les bois
Et les eaux me plaisaient plus que la cour des rois.

Un matin on toqua à la porte de ma chambre, c'était Mademoiselle Vote. Il était tout à fait inhabituel qu'elle monte jusqu'à l'étage des enfants. Son odeur de poudre de riz avait envahi la pièce et elle me dit de venir la retrouver en bas. Je m'habillai rapidement, tout excité à l'idée de partir dans l'aurore avec elle, car je savais qu'elle ne me dérangeait pas pour rien. Elle m'emmena sur le porte-bagages de son véhicule à pédales, qu'elle appelait le tridame, sorte de grand tricycle, avec un capot de couleur marron et un guidon à poignées qu'elle manœuvrait de droite à gauche et de gauche à droite. Avec ce véhicule insolite et surélevé, à roues de bicyclette, elle parcourait des kilomètres, pédalant de Vouvray à Amboise et de la tour de Rochecorbon à ce qu'elle appelait encore, comme jadis, le manoir du Cloux. Elle était vêtue toujours de la même façon. Elle portait un chemisier à jabot et un gilet de soie aux motifs campagnards, et lorsqu'elle était en promenade ses épaules étaient recouvertes d'une sorte de lourde cape doublée d'une laine épaisse. Parfois, elle tenait une canne à pommeau. Mais bien sûr, elle ne s'en embarrassait pas pour ses trajets en tridame. Installé sur le porte-bagages, j'avais tout le loisir d'examiner son crâne et les rares plantations des trois bouquets de cheveux qui composaient sa coiffure. Visiblement la vieille demoiselle avait la peau dure et le célibat l'avait rendue résistante. Nous avions pris le chemin de la forêt d'Amboise et déjà dépassé les étangs : le petit Jumeau et le grand Jumeau, étalant leur nappe dormante sous une ligne d'oseraies, près de quelques vieux saules curieusement déformés. Le coassement des grenouilles était semblable au bruit d'un verre qu'on rince. Le soleil livide du matin frappait d'un rayon oblique les masses confuses de joncs, de roseaux, de fers-de-lance, de glaïeuls, de prêles, de plantains d'eau dont il harmonisait avec un glacis d'or les verts pâles. J'imaginais les salamandres, si chères à François Ier, qui se plaisaient beaucoup plus au fond des mares qu'au milieu des flammes comme on le croyait autrefois. Nous avions retrouvé la forêt qui bruissait déjà du chant des oiseaux dans la froidure de février ; la grive musicienne, le rouge-gorge, le pic-cendré aux accents insolites rejoignant la grive-draine qui égrenait son chant mélancolique et puissant. Après les frimas de l'hiver, il restait des lingots de glace sur le grain noir d'une terre de bruyère et en attendant le mûrissement des ors, le temps du gel donnait aux biches des yeux larmoyants. Nous étions parvenus au bout d'une grande allée et débouchions sur une vaste clairière quand Mademoiselle Vote abandonna son véhicule au bord du fossé et me demanda de la suivre. L'odeur de sciure et de sève annonçait le majestueux spectacle qui allait s'offrir à nous : la coupe des grands arbres. Il émanait de l'assemblée en attente composée de bûcherons, de paysans du coin et de groupes de gardes forestiers en uniformes de velours côtelé et aux casquettes frappées d'un cerf doré une impression de gravité. Les bûcherons étaient en train de faire les hanches de l'arbre et ils regardaient dans quelle direction il allait tomber, afin d'éviter qu'il ne chute sur une branche maîtresse, ce qui risquait de fendre le tronc dans toute sa longueur. Avec Mademoiselle Vote, je m'étais approché du premier bûcheron. Il avait fait une charnière et maintenant il entamait le tronc avec sa scie. C'était alors le début des scies électriques et j'étais fasciné de voir comment la lame brutale entrait avec facilité dans la tendresse de l'écorce. A deux cents mètres de là, un arbre venait d'être abattu. Il était tombé dans un bruit de tonnerre et l'on entendait encore le grognement de la terre qui tremble. Comme tous ceux qui assistaient à ce spectacle grandiose et pathétique, je fus saisi par le hurlement bref de la scie électrique au moment même où elle attaquait le cœur du vieux chêne âgé de six cents ans. Qu'est-ce que cela pouvait bien être? Nous nous étions tous approchés, pour tenter de comprendre ce qui se passait. La scie en métal venait d'entamer du fer au centre même de l'arbre. Alors s'éleva du groupe des forestiers une curieuse clameur ; tandis que le tronc penchait avant de se rompre et de tomber sur la terre humide, nous eûmes tous la même vision ; l'armure d'un chevalier dressée au cœur du vieux chêne et que le mouvement de la scie venait de dévoiler. Devant cette apparition soudaine, je ne pus m'empêcher de scruter le visage des autres. Tous exprimaient la stupéfaction, la peur, le rêve, l'admiration. Et peu à peu, j'eus le sentiment que leur visage aussi changeait de temps. Ils avaient maintenant des têtes de reîtres, de connétables, de Robin des Bois, d'archers, d'arquebusiers, de routiers, de brigands de grand chemin, de sénéchaux, de bêtes de guerre, de seigneurs dépouillés. Chacun s'approchait, captivé par le grand mystère, et à ce moment-là je crus avoir compris ce qui s'était vraiment passé. Un chevalier du Moyen Age poursuivi par des assaillants cavalcadait à perdre haleine pour sauver sa peau. Alors qu'il croyait avoir semé ses poursuivants, il avise un grand arbre creux, arrête un instant sa monture, se faufile dans la haute fente du chêne, botte les fesses de son cheval pour le faire repartir et voit avec satisfaction, quelques secondes plus tard, ses assaillants se précipiter à la poursuite de sa monture. Un soupir de soulagement témoigne de son bonheur. Par cette ruse, il croit s'être assuré son salut. Il est sauvé ! C'est alors qu'en quête de sécurité, il s'enfonce dans les profondeurs de l'arbre creux pour être à jamais dissimulé aux yeux de ses ennemis. Malheur à lui ! Car quand il veut en sortir, impossible de bouger. Il est désormais prisonnier du temps qui n'en finit pas, il s'est enfermé lui-même dans son cercueil de bois. Il hurle, il tonne, il se débat. Mais il ne le sait pas : son destin désormais c'est de dormir pour six siècles. Jusqu'au jour de la coupe des grands arbres, où les bûcherons du XXe siècle auront la révélation que cette armure de fer dressée au cœur d'un chêne, c'est le réveil du souvenir, le métal même de la mémoire, le fer de lance brandi par l'Histoire, pour dire qu'elle ne meurt jamais, qu'elle connaît le règne de la perpétuité et qu'elle ressurgit quand elle le veut. Pendant le déroulement de cette scène, j'avais saisi dans un mouvement presque inconscient la main de Mademoiselle Vote. Alors que les paroles des gardes forestiers s'étaient métamorphosées en murmures et que le groupe s'était amassé autour du lieu du miracle, nous étions restés tous les deux, à part, hébétés autant qu'émerveillés, et lentement, les doigts unis, nous avions commencé à communier dans ce grand mystère partagé. Peut-être est-ce ce jour-là qu'elle décida de me mettre sur la voie, de me parler de lui, d'entrouvrir l'armoire à secrets qu'était devenue sa poitrine étroite, où battait ce vieux cœur toujours vert, comme un coffre contenant les secrets les plus anciens. En tout cas, je sentis la pression de ses doigts et levai les yeux vers le regard fixe de la vieille fille qui semblait scruter avec son air impérieux la scène surréelle du chevalier surgi intact des épaisseurs successives des siècles.

Alors que nous rentrions en tridame à travers la forêt, et que régnait le silence à peine troublé par une plainte étrange partie d'on ne sait où, issue sans doute du monde animal invisible, le soleil s'était levé avec son disque éclatant, brillant au-dessus de l'ombre froide de la forêt. Les sapins étendaient leurs bras comme des fantômes qui supplient ou menacent, les racines noueuses se tordaient au bord des ravins avec un inextricable emmêlement d'hydre, les arbres affectaient des apparences humaines et, ployant leurs coudes comme pour assener un coup, avaient l'air de guetter le passage d'une victime. J'étais hanté par l'apparition du chevalier, et entre les pas des bêtes invisibles qui font craquer les herbes et les foulements furtifs d'origine inconnue, je me demandais si les fumées qui s'élèvent du sol dans les clairières n'étaient pas, aussi, des ombres sortant du tombeau, drapées de leur suaire. Ce silence effrayait; il était peuplé de plaintes étranges, de hululements lamentables, de piaulements sinistres. Mes yeux se portaient sur la colonne vertébrale de la vieille demoiselle qui pédalait avec énergie. Elle seule, je le pressentais maintenant, pouvait me dire pourquoi la vie était confuse et monstrueuse. Lorsque, revenu à la réalité, je suis descendu de son porte-bagages, dans la cour du Clos-Lucé, je dévisageais son étrange pâleur. Que s'était-il passé ? Une aventure partagée ? Un pacte silencieux ? Quelque chose qui venait de commencer dans un matin du monde et dont j'étais persuadé qu'il était bien loin de finir. Elle me souffla : « Ne dis rien à personne ; tu as vu surgir le métal de la mémoire. Maintenant, je vais voir si tu es vraiment capable de garder un secret. »

DEUXIÈME PARTIE

On ne chante jamais aussi juste
que dans les branches
de son arbre généalogique

Guillaume APOLLINAIRE

Dès mon plus jeune âge,
j'ai interrompu mes études
pour aller à l'école.

George Bernard SHAW

C'est en vain que d'eux
le sang m'a fait descendre;
Si j'écris leur histoire
ils descendront de moi.

Alfred de VIGNY

J'ai réinventé le passé pour
voir la beauté de l'avenir.

Louis ARAGON

Avons-nous assez navigué
Dans une onde mauvaise à boire
Avons-nous assez divagué
De la belle aube au triste soir

Guillaume APOLLINAIRE

CHAPITRE 16

Apollinaire, voleur d'un sourire ?

L'idée du vol de la Joconde me trottait dans la tête. Persuadé que Monsieur Claret en savait plus, j'hésitais à le déranger. Et pourtant un matin, je descendis de la terrasse Renaissance jusqu'à son petit jardin et, enfin décidé, frappai à sa porte. Il était seul ce jour-là, sa femme était partie faire des courses en ville, il me parut amaigri et affaibli, mais tout à fait décidé à parler. « Je ne me souviens plus qui l'a dit, mais je suis sûr que quelqu'un a prononcé cette phrase importante : *Dieu est dans les détails*. Ce sont les détails de cette affaire que tu veux connaître, et tu as bien raison de t'adresser à moi. Car si ma voix est morte, ma mémoire chante encore. Je me rappelle, comme si c'était hier, ce lundi 21 août 1911, où la Joconde, placée sur les cimaises du salon Carré du Louvre, entre la *Sainte Catherine* de Corrège et une *Allégorie* du Titien, disparut entre sept heures et neuf heures du matin. Tu te souviens, je t'ai déjà parlé de celui qu'on a appelé le voleur, mon ami Vincent Peruggia. Après avoir décroché le tableau du mur, enlevé le cadre et le verre protecteur, il est allé cacher la toile sous un petit escalier en spirale qui débouche dans la cour Visconti. Dès que le méfait est connu, se succèdent la panique, le scandale et les sanctions. L'enquête menée par le juge d'instruction Drioux ne donne rien et le directeur des Musées nationaux qui avait eu la malchance d'être en congé lors du vol est mis en disponibilité. Quant au chef du gardiennage, un certain Gilenet, il est renvoyé. Il faut dire mon petit que tous ces gens n'avaient pas une grande réputation de sérieux, la preuve c'est qu'à cette époque, d'après les dires des enquêteurs, il a été volé au Louvre trois cent vingt-trois tableaux et objets divers ! »

Monsieur Claret, ayant achevé sa phrase, se mit en me regardant attentivement à prolonger le silence qui s'était installé. En me scrutant, il semblait réfléchir intensément, je voyais qu'il était agité par un débat intérieur. Devait-il tout dire au petit garçon, ce fils curieux d'un père qui l'avait logé, ou attendre encore les abords de la mort pour lâcher le morceau de choix qu'il tenait en secret et qui mettait en scène à propos du vol de la Joconde l'un des plus grands poètes français ? Lui aussi ce matin-là ne mit pas trop longtemps à se décider : « Je devine maintenant pourquoi tu es venu. Inutile d'avancer la question, c'est avec la réponse que je te devancerai. Tu voulais que je te parle du rôle d'Apollinaire dans le vol de la Joconde ? C'est d'une manière inattendue que le poète s'est trouvé impliqué dans cette affaire. Parmi ses mauvaises fréquentations, il y avait un certain Gély Pieret, malhonnête avec fantaisie et menteur avec humour comme le notait déjà, à son propos, mon ami Roland Dorgelès. Un jour Pablo Picasso, dans l'atelier parisien de qui je passais mes journées, me dit : " Tu viendras ce soir au bar Austen fox, en face de la gare, rue d'Amsterdam tu verras un poète, Guillaume Apollinaire ! " C'est de cet instant qu'est née une longue fréquentation émerveillée et gaie. Souvent je me rendais dans son pigeonnier du boulevard Saint-Germain. De la terrasse au-dessus de chez lui, nous escaladions le toit par une échelle de fer pour nous asseoir sur les plaques de zinc où nous buvions le thé par les beaux soirs d'été. C'est ainsi que je me trouvai au crépuscule, couché près d'une jeune femme dont un vaste chapeau de bergère coiffait les bandeaux plats et les " macarons ". Elle était vêtue d'une robe de velours noir laissant voir ses jambes de rêve et un coussin à glands d'or protégeait son corps moulé du rude contact du métal. Le regard dans les étoiles et les mains jointes sous la nuque, je lui murmurais des vers de Baudelaire et de Mallarmé. Tu vois mon petit c'est ainsi que j'ai volé Suzy à Guillaume Apollinaire et elle allait devenir ma femme. Combien de petits festins avons-nous partagés là-haut ? Le soir de ma rencontre avec Suzy, le dîner avait débuté par un riz au parmesan et au safran. Notre ami Wilhelm Apollinaris de Kostrowitzky commença par nous lire quelques pages de l'*Enchanteur pourrissant*, paru deux ans auparavant. Puis, il nous parla toute la soirée des exploits de Fantomas et, entraîné par son sujet, il finit par glisser sur les circonstances insolites du vol de la Joconde. Ce scandale était très embarrassant pour lui, car il avait eu la fantaisie malheureuse d'accepter de Pieret un cadeau compromettant ; une des deux statuettes que ce dernier avait subtilisées au musée du Louvre, l'autre étant offerte à Picasso. Apollinaire ne savait plus comment se séparer de ce petit chef-d'œuvre. Il décida de le remettre directement à Estienne Chichet, directeur de *Paris-Journal.* Mais entre-temps le secret s'était éventé et le 7 septembre 1911, le brigadier Robert et son assistant procédèrent à l'arrestation du poète. Voilà qu'Apollinaire n'est plus seulement accusé du recel des statuettes, mais surtout du vol de la Joconde ! L'affaire prend une dimension nationale, très périlleuse pour lui. Le poète se retrouve en prison. Incarcéré à la Santé, il y rédigera ce quatrain pathétique :

Avant d'entrer dans ma cellule
Il a fallu me mettre nu
Et quelle voix sinistre hulule
Guillaume qu'es-tu devenu ?

Dieu merci, après cinq jours de détention, mon ami Guillaume est libéré. Je me souviens encore être allé le chercher à la sortie et de la manière très ironique dont l'accueillit Paul Léautaud, lors de notre première visite. Il prononça ce mot d'esprit, qui pourtant ne parvint pas à me faire sourire : “ Alors, Apollinaire, comment va la santé ? ”

« Je ne sais plus si je t'ai déjà raconté la façon dont cette histoire s'est terminée. Durant deux ans, dans son logement de la rue de l'Hôpital-Saint-Louis à Paris, Vincent Peruggia a caché Mona Lisa au fond d'un débarras. Et puis enfin il a pu faire le déplacement en Italie, partir en voyage de noces avec sous le bras son tableau préféré, dans l'idée de rendre à Florence le chef-d'œuvre de Vinci. En 1913, l'antiquaire florentin Alfredo Geri reçoit chez lui, à son grand étonnement, un jeune homme efflanqué et pauvrement vêtu qui lui propose la Joconde pour cinq cent mille francs. Il veut, dit-il, “ restituer le chef-d'œuvre de Léonard de Vinci à la ville de Florence, qu'il n'aurait jamais dû quitter ”. Geri, prudent, fixe un nouveau rendez-vous au visiteur et avertit aussitôt Poggi, le directeur du musée des Offices. Ensemble, ils se rendent à l'hôtel Tripoli. Là, dans la chambre louée par Vincent, ils peuvent admirer la Joconde, le chef-d'œuvre invisible depuis vingt-quatre mois : “ A peine le tableau apparut-il à notre vue que nous eûmes l'impression qu'il s'agissait bien de la peinture authentique de Léonard de Vinci... Nous éprouvâmes une vive émotion ”, rapportèrent les témoins. Vincenzo Peruggia, c'est bien mon ami dont il s'agit, retourne alors la toile et dit fièrement : “ Regardez !

Voici le sceau du musée du Louvre et le numéro d'ordre ! " Poggi parvient à décider Peruggia de lui confier le tableau afin de l'expertiser. Naïvement ce dernier accepte, le lendemain c'est dès sept heures du matin qu'il est arrêté. Le premier janvier 1914, la Joconde retrouve la capitale française. Sept mois plus tard, c'était la déclaration de la guerre, la grande, celle d'août 1914. » Et en disant cela, Claret ne put s'empêcher de porter machinalement la main à sa gorge.

CHAPITRE 17

La Joconde nue

Pourquoi avais-je le souvenir que la Joconde baignait dans une atmosphère glauque où, telle une madone malsaine, elle provoquait chez moi plus de répulsion que de désir ? Peut-être était-ce à cause de Mademoiselle Vote qui, dans la confidentialité de sa bibliothèque gothique où elle serrait ses volumes reliés de l'époque romantique, m'avait révélé sur elle les impressions troubles signées des plus grandes plumes de son XIXe siècle chéri. Théophile Gautier y voit l'Isis d'une religion cryptique, qui, se croyant seule, entrouvre les plis de son voile, dût l'imprudent qui la surprendrait devenir fou et mourir. Walter Pater ordonnait avec art la succession des idées noires : « La Joconde exprime tout ce que l'homme a pu désirer à travers un millier d'années », disait-il d'abord avant d'enchaîner sur ce qu'il considérait comme sa malédiction : « L'âme a passé avec toutes ses maladies... elle est plus vieille que les rochers parmi lesquels elle s'assied ; comme le vampire elle est morte maintes fois et elle sait les secrets du tombeau. » Il est vrai qu'elle ne rayonnait pour moi d'aucune noblesse et d'aucune bonté. Elle exprimait plutôt une sorte de cynisme. La vieille demoiselle citait encore quelques-unes des phrases maléfiques qu'au-delà de l'admiration, ce chef-d'œuvre avait inspirées. Puis elle me dit par cœur le poème de Baudelaire :

Léonard de Vinci, miroir profond et sombre
Où les anges charmants, avec un doux souris
Tout chargés de mystère, apparaissent à l'ombre
Des glaciers et des pins qui ferment leur pays.

Alors Mademoiselle Vote s'assit en face de moi et avec une certaine solennité me dit : « Il y a deux secrets ici dans cette maison. Le premier, c'est un codex perdu, le Codex du Cloux, écrit par Léonard les trois dernières années de sa vie, et tu es le seul à mon avis à pouvoir le retrouver. Le second c'est un tableau égaré qui a été signalé pour la dernière fois au Clos-Lucé, il y a cinq siècles et dont personne n'ose plus parler. » Sa gravité m'avait marqué. Le défi qu'elle me lançait était énorme ; retrouver le Codex écrit ici même par le maître toscan, que nul n'avait jamais vu ! Mais cette quête du grand secret ne me faisait pas peur car la vieille demoiselle me l'avait présentée comme une mission de confiance que j'étais capable d'accomplir. Elle approcha encore de moi son tabouret de tapisserie orné d'une fleur de lys et chuchota à mon oreille : « Il y a une autre Joconde, mais tu es beaucoup trop jeune pour qu'on puisse l'évoquer devant toi. Et puis, ceux qui règnent aujourd'hui sur ces lieux sans doute ne connaissent même pas son existence. Moi-même, ce n'est que par hasard que j'ai appris sa présence. Elle s'appelle la " Mona Vanna ", dite aussi " la Joconde nue ". Il semble qu'il s'agisse d'une maîtresse de Julien de Médicis, pour lequel Léonard conçoit le tableau à Rome dans les deux années qui précèdent son voyage en France. Laissé probablement inachevé pour des raisons étrangères à Léonard, et emporté en France, le portrait est signalé à Cloux par Antonio de Beatis en 1516. L'œuvre est perdue... » Elle se reprend : « " La Joconde nue " après cette date ne réapparaît plus. On connaît cependant l'esquisse de ses traits à travers un certain nombre de copies. Elles montrent toute l'audace nouvelle du Maître, qui propose à travers cette toile une formule inattendue qui va conquérir l'esprit de la Renaissance, de la Fornarina de Raphaël jusqu'aux portraits féminins nus en buste qui abondent dans le nord de l'Europe du XVIe siècle. Cette innovation chez Léonard, qui consiste à présenter la figure féminine entièrement nue, on la retrouve dans l'école de Fontainebleau. » La vieille fille s'arrêta là. Inutile d'en dire plus. Elle me laissait deviner, à moi petit garçon innocent, ce qu'était le premier portrait érotique moderne. Ainsi donc, la toile était passée de l'autre côté du couloir obscur qui conduisait à la suite encombrée de Mademoiselle Vote et puis elle s'était évanouie. Un mystère de plus dans cette maison hantée par la création. Il y avait un homme au-delà de cette toile du désir. C'était Julien de Médicis, un prince de l'hédonisme dominant la brûlante cour de Rome et paraissant maîtriser ses tentations. Mais pas toujours... Un écrivain de qualité, Baldassare Castiglione, en avait fait le défenseur opulent et le héraut chanceux de l'amour sensuel, repoussant aux lisières du désir, au pays des ombres froides, les idées néoplatoniciennes de l'amour.

Mademoiselle Vote n'avait pas dit son dernier mot. Elle revenait à moi avec un gros livre broché d'or et de pourpre, intitulé *Le Traité de la peinture*. Léonard y livrait d'un seul coup de stupéfiants aveux sur l'être réel qui inspirait la toile mais qui une fois le tableau achevé restait plus puissant que l'œuvre, comme s'il était parvenu à imposer, malgré la force de l'art, la primauté du modèle : « Le peintre contraint les esprits des hommes à tomber amoureux et à aimer une peinture qui ne représente aucune femme vivante. Et il m'est arrivé de faire une image à sujet religieux, achetée par un amant qui voulait en faire ôter les attributs de la divinité pour pouvoir l'embrasser sans reproche ; mais à la fin le respect vainquit les soupirs et le désir, et il dut ôter l'image de sa maison. »

CHAPITRE 18

La nuit Mona Lisa était bleue

Ce n'est pas aisé de dormir dans le lit de Léonard ! L'oreille est à l'écoute et l'œil est aux aguets. C'était la nuit et tout d'un coup, j'ai entendu sa voix. Couché dans le velours cramoisi, attentif aux murmures de la pénombre, je ne percevais pas d'où venait sa voix. J'entendis d'abord ces mots : « C'est parce que l'homme a la faculté de voir qu'il accepte d'être enfermé dans son corps. » Il y a si longtemps que j'attends le son de cette voix dans le lit même où endormi défilent parmi ses songes les champs d'oliviers de son village natal. Il est le premier à proclamer que c'est l'ignorance qui nous aveugle et qui nous égare. Il se contente de ce conseil : « Ouvrez les yeux, misérables mortels ! »

Les parents sont couchés, les frères sont dans les bras de Morphée. Mademoiselle Vote est dans son petit appartement de dame de compagnie, Maurice dort enroulé comme une mauvaise racine dans le creux du séquoia mystérieux. Sa voix me revient dans l'obscurité : « Seul ce qui peut être vu peut être compris », dit-il. Et il ajoute : « Seule la peinture peut donner l'image exacte de toutes les merveilles de la nature. » J'ai peur de sa présence, je ne ferai jamais le poids devant lui. Je suis trop petit pour comprendre. Déjà à l'école, quand on m'appelait sur l'estrade et que je me retrouvais seul devant le tableau noir, je me redressais artificiellement face au professeur et aux élèves moqueurs parce qu'à l'intérieur je m'écroulais, incapable de tenir. Alors là, étendu dans le lit de Léonard, comment pourrais-je faire face ? Je ne pouvais m'attendre à cette rencontre, je n'étais pas assez préparé. C'était ma faute. C'était ma très grande faute. Je sens qu'il va encore parler. Par un étrange automatisme, je me raidis dans son lit en une sorte de garde-à-vous couché, et il dit : « Toute matière est création, tout se transforme. La seule chose que notre esprit ne peut ni craindre, ni épuiser, c'est la connaissance. » Sa voix était rassurante, mais ce qu'il dit me terrorisa. Trop petit devant lui, minuscule dans la nuit.

« Chaque objet renvoie son image suivant une pyramide de lignes. » Entre les éclats lactés de la lune qui apparaissait au loin par la fenêtre à meneaux et la lourde atmosphère de la chambre de Léonard, j'ai fini par comprendre. C'est vers le miroir suspendu au mur à gauche qu'il me dirige. Je grimpai sur le banc

Renaissance pour atteindre le miroir argenté. J'allais tenter de faire ce que m'inspirait le secret de l'écriture de ce gaucher fabuleux. Il paraît que pour dire sa vérité et cacher ses découvertes, il écrivait à l'envers par deux fois. De droite à gauche d'abord et de haut en bas ensuite.

Les gauchers privilégient le côté le plus sensible du cerveau. Même si je n'ai rien de lui, je suis tout de même un gaucher. Debout sur le banc Renaissance orné d'une salamandre, je retourne le miroir et constate que son envers est identique à l'endroit. Mieux encore, le cordon qui l'accroche au clou du mur est praticable également à l'envers. Ce n'est qu'une fois que ce miroir épais comme un coffre à secrets est deux fois à l'envers que la voix dit sa satisfaction. A sa manière, sans jamais sembler prendre parti. Léonard m'avait parlé et je ne l'avais pas compris : « La pression qu'exerce une chose contre l'air est égale à la pression de l'air contre une chose. » Maintenant le miroir ne bouge plus. Il est prêt pour son nouveau rôle. La voix s'anime : « Veux-tu voir les vraies couleurs de la Joconde ? Regarde le miroir, car il est comme ton maître... » A ces mots, je suis envahi par la confiance. J'abdique tout esprit critique et dans le même temps ce sont ces mots-là qu'il prononce comme venus d'un étrange avertissement : « Sois attentif car la peinture est capable de ravir sa liberté au spectateur. » L'image de la Joconde, comme si elle émanait de l'intérieur, se pose sur la surface de la glace et en même temps j'entends la voix de son créateur : « Quand tu voudras voir si ta peinture tout entière est conforme à l'objet naturel, prends un miroir et fais-lui refléter le modèle vivant et compare ce reflet à ton ouvrage, et vois bien si l'original est conforme à la copie. Et par-dessus tout prends le miroir pour maître, car sur le miroir uni, les objets se projettent semblables, en bien des points, à ce qu'ils sont en peinture. »

Méconnaissable et cependant semblable, la Joconde est infiniment plus jeune. Et d'un bleu intense, lumineux, merveilleux, si loin de ce qui nous est resté dans sa marée verdâtre. La voix de Léonard avec bonheur : « Si le peintre veut voir des beautés capables de lui inspirer de l'amour, je te le dis, il est maître de les engendrer. » Maintenant le maître toscan a cessé de parler. Sa voix s'en est allée, lui l'inventeur infatigable des choses nouvelles. Il n'a laissé derrière lui qu'un murmure dans la nuit, comme le vêtement jeté sur un lit sur un corps abandonné. « Les ombres sont indispensables pour la perspective car sans elles on comprend mal les corps opaques. » Pourquoi ce sentiment que le maître est parti ? C'est le creux de la nuit. Il ne flotte dans cette chambre maintenant que les brumes de l'intelligence brodées sur le rythme du monde. Corps opaque, sourire subtil. C'est à elle d'apparaître et c'est lui qui s'efface. Lui, le vieillard infini, au savoir infini, doté d'une grâce infinie. Elle est devant moi comme il l'a créée. La Joconde a vingt-quatre ans. C'est la Joconde nacrée que le maître veut me montrer. Dans le miroir, elle oublie sa couleur de misère et retrouve sa fraîcheur initiale. L'ocre de son décor est dissous. Si les contemporains la voient ainsi, c'est que les vernis qui recouvrent cette huile sur bois ont jauni. Leur oxydation progressive a jeté ce voile foncé qui la place aux yeux des chroniqueurs sous la lumière du soir par temps d'orage. Mais ce n'est pas sa réalité, ni sa vérité retrouvée. La voilà irriguée d'une lumière de plein air, infiniment bleue, nullement crépusculaire. Et dans ce mouvement où elle s'impose plein cadre dans la matière même du miroir, une fissure et les bords du panneau révèlent ses vraies couleurs : bleu pour le ciel, jaune pour la robe. Mona Lisa est là, dans la splendeur de son premier sourire. Un teint de nacre à peine rosé, une chevelure châtain aux reflets dorés, et une robe de chambre d'un jaune épicé sur un ciel céruléen. C'est bien du côté gauche qu'il faut la voir sourire. Va-t-elle rester dans cette pièce pour s'endormir en même temps que moi ? Je ne pourrai jamais trouver le sommeil tant qu'elle ne sera pas éteinte.

La nuit sur moi s'est abattue et des contours rugueux des meubles et des objets j'ai peu à peu perdu la conscience. Ils n'avaient pourtant pas bougé, eux, dans les épaisseurs successives du soir. Le lit où je voguais, sculpté de chimères, la cheminée décorée des armes de France et du collier de saint Jacques, les cabinets italiens dont l'un est incrusté d'ébène et d'ivoire, la tapisserie d'Aubusson évoquant une scène de la vie d'Esther et sous le miroir la banquette en bois sculpté avec sa salamandre, tous appartenaient à la chambre du Vinci, notre marchand de sable. Dans mon rêve, le plus long des songes était signé d'un sourire. Au petit matin, je me dépêchai de remettre en place le miroir magique, et avant de retourner dans ma chambre, j'ouvris la fenêtre sur l'air frais. La vue du château d'Amboise était bien celle qu'il avait dessinée, accoudé au regard de cette même fenêtre, et les oiseaux rayaient l'aurore. La beauté était au rendez-vous et sa voix était là aussi pour commenter cette vision qui fut la sienne les trois dernières années de sa vie : « A la première heure du jour, l'atmosphère au midi vers l'horizon s'embue d'une brume confuse, de nuages de couleur rose. » Ainsi avait parlé la voix du lever du jour. La voix de mon maître.

CHAPITRE 19

Maurice, maître des souterrains

Maurice, à la sensibilité murée par la méfiance, avec nous avait déposé les armes. Cet homme, que sans doute les adultes avaient tant déçu, se réjouissait de la malice des enfants. Enfant d'un riche paysan oublié d'Ambillou, grand jeune homme efflanqué que les filles ne regardaient pas assez, prisonnier français envoyé par les Allemands dans une ferme bavaroise, cuisinier autoritaire et jaloux de son territoire, homme apparemment sans femmes, il fondait devant la malice des enfants du maître. Nous lui faisions toutes les facéties pour le troubler. Avec un torchon sec serré dans la main droite, il nous poursuivait en courant, espérant nous attraper pour nous donner une bonne correction, lançant cet anathème désuet : « Polissons, polissons, vous êtes de petits polissons ! » après avoir découvert que c'était nous les auteurs de la farce. Il avait peur des gendarmes et nous arrivions casqués derrière les haies courtes. Nous l'intriguions déguisés en « ingénieurs » se présentant à lui pour une mesure urgente imposée par la modernité ambiante, de ces années où l'usine marémotrice de la Rance et le pont de Tancarville étaient en vedette, l'abasourdissant d'un discours technique dont il tentait de suivre les arcanes avec ses sourcils froncés. Il n'avait pas reconnu les enfants en ces techniciens arrogants, venus imposer dans son jardin clos le relevé nécessaire et le repérage indispensable avant « l'arrivée des cosmiques ». Il craignait les étrangers, les autorités extérieures. Respectueux du maître de maison, dont il avait déjà servi la vieille tante, il savait, sans obséquiosité mais avec autant de ruse naïve que d'obéissance, garder son domaine réservé, son jardin secret, son espace clos où seul il régnait dans ce désordre ingénieux où il triomphait, entassant les vieilles casseroles, les boîtes à savon, les pots ébréchés, les arrosoirs troués, dans un fatras qui s'étalait dans les sous-sols, sur les carreaux de la si vaste cuisine d'autrefois. Il prenait une place folle avec son désordre organisé et cela ne lui déplaisait pas de rendre ainsi l'immense pièce impraticable aux autres. Pour construire son capharnaüm, il avait montré le génie des bâtisseurs de cathédrales. Au moins son désordre, il était le seul à pouvoir le dominer.

Il y avait en lui l'extrême douceur du célibataire en mal d'enfant et la rude colère du paysan toujours mécontent de sa terre qui ne donne pas assez. Ses traits acérés, son visage découpé à la serpe, son menton en galoche que nous comparions sans indulgence aux dessins des grotesques de Léonard de Vinci, tout cela disparaissait quand il souriait tel un bienheureux. Maurice, on savait si peu de lui. On avait seulement entendu, lors d'une de ses rares confidences, qu'il avait des demi-frères et en cela, il était comme Léonard de Vinci, et on pouvait constater tous les jours qu'il était dur au labeur. On savait aussi qu'il quittait parfois son poste de travail, la cuisine du château, pour aller, solitaire au fond du parc, recouvrer ses forces en faisant la sieste dans le séquoia mystérieux, l'arbre qu'il aimait par-dessus tout. Mon père paraissait agacé de cette occupation ostentatoire des sous-sols par un homme dont l'expression modeste et l'échine courbée aurait dû annoncer une sujétion entière. Mais que pouvait-on contre ce vieux serviteur chenu ? Il appartenait au décor, connaissait quelques non-dits qu'il valait mieux ne pas réveiller, et puis il était si bienveillant avec les enfants. Il avait la fidélité du chien et l'exigence du loup, excellente manière de dompter les louveteaux dont on voyait déjà briller les crocs blancs. Mais tout en lui était dissimulé sous la soumission du serviteur. Maurice pourtant avait un ennemi au Clos-Lucé. S'il régnait dans les cuisines, le fond du parc aussi était son royaume. Il binait, labourait, plantait des petits jardins désordonnés que lui seul connaissait, de près ou de loin, autour de ce séquoia mystérieux qui rechargeait ses batteries et où il aimait trouver le repos. Mais au-delà de cet arbre, insolite et grandiose, il y avait une limite, une frontière et surtout un adversaire. Un ennemi mortel. C'était le jardinier de l'oncle d'Amérique, dont les gazons somptueux et les allées peignées à la perfection étaient pour lui comme une perpétuelle insulte. Le jardinier de l'oncle d'Amérique portait un nom de poisson et Maurice le maudissait à longueur de journée. Il le chargeait de tous les péchés du monde : menteur, voleur et surtout un dangereux prédateur qui n'avait qu'une obsession, agrandir le terrain de l'oncle d'Amérique au détriment du vrai maître, celui que Maurice servait. Le jardinier, Monsieur Cabillaud, qui avait l'œil bleu et rieur, se moquait ostensiblement de la haine de Maurice. Il perfectionnait son parc délicieux, montrait la supériorité anglo-saxonne de son art face à ce rustre dans le théâtre des champs. Maurice était écrasé par son savoir-faire, insulté par son air arrogant, mais il préférait rester lui-même : un jardinier primitif, sachant tout des secrets de la dame nature, plutôt que ce dandy des parterres et ce gandin de la verdure. Il pestait contre ce jardinier prétentieux. Il restait un paysan et savait cependant que face à l'autre il était un seigneur.

En considérant cet homme fruste, je me doutais bien que sa vie n'était pas aussi simple qu'elle en avait l'air. Et puis un jour une réflexion de Mademoiselle Vote me mit la puce à l'oreille. Elle m'avait dit : « Je ne sais pas si tu l'as observé, mais parfois la voix de

Maurice change tout à fait. On a même du mal à reconnaître son ton coutumier brisé par le rythme de son asthme. Dans ces cas-là, l'accent qu'il prend aussi est méconnaissable. Et j'ai remarqué que cela se produit lorsqu'il se met à prononcer des phrases de Léonard de Vinci. On pourrait même penser que ce n'est plus lui qui parle mais l'autre. »

CHAPITRE 20

Treize à table, traître compris

Autour de la table de *La Cène* de Léonard de Vinci, ils étaient treize, le traître compris. Monsieur Claret m'avait beaucoup troublé en m'expliquant que la mauvaiseté de Judas était surfaite et qu'à ses yeux, le personnage était si beau qu'il avait provoqué la jalousie de Jean. Mais ce qui me frappait le plus c'était ce chiffre treize, l'année de mes treize ans. Treize ans, c'est l'âge de la création. Celui où la fin de l'enfance ne peut plus dissimuler dans ses drapés l'éclat du talent.

Léonard de Vinci, le fils naturel de Ser Piero, un riche notaire et propriétaire terrien très respecté à Florence, a cet âge-là quand il produit son premier éclat artistique. On raconte que Ser Piero fut convaincu des dons de son fils lorsque Léonard décora un écu de bois d'une peinture de dragon. S'inspirant des dessins de grenouilles et de lézards, Léonard avait réussi sur une rondache une composition si réaliste qu'elle fît frissonner le père du peintre. Treize ans, c'est la révélation du talent. En 1465, nous retrouvons l'étonnant Léonard à Florence dans l'atelier du peintre, sculpteur et orfèvre Verrochio en compagnie de Botticelli, Perugino et Lorenzo di Credi. Il a treize ans et son apprentissage va durer six années, à la suite desquelles cet adroit gaucher va devenir membre de la prestigieuse corporation des peintres. Et Vasari écrit que Verrochio, voyant l'ange peint par son élève pour le *Baptême du Christ*, « ne voulut plus toucher aux couleurs, désespéré de savoir qu'un enfant en savait plus que lui ». Treize ans c'est l'âge où le destin désigne la voie à Jeanne. La fille de Jacques d'Arc et d'Isabelle avait entendu ses voix pour la première fois, dans la forêt des songes, près de l'arbre aux fées de Domrémy : « Quand j'ai eu l'âge de treize ans, j'ai eu une voix de Dieu pour m'aider à me gouverner. Et la première fois, j'eus grand-peur. Et vint cette voix environ l'heure de midi, au temps de l'été, dans le jardin de mon père ; je n'avais pas jeûné la veille. »

Treize ans, c'est l'âge où Léonard apprend la musique et commence à s'intéresser aux mathématiques et à la mécanique. Treize ans, c'est à la fois l'âge de s'instruire, de s'amuser en des jeux multiples et celui d'être touché par la tentation de la sainteté. Ainsi en fut-il de Louis de Gonzague, né dans la famille princière de Mantoue en Italie en 1568 et qui ne vivra que vingt-trois ans, mourant lors d'une épidémie de peste en soignant les malades. A quatre ans, Louis accompagnait déjà son père dans les camps. D'un naturel ardent et impétueux, il se plaisait au milieu des soldats. Sous une cuirasse adaptée à sa taille, une petite lance en main, il aimait à défiler à la parade en tête des bataillons. Lorsqu'il eut treize ans, on lui demanda ce qu'il ferait si la fin du monde survenait à l'instant. Comme il jouait avec une balle, il fit cette réponse toute simple : « Je continuerais à jouer. »

Treize ans, c'est l'âge du pouvoir et l'âge aussi où ce pouvoir est remis en cause. Pendant que celui qui deviendra Saint Louis étudiait sagement avec les clercs et développait grâce à leurs préceptes les qualités exquises qui en feront le meilleur des rois, à tel point qu'il fut surnommé par le pape « l'Ange de la paix », les grands vassaux, après la mort de son père Louis VIII, furieux de ne pas voir l'un d'entre eux assurer le gouvernement pendant sa minorité, se révoltèrent contre Blanche de Castille, sa mère. Ils tentèrent par une sédition de bouleverser le conseil de régence. Saint Louis avait douze ans et il était dans le fier donjon de Montlhéry avec sa mère, quand il apprit la naissance d'une conspiration. Impavide, la reine envoya un émissaire à Paris pour demander, contre la menace féodale, le secours du peuple. Et comme, depuis la victoire de Bouvines, le peuple s'était senti le plus puissant auxiliaire des Capétiens contre les seigneurs turbulents qu'il détestait, il n'y eut qu'un cri dans la capitale pour sauver le jeune roi : « Allons à Montlhéry et ramenons notre reine saine et sauve ! » Saint Louis aimait à raconter cette victoire de ses treize ans, car il apprit en cette occasion à connaître et à aimer ce bon peuple qui venait de le sauver. Toutes ces histoires édifiantes des rois et des saints, racontées tantôt par mon père tantôt par ma mère, exerçaient sur moi la pression du devoir à accomplir, mais lequel ? Toutes ces évocations héroïques et chatoyantes de chevalerie avaient pour objet de me placer dans l'état de la menace de la promesse qui n'aurait pas été tenue, mais quelle promesse ?

Treize ans, l'âge où à cette époque il n'était pas rare qu'on se marie. Le dauphin de France, futur Charles VIII, a cet âge-là, quand, un dimanche à Amboise, on le fiance à Marguerite de Bourgogne qui a dix ans de moins que lui et qui vit à la cour depuis qu'elle a trois ans. Charles est allé l'attendre à l'entrée de la ville. Elle est à la fois la petite-fille de Charles le Téméraire et la fille de l'empereur Maximilien. Dès son arrivée en terre française, son escorte flamande est renvoyée. Saisie de la détresse de l'isolement, elle se félicite que la coutume lui ait cependant conservé sa chère nourrice flamande. A l'officier royal qui l'interroge, Charles, treize ans, répond de telle façon que chacun puisse l'entendre tout autour, qu'il veut bien prendre Madame Marguerite pour épouse. Le mariage est célébré le lendemain dans la chapelle du château. Le dauphin, enfant chétif, aux jambes torses, aux genoux cagneux et au nez busqué, est recouvert d'une longue robe de drap d'or. Il passe un anneau précieux au doigt de Marguerite, qu'entourent sa gouvernante et Anne de Beaujeu. Voilà qu'il s'endort pendant la cérémonie et ne se réveille qu'après le sermon, il jure « de ne pas changer de femme, pour le meilleur et pour le pire ». Il a treize ans, il ment déjà, il va violer son serment mais il ne le sait pas encore. Comme je le comprends alors, à l'âge de treize ans, et comme je suis solidaire de l'endormissement du dauphin durant son mariage. N'est-ce pas une façon d'effacer sa présence, au moment où il est contraint de subir la mise en scène du choix des autres pour son propre destin, n'est-ce pas une manière élégante de se soustraire, en douce, au jeu acharné du pouvoir dont l'atmosphère est si fatigante à supporter ? Treize ans, c'est à la fois l'âge de la majorité des rois, de la prise de pouvoir, et celui de la prise de conscience. Treize ans, c'est aussi l'âge où se présentent prématurément toutes les épreuves qui viennent à votre rencontre en provenance du monde adulte, l'âge de la première amertume, celui où l'on fait connaissance à la fois avec le dépit et le ressentiment.

Treize ans, c'est l'âge déjà d'être trahi, offusqué, rejeté, écarté, calomnié, éloigné, exilé. Treize ans, c'est l'âge aussi où Marguerite de Bourgogne est brutalement répudiée, pour d'obscures raisons de stratégie d'alliances. Voilà que celle qui était venue de loin pour grandir parmi les lys est priée de regagner les Pays-Bas. Les larmes aux yeux et plein de regrets, le roi vient lui dire adieu à Baugy ; il la préfère à Anne de Bretagne à qui la politique impose maintenant de le marier, mais il n'a pas le choix, et elle est humiliée. Cette ultime scène entre les très jeunes promis, que j'aurais tant aimé voir se prolonger dans mes rêves d'histoire, est interrompue par la brutalité du beau Dunois qui a contribué au mariage breton et s'impatiente dans l'antichambre. Marguerite fait alors montre d'un grand courage, elle se soumet en se révoltant. Elle a treize ans, elle souffre, elle sait, elle parle, elle est sage : « A cause de ma jeunesse, personne ne pourra dire ou présumer que ce qui arrive l'a été par ma faute. » Treize ans, c'est l'âge de régner. Anne, duchesse de Bretagne, née à Nantes le 25 janvier 1477, a été couronnée à douze ans en sa ville de Rennes, orpheline de mère à neuf et de père à onze ans, elle se trouve très tôt confrontée aux troubles de la succession et aux convoitises suscitées par la riche Bretagne. A quatre ans, elle est promise en mariage au prince de Galles et à treize, elle est mariée par procuration à Maximilien d'Autriche. Treize ans, c'est l'âge où Pierre de Rousard, page à la cour de François Ier, assiste à l'autopsie du dauphin et accompagne en Ecosse la sœur de

Charles d'Orléans, Madeleine, éphémère reine de ce pays par son mariage avec Jacques Ier d'Ecosse.

Au contraire de ces enfants soumis à la volonté des adultes, mes visions de Léonard de Vinci, mes rêveries sur son génie, échappaient tout à fait à l'autorité parentale. Enfant qui se voulait unique dans une famille trop nombreuse, je cherchais et je trouvais dans le culte du grand peintre et dans l'accompagnement familier de son œuvre cette affection privilégiée qui me manquait, ce lien libre et original, ce voisinage intemporel, cette adoption rêvée, cette paternité fabuleuse.

Mais ce que je ne savais pas encore, c'est que dans l'éducation qui était la mienne était respecté l'impératif exprimé par le maître toscan, quand dans *Le Traité de la peinture,* il revenait sans cesse sur la nécessité de « la variété des histoires ». Cette variété des histoires, je la retrouvai, ce soir-là, en allant dormir dans le lit de Léonard. Mes paupières, soudées par la fatigue, s'entrouvraient de temps en temps sur les scènes successives des treize, autour du Christ, à la table de la trahison. La Cène pour moi, où Jésus fête avec ses disciples la Pâque juive, c'étaient ces treize hommes vivants qui surgissaient de l'ombre; treize corps combinant selon des proportions originales la chair, le sang et les nerfs, à saisir dans la différence de leur structure et de leur réaction et composant un cortège fidèle à la pensée du maître : « Autant sont les divers mouvements des hommes que les sujets différents qui occupent leur esprit. » Léonard ne décrit pas le moment où le traître est reconnu mais saisit les réactions et souligne le geste des personnages lorsque, après l'annonce de la trahison, chaque apôtre interroge le Christ : « Est-ce moi Seigneur ? » Selon la théorie qui lui est si chère, la machine corporelle, dont il sait l'infinie complexité, est l'œuvre de l'âme. La forme n'est que l'esprit visible : c'est le sentiment qu'elle doit exprimer qui l'évoque. L'apparition de la Cène à mon sens faisait œuvre vive et donnait à chaque apôtre le corps de son âme et l'âme de son corps et je laissais les noces du sommeil et du rêve pénétrer les secrets de correspondances qui dans l'homme vont à l'infini. Les treize bougeaient devant moi et dans ce mouvement d'ensemble, certains se fixaient, un instant immobiles, comme pour offrir leur physionomie à mon étude. Léonard me les dépeignait, me guidant parmi leurs attitudes et leurs physionomies : « L'un qui buvait a laissé son verre dans la même position et tourné la tête vers celui qui a parlé ; – un autre étend les doigts de ses deux mains et se tourne avec un front sévère du côté de son compagnon ; – un autre, avec ses mains ouvertes dont il montre les paumes, élève ses épaules vers ses oreilles et fait une bouche stupéfaite ; – celui-ci parle à l'oreille de son voisin qui, l'écoutant, se tourne vers lui et lui prête l'oreille, tandis que d'une main il tient un couteau et de l'autre le pain à demi coupé ; – celui-là qui se retourne avec un couteau dans la main, remet un verre sur la table ; – l'autre, les mains sur la table, regarde ; – l'autre souffle sur sa nourriture ; – l'autre se penche pour voir celui qui a parlé et ombrage ses yeux de ses mains ; – l'autre se recule derrière celui qui se penche et voit celui qui a parlé entre le mur et celui qui est penché. » Avant qu'ils ne se pétrifient dans la fresque, et dans le temps de la postérité, chacun des personnages entrevus a sa vie propre et participe à la vie commune. Cœur tendre dans un corps délicat, saint Jean semble paralysé par la douleur, sa tête se penche, ses yeux se voilent. Le petit homme bilieux qui se jette en arrière les bras ouverts, dans un mouvement d'horreur, c'est saint Jacques et ses yeux sont fixés sur une image qu'il semble seul à voir. Quant à celui qui se lève, avance la tête et montre sa poitrine, c'est Philippe dans une attitude dont la noblesse fait le caractère. Alors, ma vision s'agrandit. Maintenant, au centre des colonnes du lit à baldaquin, où je suis étendu, de chaque côté du Christ, les apôtres sont groupés trois à trois et forment ainsi des unités qui se correspondent ; mais ces groupes ne sont pas isolés, et le geste de Jacques relie les deux groupes qui sont à la droite du Seigneur, comme le mouvement de Matthieu, les deux groupes qui sont à sa gauche. L'idée progresse en moi que cette symétrie admirable devient évidente à vos yeux, au moment même où l'on comprend l'effort du peintre, à la fois pour la dissimuler, pour la rendre vraisemblable et naturelle, en la faisant sortir de l'action même. Désormais la vision s'éloigne, il ne reste plus au fond de la longue salle que cette table, avec ces hommes assis derrière elle. Et pourtant, le tableau prolonge le réfectoire, semble le continuer. Les poutres du plafond et les lignes de la salle, s'enfonçant dans la muraille, augmentent notre recul jusqu'aux fenêtres qui semblent répandre leur ombre sur la fresque. Alors, au moment où l'image s'efface dans l'obscurité de la chambre, l'évidence éclate. Tandis que les peintres des temps anciens isolent Judas, le rejettent de l'autre côté de la table pour éviter les confrontations regrettables, le Vinci l'assied au milieu de ses compagnons, il veut qu'il se trahisse par son attitude, par son visage. Car Léonard de Vinci exige que la peinture restitue la réalité de ses rêves.

Le Christ du réfectoire de *La Cène* laisse éclater en lui la supériorité de Dieu son père, par le mystère d'une âme trop profonde pour que ses mouvements intérieurs montent jusqu'à la surface. C'est au moment où le silence de la fresque devient implacable que j'entends monter dans la nuit le murmure grandissant de son histoire. Il a fallu plus de deux ans pour que Léonard vienne à bout de son chef-d'œuvre, et l'on comprend l'irritation de son mécène

Ludovic Sforza dit le More, qui était persuadé qu'il perdait son temps, car il passait de longs moments, assis à contempler son œuvre. La lenteur était son alliée, il aimait à travailler sereinement et souhaitait que sa peinture ait des couleurs riches et vives. Voilà pourquoi il décida de ne pas choisir la technique de la fresque, mais de tenter la détrempe sur une base de plâtre sec. Si la peinture murale de *La Cène* avait été réalisée selon la technique traditionnelle de la fresque, cela aurait réclamé de la part de l'artiste une réalisation trop rapide à ses yeux, contenant le temps de peindre et celui de faire des retouches dans des délais très brefs. En effet, avec ce procédé que Léonard va finalement écarter, la contrainte est telle que le travail doit être accompli sur l'enduit encore frais en l'espace d'une seule journée. C'est pour pouvoir retoucher plusieurs fois les parties déjà achevées que Léonard de Vinci choisit la technique de la détrempe mêlée à de l'huile, sur deux couches d'enduit. L'artiste n'a cependant pas su prévoir que ces matériaux ne résisteraient pas aux attaques des agents atmosphériques et c'est en raison de l'humidité qui a entamé un processus précoce et malheureusement irréversible que l'œuvre commencera à se détériorer du vivant du peintre.

A plusieurs reprises, Ludovic convoque Léonard et le morigène pour son retard dans l'exécution de *La Cène*. Cette fresque qui doit décorer le réfectoire du couvent Sainte-Marie-des-Grâces n'avance pas tandis que l'impatience de Ludovic le More ne cesse d'augmenter. Quand les moines pourront-ils l'admirer et communier enfin dans la consécration de ce repas ? Le prieur ayant manifesté, lui aussi, son exigence auprès de Léonard, ce dernier le menace de la pire des représailles : le figurer dans son monastère même et le fixer pour l'éternité dans une attitude contraire à l'engagement de sa foi, sous les traits de l'affreux Judas. Aussitôt le prieur se mord les doigts d'avoir réprimandé le Vinci et, terrorisé à l'idée d'être peint sous les traits du traître, il retire sa plainte.

Mais la vraie histoire de ce retard c'est à Ludovic le More, seul, que Léonard la révèle, afin de calmer sa colère et d'éteindre à jamais son courroux. Toutes les nuits, le peintre se rend dans les bas-fonds de la ville, du côté du canal, dans les tavernes où les trognes sont invraisemblables, pour tenter de trouver celui qui sera suffisamment laid pour exprimer la trahison de Judas et incarner l'apôtre félon. C'est une habitude chez Léonard de faire ce qu'on appelle en peinture *travailler sur le motif,* c'est-à-dire se rendre sur les lieux dont il va restituer la réalité ou faire venir à lui le modèle qui convient à la plus folle des caricatures. Déjà dans son atelier de la Corte Vecchia, défilaient des mendiants, des bossus et des vieillards goitreux, tout simplement parce que leurs difformités le fascinaient. C'est pourquoi, afin de trouver le Judas de *La Cène*, Léonard se comporte comme un patrouilleur attentif, un explorateur à la recherche de la pire des physionomies. Il n'y a pas un œil torve, un air mauvais, une expression simiesque, une bouche tordue, qui lui échappe dans le fond glauque des ruelles sales et des estaminets mal fréquentés. Toutes les nuits, il descend dans le Borgho, le plus mal famé des quartiers, afin de se trouver face à face avec l'ignoble expression qu'il recherche. L'homme a un regard sournois, il sent mauvais autant qu'il pue la malédiction, tous ses traits expriment la duplicité et même son sourire est immonde. Léonard, qui voit qu'il s'apprête à sortir du cabaret, le retient d'un geste, le bras tendu en avant et la main ouverte pour lui dire :

« Ne pars pas tout de suite, j'ai quelque chose d'important à te proposer... Veux-tu poser pour moi ? »

L'homme le toise un instant et répond :

« Oui je t'ai reconnu, tu es le Vinci. Mais si tu me veux pour modèle, tu dois me dire d'abord qui j'incarnerai dans cette fresque. »

Léonard réplique sans peur :

« Tu seras Judas ! »

L'horrible personnage se fige alors en un moment d'arrêt, auquel succède aussitôt un mouvement de recul, comme s'il était horrifié de ce qui lui arrive. Il écarquille les yeux et l'on dirait alors que ce sont des lacs de malheur. Il laisse échapper de ses lèvres amères ce cri indigné :

« Mais voyons maître, c'est impossible. Jamais je ne pourrais faire cela ! »

« Pourquoi donc ? » lui dit Léonard, soudain touché par la détresse de l'incarnation du mal.

« Parce que c'est à moi, que tu as demandé, il y a deux ans, pour la même Cène, d'incarner le Christ ! »

CHAPITRE 21

La Cadillac décapotable de l'oncle d'Amérique

Au fond du parc du Clos-Lucé, après avoir franchi le joli pont de la rivière l'Amasse, un spectacle féerique s'offrait aux yeux des visiteurs. C'était le prieuré du Saint-Esprit, un ravissant manoir de conte de fées où résidait l'oncle d'Amérique. Il n'était pas toujours là, cet homme élégant dont le métier était de parcourir les Etats-Unis et les grands froids du Canada pour y vendre des livres français et des missels catholiques. Mais l'oncle d'Amérique, si chic, si réservé, aussi familier des femmes célèbres que des grands paquebots, nous étions sûrs de le voir revenir au moins une fois en été et une fois en hiver. L'été c'était avec la Cadillac décapotable, la Coupe de ville de 1949, et l'hiver avec la Chevrolet longue comme un wagon. Il passait les fêtes de Noël avec nous et nous épatait par ses allures de gentleman, ses tweeds parfaits, ses sous-semelles dont la fonction était de protéger ses chaussures des neiges du Québec. Il ne venait jamais chez nous sans être passé par Paris, pour faire une rafle de cadeaux somptueux au magasin de jouets *Le Nain Bleu*. Ses boîtes de chocolats étaient des monuments ornés de rubans mauves et même mon père, homme de devoir, cédait gravement à la tentation. Bien sûr l'oncle d'Amérique était célibataire ; il n'y a que les célibataires pour vous couvrir de bienfaits avec une telle profusion, une telle extravagance. Chacune de ses apparitions était un bonheur pour nous et le Nouveau Monde nous emplissait les yeux quand il revenait de New York.

L'oncle d'Amérique n'était ni timide ni audacieux. Parfaitement policé, il établissait malgré tout une distance variable avec les êtres et les choses, qui le rendait tour à tour charmant et froid, insaisissable et distant. Il avait fait du Prieuré un lieu fascinant pour nous, les enfants, où régnait une liberté de mouvement, de maintien, et de styles de vie tout à fait exotique pour des êtres élevés dans la rigueur des principes médiévaux. Mais, s'il était princier dans sa générosité, il était aussi imprévisible dans ses affections. Il ne nous invitait jamais à lui rendre visite, mais nous accueillait la plupart du temps d'une façon délicieuse. Encore fallait-il tomber au bon moment. A nous de ne pas nous tromper d'instant.

Au Prieuré, entre les piles de revues de décoration, les disques de jazz et les statues Renaissance, l'emploi du temps était totalement déréglé et les invités tout à fait bohèmes. Les fenêtres étaient illuminées tard dans la nuit, et les petits matins n'existaient pas. En fin de matinée, nous foulions l'allée de gazon parfait, au milieu d'une pelouse elle-même tondue à l'anglaise. Et nous arrivions à l'heure du breakfast. Le meilleur ami de l'oncle d'Amérique, un banquier très chic de Manhattan en bermuda kaki et chemise bleue de chez Charvet, préparait dans la cuisine les œufs au bacon, la queue de poêle dans la main droite et un premier verre de whisky dans la main gauche. Des beautés ébouriffées descendaient les escaliers et faisaient leur apparition en robe de chambre, accueillies par d'élégants jeunes gens qui parlaient toutes les langues. Parfois, c'était la célébrité du jour qui mettait la table pour le déjeuner, avec entrain, ou encore la muse de l'oncle d'Amérique, une romancière canadienne. Il régnait là une liberté de ton, d'attitudes et de conversations qui nous enchantait. L'esprit cosmopolite crépitait derrière les lucarnes. C'est de ces fenêtres ouvertes sur la respiration verte de l'été, que j'ai entendu pour la première fois la musique d'Erik Satie, les accents apaisants des *Gnossiennes* et la placidité liquide des *Gymnopédies.*

Ce jour-là l'oncle d'Amérique me dit : « Reviens demain déjeuner, c'est dimanche, je recevrai un grand couturier, mon ami espagnol, Cristobal. Il y a quelques jours j'ai vu dans le *Times* qu'on le qualifiait de ce titre flambant : “ Un des Espagnols les plus distingués de tous les temps ". C'est mon voisin à Paris, avenue Marceau, mais sa maison de couture est avenue George-V. » Il ajouta : « C'est un homme fascinant, sévère et artiste à la fois. Il est supérieur et distant. Il ne croit pas dans l'éternelle nouveauté du " nouveau " ; il a fondé son œuvre comme un maître de l'architecture, intransigeant, au milieu du monde de la mode. C'est un seigneur de la haute couture. Ses mains dansent autour des robes, arrachant l'inutile, perfectionnant l'indispensable. C'est un magicien : la ritualisation du dépouillement, c'est cela son chef-d'œuvre !

« Tu verras, sa personnalité basque et son caractère espagnol ont réussi le mariage de la retenue et de l'expansion du goût baroque. Et pourtant la somptuosité pour lui n'est jamais loin de la simplicité. A la fois modeste et fier, c'est-à-dire en vérité terriblement orgueilleux des limites même qu'il s'impose, il a tout ce qu'il faut pour faire de la femme une déesse. C'est pourquoi je peux te dire qu'elles sont toutes folles de lui : Grace de Monaco, l'impératrice d'Iran, la duchesse de Windsor, la Bégum, et puis surtout, ce qui est intéressant pour toi, c'est que Cristobal sait tout de l'histoire de la Renaissance. »

L'oncle d'Amérique venait de me dispenser son magnifique sourire généreux et enfantin. Sa volonté suprême, c'était finalement que tout le monde s'amuse autour de lui. Soudain comme s'il avait oublié quelque chose d'essentiel, il me dit en se frappant le front : « Ah surtout, c'est le plus important : ne prononce pas devant lui le nom de Coco Chanel ; ils furent extrêmement liés et maintenant ils sont brouillés à mort.

« Tu sais ce qui m'amuse, Arthur, dans ce déjeuner de demain ; c'est que je vais réunir deux personnes qui m'ont été toutes deux présentées par sir Cecil Beaton, le photographe anglais. L'un c'est Cristobal le couturier et l'autre c'est Anthony mon ami écossais qui est pour moi le meilleur historien d'art en Europe aujourd'hui. Et puis tu verras ils seront accompagnés par de très belles femmes. »

Le lendemain je me rendis à pied au Prieuré sanglé dans mon blazer bleu marine avec ma cravate club noire striée de bleu ciel et mes culottes courtes de flanelle gris foncé. J'étais flatté d'être le seul invité de mon âge dans ce déjeuner des grands. Tout d'abord ce qui me frappa, c'est la beauté de ces deux femmes qui semblaient tomber du ciel. L'une, sans doute un mannequin de la maison de couture de Cristobal, avait la poitrine mise en évidence, comme jaillissant de la corolle d'une fleur, la taille mince donnant à cette personne un aspect élancé et même bondissant. Quant à l'autre, elle était tellement sculpturale, dans sa robe de lainage noir, qu'elle semait à la fois la curiosité et le trouble ; ses mouvements étaient gracieux et l'ami écossais de mon oncle ne tarda pas à remarquer combien j'étais captivé par cette femme belle comme une frégate.

L'oncle d'Amérique m'avait prévenu que le déjeuner serait excellent ; et il avait demandé à son cuisinier de reproduire le menu auquel était fidèle le grand couturier quand il se rendait chez Ramponneau, restaurant fameux, à l'époque, temple du foie gras de canard chaud aux raisins. Ce lieu béni où pendant la saison de la chasse les râbles de lièvre flambés et les noisettes de chevreuil grand veneur menaient battue autour de votre propre assiette et s'offraient au palais de vos bouches. Mais surtout la conversation était d'un tel niveau ce jour-là qu'elle dépassait la performance gastronomique.

Le grand couturier s'était lancé dans une digression gourmande sur les produits venus d'Orient que la Renaissance avait amenés jusqu'aux tables françaises, comme l'artichaut, le melon, le chou-fleur, la laitue, la carotte, la betterave, la fraise et la framboise. L'antiquaire écossais n'était pas en reste pour lui renvoyer la balle. Il connaissait tout de Cristobal et surtout son goût en matière de peinture pour la grande école espagnole, Vélasquez, Zurbaran, une rigueur droite et des fonds charbonneux.

Il revenait de vacances en Algarve et parla du prince du Portugal, Henri le Navigateur, celui qui voulait atteindre l'Orient par la mer et qui, quarante ans durant, à partir de Sagrès, lancerait ses vaisseaux et ses capitaines dans des expéditions aux folles ambitions mais aux méthodes calculées. L'époque était faste pour les navigateurs, affirma l'oncle d'Amérique, car venaient d'apparaître l'astrolabe, le quadrant, la sonde et le loch. Bientôt viendrait le temps des caravelles. Cristobal saisit cette occasion pour dire combien était intelligent ce prince entouré de savants juifs, musulmans, arabes, génois, vénitiens et allemands qui, en échange de leurs informations à propos des terres découvertes, abandonnait aux marchands le profit de leurs produits.

La conversation avait glissé sur les grandes explorations. J'écoutais, passionné, ces développements, mais mes yeux appartenaient aux femmes : une beauté pâle et brune à la gorge palpitante, une princesse à la peau de bronze aux yeux légèrement bridés. Pendant que je contemplais la ligne ondulée de leurs épaules et le dessin pur de leurs lèvres, c'est le monde entier qui venait à mes oreilles, ce monde de la Renaissance où justement le savoir avait la science de se mêler à la sensualité. L'oncle d'Amérique avait repris la parole :

« Ce qu'il y a de formidable sous la Renaissance, c'est que l'imprimerie avance à la vitesse des découvertes ; c'est elle qui propage les bonnes nouvelles ramenées par les conquérants et explorateurs. Dès 1477 à Bologne est éditée la géographie de Ptolémée.

Christophe Colomb en est un des premiers lecteurs. C'est à Gênes que le jeune homme a appris le même métier que vous, celui de tisserand. En plus vous portez tous les deux le même prénom ! Et c'est là, dans la taverne dont son père est le tenancier et où viennent se restaurer les voyageurs des rivages innommés qu'il s'initie à la cartographie. Cette science, il l'a perfectionnée quand, prisonnier des barbaresques, il a l'intelligence d'apprendre de ses ravisseurs l'art de lire le monde à partir d'un parchemin. »

Le temps était venu pour moi d'oser poser ma question à Cristobal le couturier :

« Quel est, monsieur, le plus précieux de vos souvenirs d'enfance ? »

Remontant dans sa mémoire d'enfant de la côte basque, il parut respirer la force océane du petit village de pêcheurs où il était né, non loin de Saint-Sébastien, près de la frontière franco-espagnole. Il lui revenait la vague qui, écumeuse, se lève avec orgueil, les bruits divers venus du port, l'odeur du poisson, les remous entre les rochers, la petite place sur laquelle tous les soirs la fête est tendue comme les cordes de guitare, et cette église qu'il considérait comme une sorte de sanctuaire personnel :

« C'est un bateau, une frégate fière pendue à la voûte de l'église de Guetaria. Elle était là en hommage au grand homme du pays, l'invincible marin qui, le premier au monde, fit le tour de cette terre :

Jean-Sébastien de El Cano. Mon souvenir c'est aussi la fête de San Salvador, le 6 août, lorsque des habitants en costume d'époque reconstituent le retour du fils prodigue, victorieux et glorieux parce qu'il a tiré la barbe de Neptune, dépassé la fureur de tous les océans du globe. Pour moi El Cano est infiniment supérieur à Colomb. Lui et sa flotte ont réalisé l'impossible. Ils étaient partis de Séville le 20 septembre 1519. Ils revinrent le 6 septembre 1522. Ils avaient fait le tour du monde. A l'infini ils voulaient désormais prouver que ce contre quoi ils avaient lutté pouvait être dépassé, et regardant la voûte étoilée, les mers infiniment bleues, ils échappaient chaque fois aux changements brutaux ou subtils des flots. Magellan, au service de Charles Ier d'Espagne, avait péri assassiné par des Indiens dans une île. Mais El Cano, mon héros, reviendra vivant. Et l'on ne peut pas dire que ce fut facile : ils étaient partis trois cent soixante-huit, cinq bateaux avaient été armés, un seul finit la course, il était bien nommé, il s'appelait *La Victoire*. Et les rescapés ne furent que dix-huit à revoir Guetaria, le village où je suis né. »

Après cette longue minute où le couturier espagnol avait laissé couler la mélancolie des souvenirs, il jugea qu'il était bon de reprendre :

« Pour conclure le débat à propos de Cristobal Colombus, qui de toute façon serait sans fin puisque certains vont jusqu'à prétendre qu'il n'a même pas posé le pied en Amérique, je vais vous apporter une information capitale, surtout pour vous chers Français de Touraine. »

Il se leva et je compris alors qu'il avait préparé sa péroraison en démarquant le livre rouge sur lequel il s'était assis. C'est alors qu'il s'en saisit et clama fièrement : « Voilà ce que j'ai trouvé dans ce livre passionnant de Claude Mossé sur *Les Impostures de l'histoire.* C'est au début de 1489 que Colomb envoie son frère Bartolomeo chez Charles VIII – ici même à Amboise – afin de quérir des capitaux pour financer son grand projet, relier le continent aux Indes. Et bien vous me croirez si vous le voulez, le roi de France ne le reçut même pas ! »

Fier de son effet, il ajouta en serrant le volume contre son cœur.

« Ce que je vais vous dire maintenant est incroyable mais vrai : le frère de Colomb dont vous venez de parler n'était pas son vrai frère ; c'était un autre aventurier et un autre menteur que Cristobal Colomb avait engagé à sa solde afin de le représenter auprès des princes étrangers et de démarcher des soutiens. Voyez-vous si Colomb était un faux amoureux, il était aussi capable d'utiliser un faux frère ! »

Je voyais que cette conversation passionnante allait s'achever et une question me brûlait les lèvres : je ne pouvais m'empêcher de penser que ma dernière chance de la poser était venue maintenant. Demain le couturier espagnol serait reparti à Paris et j'aurais perdu l'occasion unique, si je n'osais l'apostropher à l'instant, d'apprendre ce qui m'intriguait au plus haut point. Je lançai un rapide regard vers l'oncle d'Amérique pour mesurer si ma nouvelle intervention ne serait pas jugée comme malvenue. Et je me jetai à l'eau :

« Monsieur, est-ce qu'il y a un rapport entre Christophe Colomb et Léonard de Vinci ? »

Le maître espagnol ne prit pas une seconde pour me répondre :

« Effectivement cette relation entre les deux hommes est peu connue et elle est des plus curieuses. Ta question est d'autant plus pertinente qu'ils sont absolument contemporains et nés seulement à un an de différence. Figure-toi que la ville que va bâtir Colomb au-delà de l'océan traversé et qu'il baptise Isabella en l'honneur de la reine très-catholique, c'est d'après des plans signés par Léonard de Vinci qu'il l'a construite.

— Bravo ! lança l'oncle d'Amérique. Maintenant mettez vos bottes, on part tous en promenade dans la forêt d'Amboise. »

CHAPITRE 22

Antiquaire écossais et cabinets secrets

Parmi les invités cosmopolites de l'oncle d'Amérique, mon attention avait été retenue par ce formidable géant écossais, à la conversation tendre comme celle d'une femme. Etait-il antiquaire à Edimbourg ou expert en art sur la terre des fantômes, ou encore châtelain au pays des Scots ? En tout cas le highlander avait une culture éblouissante et une éloquence aussi enivrante que le breuvage d'or d'un vieux whisky bu au son de la cornemuse. Inlassablement je l'interrogeais sur l'histoire de nos deux pays, moi qui étais un lecteur frénétique de Walter Scott et qui n'ignorais pas que deux de nos reines de France venues en Touraine étaient originaires de ce pays celtique : Marguerite d'Ecosse, première femme de Louis XI, qui fut amenée par une flotte magnifique avec un millier d'hommes, et Marie Stuart, épouse de François II, qui ayant pris le goût de la chasse en Touraine, cavalière d'élite, ne pouvait plus se passer des folles cavalcades dans la forêt d'Amboise.

Pourquoi l'Ecosse m'attirait-elle à ce point? Je n'aurais su l'expliquer. Peut-être était-ce simplement parce que j'avais le désir ardent d'appartenir à un clan dont les règles m'auraient plu et dont les excès m'auraient dépassé? Ce clan aux tartans chatoyants, c'était tout simplement celui des personnages de Walter Scott. Cet écrivain écossais, inventeur d'un genre romanesque salué par Balzac, comblait de page en page l'extravagance de mes attentes en peuplant l'espace de mon imaginaire. En plus, j'estimais qu'il m'avait fait une faveur particulière en me rapprochant du plus fascinant de ses héros, Quentin Durward, qu'il avait pris plaisir à conduire jusqu'en Touraine. Grâce à lui, j'osais explorer le manoir Renaissance sur le chemin des causes perdues, à la recherche des hérauts d'armes dans cette demeure familiale truffée de corridors secrets, de portes dérobées et de cachots oubliés. La vie même de l'auteur était une biographie aussi accidentée et surprenante que les histoires surgies de son esprit. Il était comme un frère élu et exemplaire, cet adolescent qui se promenait avec son père sur les terres sauvages de l'Ecosse entre les landes de bruyère et les torrents furieux, cet aîné qui à l'âge de seize ans traduisait *Le Roi des Aulnes, Marguerite au Rouet, Rose des Bruyères* et communiait dans le goût gothique en s'enthousiasmant comme moi pour le roman d'Horace Walpole, *Le Château d'Otrante*. Après un grand chagrin d'amour, il avait été un époux fidèle, et bien qu'il ait vendu plus d'un million et demi de livres en dix ans, il était tout de même parvenu à se ruiner cinq fois. Dans son œuvre, la noblesse n'excluait pas la sensualité, les croisés perdaient leur âme blanche devant les sombres beautés de l'Orient, la chevalerie, elle, gardait la couleur sang du cœur, les vaincus étaient immortels et le vacarme était inoubliable. C'était celui du choc des coups d'épée sur les armures des ennemis. Et quand revenait le silence de la paix, il était accompagné par la musique mélancolique des cornemuses dans les vallons désertés des Highlands. Walter Scott avait le don par ses romances et ses ballades d'enrôler ses jeunes lecteurs. Avec lui, tout de suite on voulait s'engager. C'est lui qui nous empoignait et c'est nous qui ne pouvions plus le lâcher. On entrait dans son œuvre et on était prêt à signer pour cinq ans, à devenir comme lui un enfant d'Edimbourg élevé dans les Borders, cette bande de terre qui fait office de frontière entre l'Ecosse et l'Angleterre. Ceci est tellement vrai que bien des adolescents exaltés m'ont précédé, enchantés d'être victimes de son charme fatal. Chateaubriand raconte l'histoire d'un jeune Breton, devenu chouan au service de la duchesse de Berry, qui devant le tribunal militaire après l'échec de la conspiration, lança à la tête de ses juges l'explication de sa folle équipée : « Et puis, messieurs, faites pendre Walter Scott car c'est lui le vrai coupable ! » Il était à la fois l'architecte des songes et le restaurateur des rêves, le guide des temps engloutis et le gardien de la mémoire secrète. Il annonçait les soleils du romantisme du haut des donjons de l'effroi, mais en même temps sous les mâchicoulis redessinés, il donnait du bonheur, organisant la rédemption et la fête des âmes troubadours. Non seulement il procédait en un tour de main à votre enlèvement pour vous tenir seul en face de lui, les yeux dans les yeux, afin de vous conter des histoires toujours drapées dans la légende, mais en plus, sans que vous ayez rien demandé, il vous offrait une famille haute en couleur avec le Sarrasin safran sur son cheval sombre, Olivier le Daim et ses ruses de barbier, Charles le Téméraire cerné par les loups, Louis XI protégé par ses gardes écossais, sans oublier le rire retentissant de Guillaume de La Marck, surnommé le Sanglier des Ardennes. Il ne m'étonnait pas que mon écrivain préféré, Alfred de Vigny, se soit précipité pour rencontrer Walter Scott quand il apprit que ce dernier était de passage à Paris. Comme j'aurais aimé assister à ce rendez-vous de novembre à l'hôtel Windsor, rue de Rivoli, organisé pour Vigny grâce à l'entremise du colonel Hamilton Bunbury, oncle de Lydia, son épouse. Alfred comme tous les jeunes gens de sa génération a en effet dévoré les livres de ce rejeton boiteux d'une famille de douze enfants, auquel un arrière-grand-père, ancien combattant de la cause Stuart, a donné très jeune le goût de l'histoire. Ce jour-là Vigny parle à Scott du séjour de Marie Stuart à Amboise, tandis que ce dernier évoque sa rencontre avec une jeune

Française qui avait fui la Révolution et qu'il a épousée : Charlotte Charpentier. Il invite Vigny à venir découvrir chez lui, à Abbotsford, ce style qu'il a illustré en sa demeure : le « baronial écossais ». Je mourais de n'avoir pas assisté à cette émouvante rencontre d'un jeune romantique français, fasciné par *Ivanhoé*, offrant son livre *Cinq-Mars* à un vieil Ecossais glorieux qui, lui, avait publié son premier roman, *Waverley*, sans même le signer. Et déjà je savais que mon plus grand chagrin serait le trépas de Scott, cet homme qui avait appris l'italien à l'âge de quinze ans pour lire *La Divine Comédie* de Dante dans le texte. Mort ruiné après avoir remboursé toutes ses dettes, l'écrivain avait, à la fin de ses jours, l'esprit dérangé. Agonisant dans son faux château d'Abbotsford, il se croyait à Venise et réclamait qu'on lui montrât une dernière fois le pont des Soupirs.

Avec ses yeux dorés sous ses sourcils roux, l'antiquaire ami de l'oncle d'Amérique me fixait en me disant : « Les fantômes ne parlent pas aux vivants. » Il m'intriguait follement avec ses histoires d'apparitions bizarres, de cadres tombés, de lumières s'allumant sans raison et de grincements de serrures. Il m'expliquait que toutes les demeures étaient habitées par les esprits, que les fantômes avaient des fluides et qu'ils erraient sans trouver le repos jusqu'à l'extinction du sentiment de culpabilité qui les poursuivait. Et si l'on entendait des gémissements dans la nuit, c'était sans doute parce qu'on avait enterré des soldats dans les sous-sols. Dès lors, je n'avais de cesse que l'Ecossais ne soit invité à déjeuner à la maison, afin qu'il perçoive au Clos-Lucé les présences secrètes des esprits du passé, et qu'il me révèle le sens du bruit de chaînes que le cuisinier Maurice m'avait dit avoir entendu au fond de notre souterrain. Je n'osais pas lui dire ce que je ressentais toutes les nuits où j'avais dormi dans le lit de Léonard. Mais, je comprenais que ces personnes défuntes, qui avaient péri de mort violente, ou étaient elles-mêmes criminelles, comme le capitaine du Gast, l'homme de main d'Henri II, nous adressaient des avertissements par-delà le temps. Le highlander me confirmait que dans les manoirs de son pays, la coutume était de préparer des sièges pour que viennent s'asseoir les fantômes. On leur laissait aussi une table, un bon feu et parfois un festin.

L'antiquaire écossais, familier du château de Balmoral aussi bien que de la décoration intérieure du Fontainebleau de François Ier, me racontait qu'au fond d'une malle, ses compatriotes retrouvaient parfois le passeport de leurs ancêtres : c'était le même que celui des Français. Il faisait allusion à l'Ancienne Alliance, ce traité conclu il y a sept cents ans entre nos deux pays. Fasciné par son écharpe en laine brute mélangée de lambswool et de mohair et par la couleur amande de son shetland, j'écoutais avec délice les histoires qu'il contait sur les extravagants souverains d'Ecosse. Celui qui avait ma préférence était Jacques IV Stuart, roi féru d'alchimie, un prince plein d'une noble curiosité qui n'hésitait pas à mettre la main à la pâte humaine, particulièrement intéressé par la médecine et la chirurgie. Ainsi s'exerçait-il à pratiquer lui-même la saignée où à arracher les dents de ses sujets, mais comme il était juste il accordait à ses patients des indemnités dont les comptes du Trésor ont gardé la trace. Un jour qu'il voulut savoir quelle serait la langue spontanée des humains, celle qu'ils parleraient naturellement s'ils n'apprenaient pas celle de leurs parents, il confia deux nouveau-nés à une femme muette qui fut chargée de les élever sur une île déserte à Inchkeith dans le Firth of Forth. L'expérience aurait abouti à un résultat surprenant : les enfants se seraient tout simplement mis à parler l'hébreu !

Auprès de ce roi étrange, vivait un assistant d'origine française nommé Damien, qui avait le privilège de jouer aux cartes et aux dés avec le souverain. Mais surtout il le secondait dans ses recherches alchimiques. Damien avait eu la même idée que moi. Au Clos-Lucé nous exposions au public la maquette de la première machine volante inventée par Léonard de Vinci à partir de ses études des ailes des chauves-souris. Je rêvais de soustraire cette maquette de bois peinte en blanc, de l'amener jusque dans la galerie qui donnait sur le parc et de me jeter dans les airs pour vivre l'enivrante expérience de voler. Alors que je l'avais détachée de son fil de nylon qui la suspendait au plafond, j'avais failli être surpris par mon père avec cet énorme objet dans les bras. Il m'avait fallu une seconde pour me cacher dans la pénombre d'un couloir avec l'encombrant prototype serré contre moi et j'avais dû renoncer à me jeter du haut de la galerie dans les airs. Damien, lui, était allé jusqu'au bout de son défi. Il s'était promis de s'envoler des remparts de Stirling avec des ailes attachées aux épaules. Son objectif était tout simplement Paris mais il n'alla pas plus loin que les douves du château où on le ramassa avec une jambe cassée. C'était la faute, dit-il, des plumes de volaille qui avaient été utilisées. D'après lui si on avait utilisé des plumes d'aigle, il serait très certainement arrivé à bon port.

L'antiquaire écossais ne se lassait pas de décliner les caractères de la dynastie. Après avoir brossé le portrait de l'original Jacques IV, il rapporta comment à Angers au XVe siècle, ses ancêtres avaient combattu aux côtés des troupes françaises pour repousser les Anglais, c'était l'époque où Jacques V d'Ecosse épousait Madeleine de France, puis Marie de Guise, union dont naquit Marie Stuart, quand Louis XII choisit comme garde personnelle le Royal Scots Regiment. Mais c'est avec Charles VII que tout avait vraiment commencé. C'est lui qui avait engagé les Ecossais pour sa garde personnelle. Selon Sir Walter Scott, les archers venus de son pays auraient joui de nombreux privilèges. Chacun d'eux avait droit au service d'un valet et d'un page. Ce privilège répondait à la composition de chacune des cent « lances garnies » qui formaient les quinze compagnies d'ordonnances créées par Charles VII. Pauvres, courageux, dévoués, ces soldats constituaient un corps d'élite. Ils avaient été richement équipés. Leurs cuirasses étaient d'acier damasquiné d'argent, leurs cottes de mailles brillaient de l'éclat de la gelée sur le gazon. Un large et fort poignard nommé « Mercy de Dieu » pendait à leurs côtés. Chacun avait rang de gentilhomme. Pic au poing ils montaient la garde au balcon, dans les embrasures des croisées, sur les degrés des escaliers, toujours à proximité du roi leur maître. En évoquant avec éloquence cette garde écossaise mise en scène dans le roman de Walter Scott, l'antiquaire d'Edimbourg avait trouvé en moi un auditeur passionné. Depuis longtemps Quentin Durward était mon héros et j'apprenais que ce jeune Ecossais de naissance noble était le seul survivant du clan des Glen-Houlakin.

« Il faut être un homme vivant et un artiste posthume. » L'antiquaire écossais adorait jeter ce genre de formule à la cantonade avant de se lancer dans une de ces descriptions dont il avait le secret. Dès qu'il se mettait à parler il était captivant. Ses propos étaient ceux d'un prince du paradoxe :

« Il n'y a qu'en Ecosse que la Renaissance est passée pratiquement inaperçue Les trois universités écossaises fondées à cette époque respectent le modèle médiéval. En Ecosse, à vrai dire très peu touchée par l'influence italienne, les arts s'épanouissent sous le règne de Jacques IV qui constitue l'une des rares périodes de paix. »

Il avait décidé de faire défiler devant mes yeux les merveilles du château de Fontainebleau : des cuirs dorés, des tapisseries héraldiques, des soieries faites à Tours ou acquises en Italie, la statue de François Ier en cuirasse ornée de rinceaux, ce mobilier paré d'or et de pourpre, ces meubles peints à peine déballés dont les boîtes revêtues de tissu précieux rappelaient les incessants déplacements de la cour. L'historien de l'art était intarissable, expliquant d'abord l'origine du nom du château *Fontaine-Belle-Eau*, montrant ensuite comment le Roi-Chevalier se fondait sur le maniérisme italien pour créer un art original. Comment il avait commencé à faire peindre les meubles avec des figures, influencé par la Péninsule. Comment il avait fait exécuter par son menuisier Francisque Scibec de Carpi les parquets à l'italienne et les deux panneaux de lambris de la salle de bal. Comment le roi, sur les dressoirs et les coffres, avait fait proliférer ses emblèmes : la fleur de lys, la lettre F et parfois la cordelière de saint François. Etourdi de rinceaux, de candélabres et de bustes de profil, je tentais de répliquer en lui racontant la beauté du lit de Léonard sculpté de chimères, d'angelots et d'animaux marins. Il enchaîna en me révélant un secret : comment le bois du lit du duc Antoine de Lorraine, qui s'était marié à Amboise en 1515, provenait du seul lit princier authentiquement connu. La mélancolie m'avait saisi quand il évoqua la décision prise par François Ier, à son retour de Pavie, d'abandonner le Val de Loire, pour Fontainebleau, le château de la Muette, le château de Madrid et celui de Villers-Cotterêts. Impatient de voir l'Ecossais commenter la visite du Clos-Lucé, je voguais dans son univers fabuleux peuplé de gargouilles, de têtes de dauphins stylisées, de porcs-épics de Louis XII, d'hermines d'Anne de Bretagne, de cygnes de Claude de France. A l'époque, m'expliqua-t-il, les palais étaient peints et dorés et le cabinet du roi où il se délectait de ses livres et de ses objets précieux avait un décor sculpté de candélabres à l'italienne. Alentour, les ornements des murs étaient fondés sur des dessins de soieries brochées d'or à décor de couronnes enlacées, avec des motifs végétaux.

Pendant cette conversation passionnée, l'oncle d'Amérique passait avec un air détaché, tandis que l'Ecossais flamboyant me contait comment Marie Stuart était devenue reine des Scots à l'âge d'une semaine, comment Henri VIII pensa immédiatement à demander sa main pour son fils Edouard alors âgé de cinq ans et comment le jour des six ans de la catholique Marie, la France proposa qu'elle épouse le dauphin pour ses seize printemps. Et enfin comment vint le temps des fiançailles alors qu'ils avaient tous les deux quinze ans : « Ma fille la Reine d'Ecosse... Et à ce que j'ai vu par lettre, mon fils et elle ont été, dès le premier jour, aussi apprivoisés que s'ils s'étaient connus depuis longtemps », écrit Henri II. Dès son arrivée, les hommes comme les femmes n'ont d'yeux que pour la perfection de ses formes, la grâce de ses mouvements, la pureté de son visage, le charme de son regard. Douze ans durant, Marie jouit de ce luxe poétique, musical, décadent, qui règne à la cour de France. Brantôme écrit d'elle, dès qu'il la voit : « Venant sur ses quinze ans, sa beauté commença à paraître, comme la lumière en beau plein midi. » Et Du Bellay de la chanter en vers :

En votre esprit le ciel s'est surmonté,
Nature et art ont en votre beauté
Mis tout le beau dont la beauté s'assemble.

Avec elle les Valois rêvent de s'approprier le royaume d'Ecosse. Mais quand meurt Henri II des suites d'une blessure malheureuse dans un tournoi, elle n'a pas seize ans et se trouve reine de France. Elle n'est pas sans connaître la faiblesse de son époux qui est maintenant François II. Tous les jours il doit lutter contre la mort qui l'envahit peu à peu mais, fidèle à une conception en honneur dans sa famille, il désire être le plus fort et il s'épuise à vouloir être aussi bon chasseur et aussi bon cavalier que sa femme. En décidant de surpasser la reine, il a trop présumé de ses forces, il s'affaiblit. Bientôt non seulement le cheval lui est interdit mais ses jambes ne peuvent plus le porter. On doit le transporter pour chacun de ses déplacements. Comme la flamme d'une bougie faible sous le vent, il s'éteint comme il vécut sans bruit le 15 décembre 1560. Marie vit alors avec une grande dignité ses quarante jours de deuil : à elle est réservée le « deuil blanc ». Et sa pâleur rend son visage encore plus beau. Elle ne sort pas, elle écrit des vers à la mémoire de son mari :

En mon triste et doux chant
D'un ton fort lamentable
Je jette un œil tranchant
De perte incomparable
Et en soupirs cuisants
Passé mes meilleurs ans.

Quand il lui faudra repartir pour l'Ecosse, quitter la douce France, se détacher de ce pays où elle a été si heureuse et tant admirée, les poètes font leur adieu à la reine. C'est l'art du deuil vivant où le regret précède la rime et où la poésie anticipe la tragédie. Ainsi Ronsard :

Un crêpe long, subtil et délié,
Pli contre pli, retors et replié.

Ainsi Chastelard qui voit partir le navire dont chacun pressent sans savoir pourquoi que jamais il ne reviendra avec la reine : « Il ne serait pas besoin de ce fanal, ni de ce flambeau, pour nous éclairer en mer, car les beaux yeux de cette reine sont assez éclairants et bastans pour éclairer de leurs beaux feux toute la mer, voire pour l'embraser au besoin. »

Mes frères avaient déjà quitté le Prieuré depuis longtemps, je n'avais pas vu passer le temps, et l'heure du thé était venue. Je partais du Prieuré persuadé de m'être fait en l'Ecossais un nouvel ami dont je pressentais qu'au-delà de la brume de ses récits, il saurait m'aider dans ma quête insatiable de la lumière du génie. En rentrant au Clos-Lucé j'osai pour la première fois demander à mon père d'inviter un adulte à déjeuner. Cela parut l'amuser et, après un temps, il me dit oui.

Quelques jours après, le déjeuner avait eu lieu. Mais l'Ecossais avait déçu. Il avait été jugé vaniteux et vulgaire. Il aurait un peu trop appuyé sur le vouvray en plus d'avoir mobilisé la conversation, ôtant le pain de la bouche du chanoine d'Amboise qui n'avait pu en placer une, et il avait privé le vieil ambassadeur de ses effets oratoires. Ce marquis des Andelys, autrefois en poste à Istanbul, avait préparé un brillant numéro autour de l'idée que comme ingénieur militaire du sultan Bajazet, Léonard de Vinci aurait fait le projet d'un pont colossal devant enjamber la Corne d'or. Il ajouta même, savourant entre deux plats sa propre érudition, qu'en 1502 Bajazet, qui régnait sur l'empire ottoman, avait envoyé une délégation à Rome pour recruter un ingénieur capable de remplacer le pont entre Istanbul et Pera par un véritable ouvrage en pierre.

L'antiquaire l'avait aussitôt approuvé mais c'était pour mieux lui voler la parole. Il précisa que Vinci avait proposé un geste architectural inouï pour l'époque : une arche unique au-dessus du Bosphore d'une portée de trois cent cinquante mètres dont deux cent quarante mètres au-dessus de l'eau. Il avait même noté dans son projet qu'un bateau toutes voiles dehors pourrait passer dessous. Malheureusement les conseillers de Bajazet ne donnèrent pas suite à la proposition de cet « infidèle ». Quelques années plus tard Michel-Ange aussi proposera ses services au sultan, en vain.

Comme l'ambassadeur semblait vouloir reprendre l'offensive dans la conversation, l'antiquaire écossais décida de le terrasser définitivement par une révélation historique confondante : Léonard avait envoyé à la Sublime Porte une lettre dans laquelle il se vantait de pouvoir non seulement construire le pont mais aussi des moulins à vent innovants, une pompe automatique pour écoper les navires et un pont-levis. L'antiquaire prit un avantage définitif sur l'ambassadeur en expliquant que la traduction turque de cette lettre disparue avait été retrouvée dans les archives du

Sérail. Et pour confirmer sa supériorité par rapport au diplomate, il ajouta que le Vinci avait acquis sur les rives du Bosphore certaines connaissances hermétiques.

Les citations innombrables de l'antiquaire, son eau de Cologne à la fragrance exagérée à l'image de la couleur rose tendre de sa chemise, ses références permanentes à son amitié étroite avec l'historien d'art Bernard Berenson, ses allusions mal comprises à l'ésotérisme qui le faisaient prendre pour un suppôt des sociétés secrètes et ses interrogations répétées sur l'homosexualité supposée du Vinci avaient prodigieusement agacé ses hôtes. Le regard méfiant de ma mère et l'air au supplice de mon père – à la limite de l'expression du martyr saint Sébastien transpercé de flèches – m'avaient convaincu que j'avais introduit un indésirable dans la demeure de l'homme supérieur qui avait dompté le vent et le feu. Mais moi, il me plaisait et au moment où on servait le café, laissant mes parents converser avec le vieil ambassadeur, je proposai à l'Ecossais de lui montrer la chambre de Léonard.

CHAPITRE 23

La vie n'est pas une visite guidée

Pendant que je faisais visiter le Clos-Lucé à l'antiquaire écossais, j'étais angoissé à l'idée de ne pas en savoir assez. Rien n'échappait à son œil perçant et chaque recoin de la demeure donnait lieu à l'un de ses commentaires avisés. Dieu merci, il parlait tout le temps. D'abord il me demanda :

« Mais où est donc la bibliothèque ? »

Et il ajouta sans même attendre la réponse :

« Léonard ne commença à écrire qu'à partir de trente-cinq ans. S'il était mort comme Raphaël à trente-sept ans, il n'aurait presque rien peint et presque rien écrit non plus. »

Alors que nous sortions de la chambre de Léonard, dont la fenêtre à meneaux donne sur le château d'Amboise, pour entrer dans le salon de Marguerite de Valois où est exposé le portrait de Maximilien d'Autriche par Dürer, l'antiquaire écossais fit une station devant la toile du maître de Nuremberg. Tout d'abord il me fit remarquer la finesse de la Toison d'or peinte par Albrecht, fils d'orfèvre élevé dans le culte des grands maîtres de Flandre.

Plus tard dans le couloir, le passionné d'art qui sans complexe arborait son kilt méditait à voix haute à propos de Léonard :

« Baldassare Castiglione, l'un des écrivains les plus distingués de ce temps, regrette qu'un des plus grands peintres du monde méprise l'art dans lequel il est unique et se soit mis à apprendre la philosophie, dans laquelle il a forgé des conceptions si étranges et des chimères si curieuses qu'il ne saurait les dépeindre avec toute sa peinture. »

Puis, se retournant vers moi avec un magnifique sourire, il ajouta :

« Tu n'as pas à t'inquiéter pour tes études. Reste auprès de lui et bientôt tu verras, tu auras de bonnes notes. Même Léonard ne savait pas très bien son latin. Avoir été un enfant illégitime l'avait privé de l'enseignement des classiques et, formant son esprit par lui-même, il avait fini par penser que seule l'observation permettait d'accéder à la vérité. C'était un cancre qui a eu sa revanche. Il écrivait en toscan dans le dialecte que Dante avait choisi pour sa *Comédie*. A l'âge d'homme, il apprend le latin et le grec, il se compose une bibliothèque de cent seize ouvrages : la Bible, les Psaumes, les fables d'Esope, le Dante, le Pétraque, *Il Diadeo* de Pulci, les sonnets de Burchiello, le fameux volume de Valturius : *De re militari*, des ouvrages d'histoire naturelle, les voyages de Mandeville, *Des choses merveilleuses du monde*. Il possédait assez peu de livres mais un de ceux auxquels il attachait le plus d'importance était le traité *De l'immortalité de l'âme*, du chanoine Marsile Ficin, qu'il avait connu jadis à Florence. Ficin était le propagateur de la doctrine platonicienne, qu'il ne jugeait pas incompatible avec les doctrines de l'Eglise. Marsile Ficin avait été initié à Kiev. Au cours d'un séjour dans cette cité, il avait étudié les idées de l'extraordinaire Renaissance ukrainienne, antérieure même à celle de l'Italie. Quant à Léonard, c'est un autodidacte qui se livre à de fortes études, multiples et variées : géométrie, mathématiques, astronomie, géographie, hydraulique, anatomie, botanique, tout y passe. Par le labeur constant de sa pensée, Léonard rappelle les grands lettrés, les fameux alchimistes du Moyen Age... »

L'antiquaire écossais poursuivit son raisonnement sur l'importance de la lecture à l'orée de la Renaissance :

« Au XVe siècle tous les princes cultivés possèdent leur bibliothèque : Frederico de Montefeltro, duc d'Urbino, compte à son service trente copistes chargés de reproduire les manuscrits. »

Alors que nous avions descendu les escaliers et que nous étions entrés, au rez-de-chaussée, dans l'oratoire d'Anne de Bretagne, construit pour elle par son mari Charles VIII, car elle s'était étonnée en découvrant cette demeure qu'il n'y ait pas de « chambre pour

Dieu », un grand silence se fit et c'était l'hommage admiratif de l'esthète celtique à ce lieu d'art sacré. L'antiquaire écossais leva les yeux vers la voûte d'azur parsemée d'étoiles. J'étais amoureux de ce bleu et ne savais comment le qualifier. Pour lui, c'était tout simple :

« Dans la *Vénus* de Bronzino, il y avait ce même mélange de maniérisme et de modernité à l'image des fresques de cette chapelle. Le bleu y excelle et il est ici différent, remarquait-il, des fameux bleus de Fra Angelico. Le bleu, tu dois le savoir, c'était l'irruption du luxe dans la peinture ; pour l'obtenir on pilait le précieux lapis-lazuli. »

Quelques minutes après, nous étions dans l'atelier de Léonard, je montrai à mon mentor, dissimulées derrière les tapisseries du XVIIIe provenant du château de Chanteloup et de la collection du duc de Choiseul, ces arabesques et ces salamandres sur fond d'or peintes à même le mur et qui dataient du règne de François Ier. A cette vue, le teint de porcelaine du highlander rosit de plaisir. Il ne put s'empêcher d'évoquer Chambord où François Ier avait fait dorer à la feuille les chapiteaux des lanternons avant la venue de Charles Quint en décembre 1539. Il raconta, non sans ironie, que le roi et l'empereur avaient tenu là un sommet européen où il fut surtout question de chasse !

« C'est un drôle de coco, ton Léonard ! » me lança l'antiquaire écossais pendant que nous pénétrions dans l'imposante salle des gardes. « Il n'est pas à une contradiction près ; il vante les vertus de la paix, mais il contribue à l'art de la guerre en inventant ses machines infernales. Il restera dans la postérité alors qu'il produit des chefs-d'œuvre fragiles comme cette fresque issue de la peinture à la détrempe dont le procédé consiste à ne garder que le jaune d'œuf mêlé à l'eau de pluie avec un vinaigre de vin blanc. L'avantage c'est que la couleur sèche très vite. L'effet est superbe : Léonard, c'est vraiment le plus paradoxal des gauchers ! »

A ce mot, je rougis violemment et détournai la tête. J'étais moi-même un gaucher et comme j'avais été élevé en Angleterre, on ne m'avait pas contrarié, et je me demandais si c'était la cause de ma lenteur d'exécution dans la rédaction des devoirs et de mon incapacité scolaire. Je m'inquiétais même, sans oser le dire, de savoir si c'était une malédiction et si ses effets allaient me persécuter jusqu'à la fin de mes jours. De plus, j'étais affublé d'un défaut de prononciation qui en classe provoquait l'hilarité générale. Etrangement, durant mon séjour à Londres et à Brighton, ce zozotement ridicule n'avait provoqué aucune réaction car, dans la langue de Shakespeare, il passait inaperçu, mieux il pouvait être considéré comme l'effet subtil d'un perfectionnement de la prononciation. Mais dès que j'étais rentré en France, j'avais pu mesurer l'étendue du désastre et à l'école je n'osais ouvrir la bouche car aussitôt éclataient les rires ironiques et les sarcasmes cruels. La liste de mes handicaps ne s'arrêtait pas là. J'étais aussi incapable de lacer mes chaussures et quand, le matin, je devais partir avec mes frères pour me rendre à l'école, j'étais toujours le retardataire maudit qui enraye la machine. Une fois parvenu devant le tableau noir, l'atmosphère empirait : le professeur de l'école de frères avait décidé de composer des équipes qui s'affronteraient l'année durant afin d'obtenir les meilleures notes et j'étais tout à fait stupéfait de constater que je n'étais admis dans aucun des groupes. Quel chef d'équipe, en effet, aurait pu conserver sa réputation en imposant à ses pairs un élément aussi pénalisant que moi ? Il a fallu l'autorité du maître d'école pour m'imposer malgré tout et l'équipe qui fut obligée de m'admettre le fit de mauvais gré. Je pouvais la comprendre car je savais mieux qu'eux-mêmes combien ils étaient mal partis. Voilà sans doute pourquoi j'étais à l'affût de la moindre expression d'approbation et le fait qu'une grande personne, comme l'antiquaire écossais, veuille bien s'intéresser à moi était une satisfaction inattendue.

Décidément en verve, le charmeur d'Edimbourg me mit du baume au cœur sans le savoir :

« Ici, dans cet atelier, j'ai l'impression de voir Léonard au travail. Il est là parmi nous, penché sur son écritoire. Cet imaginatif s'exprime d'une manière nette, rapide, serrée. Il trace ses pensées sur des feuilles volantes, écrites à rebours avec la main gauche à la manière des Orientaux et de ses aïeux étrusques. »

Les rayons du soleil de l'après-midi caressaient les tissus des trois salons en enfilade.

« Tu sais, me dit l'antiquaire écossais, ce sont les soieries de Tours qui ont fourni le Camp du drap d'or. La soie achetée alors était une soie déjà teintée, noire ou cramoisie. Il faudrait que je te montre un jour, non loin d'ici, au château de Chenonceaux, la fameuse tapisserie à l'aristoloche. Elle se trouve dans le cabinet vert au-dessus du Cher, d'où Catherine de Médicis régnait sur la France. Verte à l'origine, elle a viré au bleu et dans cette tapisserie, il y a un détail très révélateur : la découverte de l'Amérique y est signalée par la présence d'un faisan d'argent du Pérou. A propos de ces couleurs tu remarqueras que c'est exactement l'inverse qui s'est produit pour la Joconde ; elle a commencé par être d'un bleu parfait avant de finir dans ce vert moussu qui flotte à la surface des eaux mortes. »

L'antiquaire écossais était parti dans une évocation charmée de Chenonceaux et il ne pouvait plus s'arrêter. Il avait à cœur d'évoquer le grand deuil de Louise de Lorraine, épouse d'Henri III. Eperdument amoureuse de son mari elle avait, à sa mort, recouvert toutes les façades du château de draperies noires ornées de têtes de mort et de larmes d'argent. Mais l'Ecossais, qui n'était pas triste et plutôt coquin de tempérament, avait d'autres histoires, moins funèbres, à conter à propos de Chenonceaux. C'est avec une mine libertine qu'il se pencha vers moi pour me souffler à l'oreille :

« Je suis sûr que tu ignorais que le monokini était né tout près d'ici : avec ses airs de bateau traçant un langoureux sillage sur le Cher, Chenonceaux invitait aux plaisirs les plus extravagants. C'est ainsi que Catherine de Médicis et ses suivantes, qui aimaient à se baigner dans la rivière après leurs jeux de bagues et de paume ou des ébats moins innocents dans le labyrinthe des jardins, prirent l'habitude de se dévêtir jusqu'à ne porter ce que l'on appelait à l'époque un " calezone ". Imagine ces belles dames dénudées surgissant de l'onde ; elles ne savent pas que ce qu'elles présentent à fleur d'eau dans le Cher, ce sont les premiers maillots de bains de la mode, collection nautique ! »

Maintenant, nous descendons vers les cuisines, dans ces sous-sols où régnait Maurice. L'antiquaire écossais, comme s'il faisait son shopping dans un château de la Loire, n'avait de cesse de m'énumérer toutes les fonctions de ces salles à l'heure des grands banquets. Il fallait un four, une boucherie, un garde-manger, le billot sur lequel on découpait la viande et les quartiers de gibier, la glacière pour conserver les victuailles, les vaisseliers, les pompes à cidre, le saucier du rôtisseur et surtout l'indispensable lave-mains en cuir. Nous étions en grande discussion sur tout ce que devait comporter une batterie de cuisine au temps des rois de France, tous les deux dans la pénombre du sous-sol depuis une dizaine de minutes, quand soudain nous sentîmes dans notre dos une présence inattendue. C'était Maurice qui était revenu dans son domaine, à pas de loup, et qui se tenait immobile, le visage grave. Il s'était agenouillé pour ramasser une de ses casseroles bosselées quand l'Ecossais se retourna, surpris. Je dois dire que je n'en menais pas large. Il n'est pas si agréable que deux personnes avec qui on partage une certaine intimité se retrouvent d'un coup face à face, en votre présence. Je ne savais pas ce que je devais faire et s'il convenait de les présenter l'un à l'autre. Ils venaient de mondes très lointains. Le jardinier-cuisinier au visage émacié, aux yeux enfoncés dans leurs orbites, exprimait la plus grande réserve, tandis que l'expert en art, jovial, débonnaire, extraverti, à l'épiderme coloré par toutes les émotions de l'esthétisme, paraissait au côté de l'ermite comme quelqu'un de gonflé de vanité et d'un peu superficiel. C'étaient deux célibataires appartenant à des planètes différentes : l'un était un vieux garçon comme on les a connus dans la tradition rurale, l'autre un bohémien du cœur et un gai compagnon.

Quand nous sommes remontés du sous-sol par la salle des maquettes, j'étais stupéfait du mutisme de l'antiquaire écossais, devant la multiplicité des machines inventées par Léonard. Son silence se poursuivit longtemps, jusqu'à ce que, ayant quitté le manoir, nous soyons parvenus au cœur du jardin de roses, face à un bassin carré :

« Est-ce que tu t'es rendu compte, mon petit, de ce que nous avons vu ?

— Nous avons vu Maurice, répondis-je, sobrement.

— Non, nous avons assisté à une apparition ! C'est un saint que cet homme et ce saint, c'est saint Jérôme. Quand je me suis retrouvé face à lui, j'ai eu l'impression d'être dans la pinacothèque du Vatican, c'est fou ce que ton Maurice ressemble au portrait de saint Jérôme par Léonard de Vinci. Quand il s'est baissé pour ramasser son écuelle, dans la demi-pénombre de la cuisine traversée par un rayon jaune, j'ai cru être en face de l'ermite agenouillé qui est le sujet central du tableau dont je te parle. Pour que tu comprennes mieux l'hallucination qui a été la mienne, provoquée par la ressemblance frappante des personnages, je vais te décrire la toile. Saint Jérôme est cet ermite agenouillé qui se détache d'un sombre rocher en schiste. Le vieillard aux yeux profonds qui ressemble tant à ton Maurice, à peine couvert d'un manteau jeté sur l'épaule gauche, paraît sur cette toile dominer un lion à la gueule béante, étendu à ses pieds. J'ai eu l'impression de voir le sujet d'une toile très ancienne s'animer devant nous. »

Après un temps il ajouta, retrouvant son ton d'historien d'art :

« On dit que c'est le cardinal Fieschi qui aurait retrouvé à Rome vers 1820 ce *Saint Jérôme* chez un brocanteur. Cette impression curieuse, je suis sûr, mon petit, que tu peux l'éprouver en faisant revivre les caractères historiques qui ont habité cette maison. »

Cette réflexion de l'antiquaire sur notre cuisinier dévoué et notre jardinier inspiré provoqua en moi une méditation intense : j'avais subodoré depuis longtemps la grande sagesse de cet homme. Et puis, il parlait peu. De temps en temps, quand il binait son jardin, il lâchait des formules toutes faites hautement pensées et à peine perceptibles, entre deux maugréments sonores, comme : « Beaucoup ont fait commerce de l'illusion et des faux miracles pour tromper l'ignorante multitude. »

Au moment où nous achevions la visite, après que je lui eus montré le souterrain par lequel le roi venait du château d'Amboise, entre des pages portant des flambeaux, rendre visite à Léonard de Vinci, l'antiquaire écossais me fit cette remarque :

« Mais tu ne m'as pas montré la chambre de Salaï. »

Pris de court, je lui dis :

« Qui est Salaï ? »

L'esthète me scruta d'un air bizarre :

« Tu ne connais pas Salaï ? Tu ne sais donc pas que Léonard avait un amant qui s'appelait Salaï ? Qu'il est venu ici à travers les Alpes avec son ami ? »

J'étais médusé, je n'avais jamais entendu parler de ce personnage et n'avais aucune idée de qui il pouvait s'agir. Pétrifié, je regardais l'Ecossais sans comprendre.

Il se fit insistant :

« Puisque tu ne veux rien me dire sur Salaï, c'est à moi de t'affranchir. »

Visiblement il avait décidé de me fournir la fiche biographique de celui dont il m'entretenait :

« C'est à l'âge de trente-neuf ans, en 1491, que Léonard recueille comme domestique un garçon de dix ans, Giacomo Caprotti da Oreno, dit Salaï, ou " le diable ". " Voleur, têtu, menteur, gourmand ", Salaï restera, quoi qu'il en soit, jusqu'au bout, l'intime du maître. La nature de leur relation donnera lieu à bien des commentaires, parfois même désobligeants, Léonard avouant volontiers son attirance pour la beauté des visages et, en l'occurrence, pour l'abondante et superbe chevelure de son protégé – qu'il ne cesse, selon un contemporain, de caresser. D'une grande beauté, Salaï lui servira à la fois de modèle, de confident et de garçon de courses. »

Je tentai de répondre avec ce que je savais :

« Léonard avait un ami, son disciple Francesco de Melzi, et peut-être un autre en la personne de son serviteur Battista de Villanis.

— Oui, mais pas seulement, répliqua l'antiquaire écossais, il y avait Salaï, qui vivait avec lui et qui, devenu jeune homme, l'avait suivi jusqu'en France. Ce garçon avait sa préférence. Disons la vérité : Vinci l'aimait. Il ne t'est pas venu à l'idée que même un génie pouvait perdre la tête pour un visage d'ange et une superbe chute de reins ? Un jour tu apprendras que la beauté de l'être aimé n'est pas toujours cause d'harmonie mais de désordre et que quand la sensualité s'en mêle on peut perdre la tête pour un casque bouclé ou pour la cambrure d'une personne désirée. Tu dois savoir que les amateurs de peinture sont avant tout des hommes. C'est la vision des corps qui leur remue la moelle. Même si Salaï était un piètre disciple, et serviteur peu sûr qui volait son maître, Léonard lui passait tout et quand ce démon au visage d'ange est reparti en Italie, le maître ne cessera de lui faire des cadeaux. J'irais même plus loin, ajouta l'antiquaire écossais avec un ton soudainement devenu sarcastique, il l'a couché... sur son testament ! »

Choqué par cette révélation, je fixai mon interlocuteur tout en cherchant à prendre mes distances. Il était parti dans un long développement sur les affinités électives, sur les amitiés particulières, sur les mœurs des artistes au temps de la Renaissance, sur la relation étroite et souvent érotique entre les maîtres et les disciples et sur la proclamation de Michel-Ange : « J'ai bien assez de l'art en fait d'épouse. »

Les propos de l'Ecossais, dont j'avais du mal à saisir le sens, éveillaient cependant ma méfiance. Je m'empressai de lui dire que j'étais amoureux. D'abord d'une petite fille que j'avais vue pour la première fois de ma vie à la messe de minuit, dont le visage aux cheveux bruns et aux yeux couleur de mer m'avait bouleversé. Ensuite du portrait de Marguerite par François Clouet qui était dans la chambre de Léonard de Vinci et qui justement parce qu'elle lui ressemblait me servait de substitut à cette petite fille par trop absente.

L'Ecossais poursuivait ses propos sur le sujet : « La sexualité, ce n'est pas simple. Ton Léonard aussi a parlé de l'acte d'amour. C'est lui qui a dit : " L'homme qui accomplit le coït avec retenue et mépris fait des enfants irritables et indignes de confiance, en revanche si le coït se fait avec grand amour et grand désir des deux côtés, l'enfant sera de grande intelligence, plein d'esprit et de vivacité. "

Il m'expliqua combien c'était le cas pour Léonard et comment il était né d'un notaire puissant et sensuel qui avait tant aimé cette Caterina, la mère du génie qui n'était pas son épouse. Cela faisait beaucoup de révélations pour une même journée et je regardai désormais le géant celtique avec circonspection. Il me dit encore que Léonard avait peu connu sa mère et qu'il avait été élevé dans un monde d'hommes, par son père, son beau-père, son oncle et son grand-père.

Comme je restais silencieux, embarrassé par ces propos, il m'interpella tout à coup, presque violent :

« Qu'est-ce que tu dis de tout cela, de cette préférence de Léonard pour les garçons ? »

Pétrifié, je cherchai la parade. Ce fut une phrase de Vinci qui jaillit de moi comme un réflexe de défense, comme pour clore cette discussion : « La passion intellectuelle met en fuite la sensualité. »

L'Ecossais me considéra avec surprise. Le rouge lui était monté au front puis il se calma et son visage reprit cette teinte rose qui lui était coutumière, celle des boîtes de bonbons en Angleterre. Il me regarda longuement. Il me dit :

« C'est bien. Tu as su réagir. Maintenant je vais te faire le plus beau cadeau de ta vie, mais pour cela il faut que nous retournions dans la chambre de Léonard. »

C'était étrange, mais en une seconde son attitude avait changé et j'étais sûr que je pouvais désormais lui faire confiance. Il m'avait éprouvé et moi je l'avais retrouvé. En montant les marches du grand escalier je me disais que l'Ecossais avait compris à la fois ma quête et mon enquête. Je n'allais pas être déçu. Dès que la lourde porte ouvragée de Léonard fut refermée sur nous il s'installa sur la banquette ornée d'une salamandre, et me dit :

« Viens t'asseoir. Je vais bientôt partir pour l'Amérique mais j'ai compris ce que tu voulais. Je sais ce que tu cherches et je crois que tu vas le trouver. Tu n'es pas loin de la vérité cachée, tu brûles, mais si tu ne parviens pas seul à la révélation, cette vérité sera sans valeur pour toi. J'ai une recommandation essentielle à te faire : ce qui est évident et même tout proche est parfois invisible aux yeux. Ne néglige pas les occasions d'apprendre et sache que tu vis au milieu de ces coffres à secrets qui seuls, une fois leur clé trouvée, peuvent t'offrir la délivrance. »

CHAPITRE 24

Toute image est une forme errante

L'oncle d'Amérique était parti pour dix-sept jours aux Etats-Unis. Il nous avait fait un petit signe de sa Chevrolet violette avant de franchir le porche du Clos-Lucé. Avec son visage d'ange, ses yeux bleu pâle, ses cheveux bouclés et ses mèches grises, sa distinction innée, son air de pianiste en concert, ce gentleman-farmer qui chaque matin coupait dans son jardin ses roses les mains gantées de satin était un esthète et un homme d'action. Ce voyageur infatigable s'envolait déjà en pilotant sa belle américaine. Je n'osais imaginer ce que cela serait quand, face aux ravissantes hôtesses de l'air, avec ses bagages de cuir clair, il grimperait les degrés de la passerelle de l'avion qui lui ferait traverser l'océan Atlantique. Détaché et aérien, il menait sa vie avec l'élégance du Verseau, son passeport couvert de visas semblait sa seule adresse. A son propos me vint une pensée de Léonard : « Toute image est une forme errante. »

L'oncle d'Amérique avait beau partir au bout du monde, il ne nous quittait pas. Sa conversation ciselée, sa culture ciblée, ses rencontres cosmopolites, ses expériences originales, ses relations spontanées, ses amitiés décalées, tout en lui indiquait une âme fantasque qui avait su dompter ses excès. L'oncle d'Amérique m'avait enseigné que le comportement de la Renaissance, on pouvait aussi l'avoir dans la vie contemporaine. Bien sûr que François Ier avait passé sa jeunesse à Amboise sur ce grand chantier inachevé où Charles VIII avait installé les ouvriers et artisans venus « pour ouvrer à la mode d'Italie », mais la Renaissance c'était aussi la conquête des horizons lointains et cette façon si familière de rappeler au souvenir de notre possession les plus vastes paysages des Amériques. Le 17 avril 1524, me rappelait l'oncle d'Amérique, c'était le jour où le pays où devait se dresser New York fut baptisé « Terre d'Angoulême ». C'était en l'honneur de la sœur tant aimée du roi François Ier qu'on avait baptisé la plus belle des baies « Sainte Marguerite ». On doit encore au navigateur florentin Jehan de Verrazane d'avoir au service du roi couvert ce territoire de noms français comme « Cap d'Alençon » et « Cap Bonnivet », « Fleuve Vendôme » et « Côte de Lorraine ». Quand j'appris par le confident de l'oncle d'Amérique, l'antiquaire écossais, que les cartes originales de Jehan de Verrazane avaient été perdues, je soupçonnai le frère de ma mère de faire tous ces voyages dans le but secret de les retrouver. De même que je conduisais ma quête d'un secret enterré dans les recoins et les sous-sols du Clos-Lucé, à la recherche d'un codex perdu et d'un tableau égaré, de même j'imaginais que mon oncle d'Amérique recherchait les relevés topographiques égarés, reconnaissables par leur nomenclature française contenant une cinquantaine de noms dont Honfleur et Dieppe, ces lieux-dits qui encore aujourd'hui ornent la carte des Etats-Unis. Justement, le rôle pionnier de Verrazane avait été consacré en 1959 par un ami de l'oncle d'Amérique, le fameux gouverneur Nelson Rockefeller qui avait décidé d'appeler Pont Verrazano l'ouvrage immense qui enjambe les Narrows, de Brooklin à Staten Island. Mais il ne fallait pas se faire trop d'illusions. Il était incontestable que le nouveau continent avait été baptisé *America* dès 1507 grâce à une interprétation de la lettre de Vespucci, le vrai découvreur du *Mondus Novus*. Il n'en restait pas moins que pour moi, c'était la vieille Europe qui avait accouché du Nouveau Monde, celle des universités de Padoue, d'Heidelberg, de Fribourg, de Bâle et de Strasbourg. Et l'oncle d'Amérique, qui en son prieuré du Saint-Esprit possédait divers objets insolites, m'avait montré la mappemonde en forme de cœur qui faisait une belle place à la Terra Francesca qui s'étendait entre la Terre des Morues ou Terre-Neuve et la Floride.

J'étais passionné par l'idée que dans les années 1520 François Ier avait patronné des voyages de découverte. En 1522, il ordonne de laisser partir les quatre navires de Verrazane, « un Florentin arrivé en Normandie au début du XVIe », précisait l'oncle d'Amérique. Tous ces gens ne cherchaient pas l'Amérique du Nord, mais ils avaient un but essentiel : trouver la route des Indes et découvrir le passage vers le Cathay et la Chine. J'étais dépassé par l'ambition de retrouver un tel secret. Je ne pouvais savoir la nature des propos que s'étaient échangés Verrazane et Magellan quand ils s'étaient rencontrés à Lisbonne, même si Mademoiselle Vote avait prétendu que Villegaignon, le promoteur de la création d'une France antarctique dans la baie de Rio, était passé par Amboise. En quittant la Touraine pour l'Etat de New York avant de se perdre dans les arpents de neige du Canada, l'oncle d'Amérique ne faisait que poursuivre le périple et perpétuer la tradition. Son métier n'était-il pas de couvrir de livres français les espaces désenchantés ? Il partait avec ses ouvrages pieux, ses livres de messe, ses catéchismes, ses albums illustrés, porter la bonne parole de Gutenberg. De ses longues errances entre les lacs et les cités lointaines, il revenait toujours plus riche, toujours plus élégant, semblant ne dépendre de rien ni de personne. Ainsi était l'oncle d'Amérique, paré du charme incertain d'un perpétuel adolescent déguisé pour la vie en éternel voyageur, avec sa cravate club d'Eton et son éternel costume prince de galles à l'impeccable coupe anglaise. Il était élégant, il était discret, il était même secret et ne nous avait pas dit que lors d'un voyage à New York non seulement il était allé voir le portrait de Marguerite de Bourgogne au Metropolitan Museum, mais encore qu'avec l'aide de son ami l'antiquaire écossais, il avait trouvé un tableau signé de Léonard chez un restaurateur de Manhattan, authentifié en 1961 par Ernest Cooke, grand spécialiste du Vinci aux Etats-Unis. Il s'agissait du portrait d'Americ Vespuce dont Léonard connaissait la famille. Ce navigateur italien installé en Espagne avait commencé à travailler pour le compte d'une maison de commerce italienne de Séville participant à l'équipement de deux des voyages de Christophe Colomb.

Ainsi la Renaissance avait-elle à la fois une vocation verticale et une dimension horizontale. Verticale quand en 1492 un savant de Nuremberg modèle la première mappemonde connue, horizontale quand le 3 août de cette même année Christophe Colomb sur son navire amiral, long de vingt-trois mètres, fait voile vers l'ouest accompagné de deux caravelles. Horizontale encore quand en 1507 le moine allemand Waldseemüller dans sa *Cosmographiae introductio* attribue à Vespuce la découverte du nouveau continent désigné depuis par son prénom. Verticale quand François Ier fonde le collège des lecteurs royaux en 1530, horizontale quand Jacques Cartier découvre le Canada en 1532 et verticale de nouveau quand Rabelais publie *Gargantua* en 1534. Verticale en voyageant dans le temps et en remontant jusqu'à l'Antiquité. Horizontale en franchissant les océans et en découvrant, grâce à ses grands navigateurs, aux luxueux bérets de velours, le Nouveau Monde.

François Ier, avec sa belle allure chevaleresque, sa bravoure un peu tapageuse, son goût du luxe et de l'apparat, exprimait en vérité l'essence de la nation tout entière. Il était le vrai souverain de ces explorateurs hardis, marchands, marins et colons tout ensemble, qui, avec une audace victorieuse, promenaient sur toutes les mers le pavillon français : Jean Dony de Honfleur, Thomas Aubert de Dieppe, Jacques Cartier de Saint-Malo au Canada, et tant d'autres, normands et bretons qui, comme eux, couraient les océans et faisaient grandir le commerce de la France. Un jour qu'il avait du temps, c'est-à-dire presque une après-midi devant lui, l'oncle d'Amérique m'avait fait un long discours sur le plus éblouissant de nos conquérants. Il s'appelait Jean Angot. C'était un marchand et un armateur de Dieppe. Il était capable de tout, à la fois de courage et de faste, d'audace et de luxe, de générosité et de grandeur. Le panache était devenu sa profession. Au roi François, il offrit d'un coup le cadeau de dix nefs superbes tout équipées et armées. Un jour qu'Emmanuel le Grand, roi du Portugal, avait entravé son commerce aux Indes, Java et Ceylan, il lui déclara tout simplement la guerre, bloqua le Tage avec ses vaisseaux, menaça

Lisbonne et contraignit le roi du Portugal à lui envoyer des excuses par ambassadeur en sa demeure de Dieppe. L'armateur Jean Angot vivait dans une maison de verre sur la mer, magnifique palais de la Renaissance aux murs ornés d'ivoire, plein de tissus, de tentures et de tapisseries. Ainsi était la France de la Renaissance, m'avait dit l'oncle d'Amérique : « La tranquille fierté des sujets valait la hautaine tenue du roi. »

CHAPITRE 25

Paré... pour la dissection de cadavres !

Ce n'était pas sans une curiosité un peu malsaine que je retournais chez Monsieur Claret. Sous le prétexte d'en savoir plus sur les trente-trois cadavres qu'avait disséqués dans le plus grand secret Léonard de Vinci poursuivant ses recherches en anatomie, afin de décrire avec précision le fonctionnement du corps humain, de ses membres visibles autant que de ses organes internes, je prenais plaisir à interroger encore une fois le grand blessé. Et il ne se faisait pas prier pour me raconter les horreurs de la guerre. Le feu des bombardements produisait selon lui la plus subtile des boucheries. La pluie de métal hachait les corps en les dépersonnalisant. Mais Claret, toujours soucieux de pédagogie, voulait en profiter pour m'enseigner un peu d'histoire de France et me parler d'un maître barbier-chirurgien, fameux à l'époque des Valois : Ambroise Paré. De lui, je ne connaissais que cette phrase, issue de la légende : « Je le pansai, et Dieu le guérit. » J'apprenais aujourd'hui qu'il avait consacré son premier livre à *La Méthode de traiter les plaies faites par hacquebutes et autres bastons à feu.* Monsieur Claret me raconta comment sa vocation avait vite pris forme et force et combien était malin cet observateur perspicace. Ainsi en 1526, le jour du vendredi saint, alors qu'il a seize ans, étant à Angers, il soupçonne de supercherie, au moment de pénétrer dans l'église, l'un de ces gueux qui mendient sur le parvis. « Ce mendiant coquin avait coupé le bras d'un pendu, encore puant et infect, lequel il l'avait attaché à son pourpoint, en cachant son bras naturel derrière son dos, couvert de son manteau, afin qu'on estimât que le bras du pendu était le sien propre. » Ce style d'histoire sordide m'enchantait, mais mon émerveillement augmenta encore quand Monsieur Claret me conta comment le jeune Ambroise n'hésita pas : « Il arracha au gueux son bras de cadavre et le gueux s'enfuit. » Je priai Monsieur Claret de continuer tant ses histoires macabres me plaisaient. Il me donna toute satisfaction en m'expliquant qu'avant Ambroise Paré les plaies d'armes à feu étaient cautérisées à l'huile bouillante. Il entreprit de me conter aussi comment Ambroise Paré sut assez vite se faire valoir. Au cours d'un hiver parisien rigoureux, il fit un si grand froid « qu'à aucuns malades, couchés audit Hôtel-Dieu, l'extrémité du nez se mortifia sans aucune pourriture ». Ambroise coupa quatre de ces nez gelés. Deux opérés guérirent ; les deux autres moururent. Ce qui le rendit définitivement célèbre, ce fut la façon dont il soigna le maréchal de

Brissac, qui avait reçu dans l'omoplate une balle que son chirurgien ne trouvait pas. L'idée toute simple de Paré fut de placer le blessé dans la position où il était au moment où la balle l'avait frappé. Paré put ainsi faire sentir à ses confrères un corps étranger ; après quoi, avec beaucoup d'à-propos, il laissa au chirurgien du dauphin l'honneur d'extraire la balle. Chaque fois qu'une grande catastrophe se présentait, c'était lui qu'on appelait en premier. Alors qu'il venait de retrouver le roi devant Boulogne, on vint le chercher. Lorsque François de Lorraine, duc de Guise, reçut « un coup de lance qui, au-dessous de l'œil dextre, déclinant vers le nez, entra et passa outre de l'autre part, entre la nuque et l'oreille ; et d'une si grande violence que le fer de la lance avec une portion du bois fut rompu, et demeura dedans, en sorte qu'il ne put être tiré hors qu'à grande force, même avec tenaille de maréchal. Nonobstant toutefois cette grande violence, ajoute Paré, qui ne se fit pas sans fracture d'os, nerfs, veines, d'artères, mon dit seigneur, grâce à Dieu, fut guéri ». Cette cicatrice demeura très visible, elle entra dans l'histoire et valut au duc de Guise son surnom de Balafré. Parmi les hommes d'armes et les archers, Paré était fort populaire. C'est au cours d'une de ces campagnes qu'il fit l'une des plus belles découvertes de l'art chirurgical militaire, celle de la ligature des artères, qui reste son grand titre de gloire.

Claret appartenait à cette génération qui resterait à jamais fracassée par les horreurs de la guerre. Comme

Guillaume Apollinaire grièvement blessé à la tempe par un éclat d'obus en mars 1916, trépané, et qui avait été finalement emporté par la grippe espagnole en 1918, deux jours avant l'armistice signé à Rethondes. L'annonce qu'il me faisait de la mort du poète m'avait atterré, même si je savais qu'Apollinaire, dont le nom avait la sonorité d'un poème, serait éternel. Alors, abandonnant toutes les prudences de ma bonne éducation, j'interpellai sans pudeur le vieux chanteur d'opéra aux yeux bleus des mers du Sud : « Finalement, que vous restera-t-il de lui ? » A ma grande surprise, le chanteur célèbre et le héros des tranchées ne se rebiffa pas devant la brutalité impudique de mon interrogation. Au contraire, il paraissait même content d'avoir à résumer cette séquence de son existence, importante jusqu'à devenir embarrassante et si essentielle qu'elle pouvait aussi être effacée ou en tout cas être ramassée en un seul jet. Il ne réfléchit pas trop longtemps avant de lâcher son trait, efficace et comme définitif : « De lui, je ne retiendrai qu'une seule phrase, mais tu comprendras combien elle est immense dans son sens. C'est Apollinaire qui a dit et je le verrai toujours revivre dans ce brasier de mots assemblés comme une brassée des bois morts précipitée dans le feu : " Les flammes ont poussé sur moi comme des feuilles. " Et puis, ajouta-t-il, il y a cette expression de lui qui ressemble tellement au cortège des adieux : " La forêt fuit au loin comme une armée antique ". »

CHAPITRE 26

Le dernier fleuve sauvage d'Europe

La Loire m'avait appris que la volupté et la paresse menaient au grand sommeil et le fleuve royal semblait dire que l'amour rimait avec la mort. Dans notre province, on disait que la Loire avait les caprices cruels d'une femme indomptée. Combien de fois nos parents nous avaient-ils avertis qu'il fallait faire attention lorsqu'on s'égarait sur ses rives. On nous parlait toujours de ces fameux sables mouvants, et de ces histoires tragiques afin de nous prévenir de cette fin affreuse qui menaçait les enfants fugueurs de Nantes à Angers et d'Orléans jusqu'à Blois. L'effroi était à son comble, si l'on s'imaginait attiré vers les fonds, prisonnier de l'étreinte du sable et avalant l'eau à grandes goulées en se débattant dans le désespoir.

Pourtant nous ne pouvions pas nous priver de ces courses sur les langues de sable, de construire ces cabanes cachées sous les hauts peupliers dans les îles de la Loire, nous dorant au soleil, la tête sur la plage et les jambes encore dans l'eau, après des bains interminables. Nous nous sentions les frères de ce fleuve qui avait la puissance du Saint-Laurent, les sortilèges de l'Indus et la majesté du Nil et pour nous la Loire avait aussi l'ampleur du Mississippi, la beauté du Danube et le mystère du Gange. Nous n'étions pas les premiers à nous lancer dans de pareilles comparaisons avec les plus beaux fleuves du monde. Déjà Jules Verne dans *Superbe Orénoque* mettait en scène ce dialogue : « Je te comprends. Ici, l'Orénoque ressemble à la Loire... – Oui, à notre Loire, au-dessus comme au-dessous de Nantes ! »

Qu'importent les périls quand si délicieux sont les dangers. Invincibles sont les bonheurs de l'enfance. Et puis ma mère nous avait élevés dans le respect de la vie sauvage, elle voulait que ses fils, non contents d'être des chevaliers, soient des explorateurs sans peur et sans reproche. Elle aimait nos arcs et nos frondes, elle aimait nos défis et nos radeaux chamarrés. Mais l'on ne pouvait nier la réalité du péril et un jour on nous raconta que non loin de notre villégiature d'été, en Anjou, une classe entière d'enfants qui avait organisé un pique-nique avait été engloutie. Les avis divergeaient : pour les uns ils avaient été victimes des remous furieux. Pour les autres ils s'étaient évanouis d'un coup, la couche de sable sur laquelle ils avaient posé les pieds ayant mystérieusement cédé. Ma mère dont l'esprit original ne cessait de nous surprendre avait sa théorie : les sables mouvants s'expliquaient tout simplement par la structure invisible en sous-sol de champignons de sable. D'après elle les victimes innocentes dont les pas exerçaient une pression sur la surface de la corolle dorée s'évanouissaient dans un vide étourdissant, parce que la mince couche de sable bombé s'était effondrée. Le pied du champignon demeurant seul dressé, comme un obélisque fragile au milieu du malheur. Pour les gens du pays, c'était beaucoup plus simple ; les sables mouvants étaient des « culs de grève » et il fallait se méfier des extrémités des langues de sable qui s'avançaient dans le fleuve sans fondation sous l'eau. Lors de nos expéditions dans les îles, nous avions rencontré un ermite seul et sale qui vivait là en Robinson avec un chien jaune et efflanqué. Il nous avait montré la saponifère, cette plante qui permet de se laver les mains comme avec un savon et il nous intriguait en nous parlant de *l'herbe de la femme battue*. Quand une épouse en avait assez de son mari, il lui était aisé pour s'en débarrasser de prétendre qu'il avait levé la main sur elle. Afin de prouver la brutalité de son époux, il lui suffisait de montrer les marques de la violence de ses coups et cela était facile avec l'herbe de la femme battue, qui, frottée sur de petites écorchures, donnait en quelques heures un visage boursouflé et un corps tuméfié. Mais la Loire, avec ses faveurs d'azur, ses rubans gris perle, ses verts touffus, les ors fondus de ses sables dans l'aurore et les roses tendres de ses couchants sublimes, portait aussi une image plus romantique de l'amour.

Ma mère qui contait à merveille faisait vivre devant nos yeux l'apparition subite de cette embarcation fantomatique dans la brume du lever du jour, somptueusement drapée qui glissait sur la Loire, dans le secret vers son rendez-vous encore confidentiel, le château de Langeais. Ce jour-là, le 6 décembre 1491, en prévision d'une visite de haute importance, le jeune roi avait pris soin d'orner de chaudes tapisseries les murs glacés des salles de la forteresse. L'heure était pour lui à la fois grave et très joyeuse, car c'était sa fiancée qui arrivait par le fleuve. Elle était désirée par tous les princes et n'avait pas quinze ans. Une riche héritière vêtue d'une robe de velours agrémentée d'or, rehaussée de loutre et ornée de la fourrure de cent soixante zibelines. Dans cet austère décor féodal, notre mère, par son talent, nous fit assister au riant mariage égayé par le vol des colombes : celui d'Anne de Bretagne avec Charles VIII, venu la veille du château de Plessis-lès-Tours. Le jeune roi, qui allait un jour se rendre propriétaire de notre Clos-Lucé, montrait comment, par cet acte aussi amoureux qu'audacieux, il soufflait aux rivaux affamés et aux prétendants intéressés la Duchesse en sabots. Mais combien de temps duraient les amours caressées par le fleuve ? L'histoire qui m'avait le plus frappé mettait en scène le destin tragique de la ravissante égérie d'un peintre italien – sans doute s'agissait-il du Primatice – invité en Touraine par François Ier. Fou d'amour et heureux de vivre en France, l'artiste avait emmené sa jeune beauté pour une promenade en barque sur la Loire. Il ne se lassait pas de contempler sa grâce, quand, les cils baissés, dans un charmant mouvement d'épaules révélant la noblesse de sa nuque, elle s'était penchée sur le miroitement du fleuve. Mais ce jour-là le reflet de sa beauté lui avait été fatal, elle était tombée dans les remous et plus jamais on ne l'avait retrouvée. Bien sûr, il n'était pas dans la coutume familiale, ni même dans mes habitudes, d'oser questionner ma mère sur les entrelacs de l'amour. Mais en contemplant son visage radieux alors qu'elle contait cette triste histoire, je ne pouvais m'empêcher de penser que rien n'était plus mélancolique que la noyade d'un sourire.

La brutalité des crues et des décrues de la Loire était à l'image des à-coups de la passion aussi enchanteurs que dévastateurs. Les saules et les peupliers qui dominaient les berges, solidement enracinés dans ces îles où nous avions conquis nos royaumes, en subissaient les premiers assauts tandis qu'en retrait, comme le gros de l'armée protégé par l'avant-garde, les ormes et les aulnes attendaient l'invasion de l'eau avec une autorité tranquille. C'est d'ailleurs une inondation qui a détruit le testament original de Léonard de Vinci qui avait été déposé chez son notaire à Amboise. Les inondations étaient difficiles à endiguer. Vers 1520 Francois Ier, se préoccupant de cette menace perpétuelle des eaux, fit entreprendre d'importants travaux à Saint-Pierre-des-Corps et à Sainte-Anne, en amont et en aval de Tours. Même les déferlantes de l'Histoire et la violence de la Révolution française furent annoncées dans le rigoureux hiver de 1788-1789 par une crue catastrophique de la Loire à Amboise. Un grand nombre de maisons eurent leurs portes et leurs fenêtres enfoncées. Alors que les bestiaux étaient emportés par le courant, les réserves de provisions de blé et de farine étaient entièrement détruites. Le 23 janvier à huit heures du soir, quatre arches du pont de Tours sont heurtées par un fleuve en furie et démolies par les épaves flottantes du pont en bois d'Amboise entraîné par la crue de la Loire que la débâcle des glaces avait provoquée. Mais la Loire retrouvait toujours sa paix et l'astre offrait l'arc-en-ciel de ses couleurs sur mille kilomètres de bonheur. Comme il était doux de penser que dans ce Val de Loire la grâce de l'intelligence s'alliait si souvent à l'intelligence de la grâce, dans ce lieu liquide, creuset de la langue française, où les mots et les eaux se mêlaient dans le cours du fleuve. L'histoire de cette voie royale était celle de la souveraineté de l'esprit après l'humiliation territoriale car celui dont on s'était d'abord moqué comme « petit roi de Bourges » allait bientôt être appelé « Charles le Victorieux ». Même si tout avait très mal commencé, c'est lui qui allait faire de la Loire la Vallée des Rois.

C'est à partir de ce redressement-là que les châteaux vont surgir ou renaître de la Touraine à l'Anjou. Même la cour ne sera plus à Paris mais à Chinon, à Loches, à Tours, à Blois, à Amboise et commenceront deux siècles d'histoire où le Val de Loire deviendra la patrie d'élection des souverains et de leurs égéries royales mais aussi le pays des poètes et des écrivains. Un siècle avant la renaissance de la fierté nationale sur les rivages de ce fleuve impétueux est né *Le Roman de la Rose* et voilà que Jean de Meung fait du *Roman,* en Touraine, le lieu de cette liberté d'esprit qui sera celle de la littérature française. Entre les rois et les poètes, les princes et les artistes, on assiste à cette primauté conquise par les Pays de Loire au moment où la France s'éloigne enfin, dans un clair matin, de la longue nuit des lents débuts. Aux abords de la Loire s'épanouissent la douceur de vivre ainsi que le goût des belles-lettres avec l'élégance des mœurs et le raffinement des styles. Ainsi passe le cours du temps entre des effigies gracieuses et des quatrains ravissants, le tout parfois secoué par le rire « hénaurme » de François Rabelais.

N'était-ce pas de la douceur retrouvée de ces rivages qu'étaient nés les poètes de la Pléiade : Belleau, Du Bellay, Ronsard et Marot ? L'homme de la Loire a pour réputation de posséder une prononciation parfaite, composant ses madrigaux entre les rythmes et la cadence, dansant sa joie de vivre entre les consonnes et les voyelles. Honoré de Balzac se plaisait à saluer l'élégance de cette expression exacte, « crème de la langue française », tandis qu'Alfred de Vigny se félicitait qu'on y prononçât « le plus pur français, sans lenteur, sans vitesse, sans accent. Le berceau de la langue est là ». Le premier décrit ainsi la vallée dans *La Femme de trente ans* tandis que le second salue avec des mots fluides la beauté de son pays : « Connaissez-vous cette contrée que l'on a surnommée le Jardin de la France, ce pays où l'on respire un air si pur dans les plaines verdoyantes arrosées par un grand fleuve ? Si vous avez traversé, dans les mois d'été, la belle Touraine, vous aurez longtemps suivi la Loire paisible avec enchantement, vous aurez regretté de ne pouvoir déterminer, entre les deux rives, celle où vous choisirez votre demeure, pour y oublier les hommes auprès d'un être aimé. »

La Loire, si française, est le dernier fleuve sauvage de l'Europe. Le peintre anglais Turner la descend le pinceau à la main. Il a cinquante-six ans et c'est son sixième voyage en France. En nous laissant l'écume de ses images, de ses petits carnets de croquis reliés de carton fort, de ses feuilles de papier teintées de bleu pour de rapides pochades, de sa petite palette et de ses pastilles de couleur, Turner attire cette remarque de John Ruskin : « Je n'ai jamais assez réalisé que l'œuvre de Turner était les fleuves de France, et non les villes. Il fut vraiment la première créature vivante à savoir peindre la beauté d'un coteau. » Plus tard l'écrivain américain Henry James, par le même chemin flottant, fera son tour en France. Et peint à sa manière son arrivée à Amboise : « C'est un petit bourg blanc qui fait face à un admirable pont et qui s'appuie à l'espèce de piédestal rocheux sur lequel se dresse la masse noire du château. La ville est si petite, et le piédestal si gros, et le château si haut et si imposant que les maisons qui se blottissent à la base du rocher évoquent les miettes tombées de la table du riche. »

Quittant parfois la Touraine, nous nous rendions dans le plus beau village de France, à Candes-Saint-Martin, à l'exacte confluence de la Loire et de la Vienne pour descendre à partir de là et jusqu'à Ingrandes-sur-Loire, en quelques semaines, le fleuve royal dans la douceur angevine sur notre *Ecolo-radeau* bâti par le quatrième de la fratrie qui comptera bientôt sept garçons et une fille. Nous passions devant la façade miroitante du château de Montsoreau endeuillé par les drames de la dame d'Alexandre Dumas. Nous croisions ces bateaux tout en bois à voile blanche qui sentent encore l'huile de lin et qu'on appelle les toues cabanées. Pour les plus beaux d'entre eux la coque est en chêne, le bardage est en cèdre et la charpente est en mélèze. On dit que ce sont les pêcheurs hollandais qui les ont inventés à l'époque romantique. Candes est loin maintenant. Il va falloir passer sous le pont de

Saumur et ce n'est pas un exercice aisé car des pierres disjointes tombées de l'ouvrage rendent risqué le passage d'autant que l'eau dans ce fleuve de sable vient souvent à manquer. Après il faudra trouver une île, le creux d'une prairie ou une plage sous la lune pour y passer la nuit. Sur le radeau il y a un coffre qui contient le garde-manger où sont rangées des fouaces rabelaisiennes. Arrosées de vin blanc, elles composeront un délicieux dîner. Ce sont des petits pains cuits, fourrés de rillettes. Un fromage de chèvre est parfait pour parachever le repas. Que de soirées savoureuses nous devons au goût du sainte-maure, partagé en un frugal repas avec des naïades aux seins nus, rencontrées sur une île, déesses du Rhin venues remonter la Loire en canoë. Le lendemain matin nous partirons « à l'heure où blanchit la campagne » pour voguer à travers les maisons de pêcheurs, les châteaux orgueilleux, les vignobles dorés, les prairies bleutées avant de découvrir dans le lever du jour l'abbaye royale de Fontevrault, nécropole des Plantagenêts.

Notre radeau a fière allure avec ses huit tonneaux de huit cents litres, son fauteuil Dagobert vissé au centre de l'embarcation, son dais d'azur et ses dérives hollandaises. Souvent sur le fauteuil trône notre mère, que nous avons surnommée « la reine des eaux ». Elle scrute le fleuve tandis que nous, les sept garçons, ramons.

Le silence règne, troublé seulement par le chant

des oiseaux qui rasent la surface du fleuve, et celui de nos dames de nage. Nous sommes dans le paradis des saumons, des aloses, des carpes, des tanches, mais aussi dans celui des hérons cendrés et des canards sauvages. Ce n'est pas le lieu du halage où les bateaux sont tirés par des bœufs à Nevers, ce n'est pas non plus l'estuaire et bientôt le port de Nantes, terminus de la batellerie. C'est la Loire libre qui règne, le fleuve sauvage est le ruban charmant enserré dans le corset des châteaux.

Parfois, voyant de la rive notre embarcation glisser sur le fleuve, de vieux bateliers lèvent vers nous leur verre et entonnent des chansons d'autrefois. Car même les pêcheurs du plus long fleuve de France sont fiers de détenir « le beau ciauser ». Ils se donnent des surnoms pittoresques, comme ce *Vent d'travers* pilotant sa toue cabanée au large du port saumurois de Saint-Hilaire-Saint-Florent. Avec son petit bateau de pêche, le maître charpentier au talent de marin profite de la Loire pour y faire un mangement à tout casser avec sandre, anguille, mulets et fritures de gardon, le tout arrosé du célèbre brut de Loire, un saumur pétillant aux fines bulles dorées. Les mariniers malicieux au langage chatoyant baptisent ainsi leurs embarcations, dessinant leur identité, définissant leur caractère ou dévoilant leurs obsessions : *Gagne-petit*, V*enez-y-voir*, *J'peux*, *C'est mon affaire* ou encore *Le Gas d'Louerre*. Je me souviens d'un artiste des bords de

Louerre qui chantait la beauté du rivage de la terrasse de sa maison qui riait à la Loire. Il évoquait un angélus d'oiseaux, la paix, d'où on repart, une touffe de fleurs où sourit le regard, la Loire des amours, des rêves, des chagrins, la Loire des châteaux, la Loire des poètes, le long cortège vert où plongent les mouettes... Et puis il me disait en me montrant ses toiles, la Loire de l'enfance et des premiers chemins, la Loire où se mirait sa maison basse et douce, *couvrant notre bonheur en se couvrant de mousse.*

En retour, je déclamais, de la terrasse du manoir Beau Rivage à Saint-Martin-de-la-Place, le poème qui avait ma préférence, celui où Charles Péguy décrivait le parcours de Jeanne d'Arc :

Le long du coteau courbe et des nobles vallées
Les châteaux sont semés comme des reposoirs
Et dans la majesté des matins et des soirs
La Loire et ses vassaux s'en vont par ces allées.

Cent vingt châteaux lui font une suite courtoise,
Plus nombreux, plus nerveux, plus fins que des palais,
Ils ont nom Valençay, Saint-Aignan et Langeais,
Chenonceaux et Chambord, Azay, le Lude, Amboise.

Et moi j'en connais un de ces châteaux de Loire
Qui s'élève plus haut que le château de Blois

L'enfant de Vinci

Plus haut que la terrasse où les derniers Valois
Regardaient le soleil se coucher dans sa gloire.

La moulure est plus fine et l'arceau plus léger.
La dentelle de pierre est plus dure et plus grave.
La décence et l'honneur et la mort qui s'y grave
Ont inscrit leur histoire au cœur de ce verger.

CHAPITRE 27

Le goût de la Loire, pas assez salé

La Loire avait ce talent d'écraser le temps. Tous ceux qui l'ont aimée semblent contemporains de ceux qui l'aiment aujourd'hui. Quand vous passez aux Ponts-de-Cé devant les vestiges du château qui fut celui du roi René, vous pouvez l'imaginer accoudé à une fenêtre à treillis contemplant le fleuve. Sans doute lassé de n'apercevoir que des pêcheurs, le roi René avait inventé une coutume délicieuse. Une fois l'an toutes les filles des pêcheurs devaient aller en barque au milieu du fleuve pour jeter elles-mêmes les filets. Le souverain les attendait sur la berge pour récompenser celle qui avait réussi le plus beau coup : l'honneur lui revenait d'offrir sa pêche au roi et d'être embrassée par lui avant d'être sacrée « reine de la Baillée ». Le soir même, le roi dégustait en grande pompe les poissons de l'élue tandis que l'on faisait ripaille. Et le roi pécheur avait droit parfois aux baisers de la jeune fille.

Mais ce qui me plaisait le plus dans ces longues journées passées au bord de la Loire, c'était de discerner l'origine de la sauvagerie dans le parcours de la douceur quand s'insinuait sur les grèves désertées par l'eau cette odeur du sel qui était la plus belle invitation au voyage. J'avais même retrouvé là des débris de coquillages comme si la mer avait jeté ses assauts jusqu'aux remparts des châteaux, accompagnée dans son audace par cette brise d'ouest qu'on appelle la galerne. Il n'était pas loin le temps du transport fluvial où des convois de cinq à six embarcations descendaient le fleuve jusqu'à Nantes avec leur mât unique et leurs voiles carrées. Sous la Loire, j'imaginais comme un parquet de coquillages favorable à une ultime remontée marine depuis le golfe de Saint-Malo jusqu'à Blois. Cette impression était une réalité : c'était la mer des Faluns, ces sables mêlés de coquillages brisés que l'océan avait laissés en se retirant. Victor Hugo n'y avait pas été insensible : « Ce que la Loire a de plus pittoresque et de plus grandiose, c'est une immense muraille calcaire mêlée de grès, de pierre meulière et d'argiles à potiers et qui se développe au regard de Blois à Tours avec une variété et une gaîté inexprimable, tantôt roche sauvage, tantôt jardin anglais, couverte d'arbres et de fleurs, couronnée de ceps qui mûrissent et de cheminées qui fument, trouée comme une éponge, habitée comme une fourmillière. »

Je voyais mes frères, certains sur leur canoë, d'autres sur des embarcations dérisoires, d'autres encore nageant ou faisant la planche. Ils flottaient sur le temps qui passe au-dessus de ce cortège de coquillages, sur cette grande allée d'eau verte et moussue, encadrée par cette ossature de craie blanche, souvent relayée par les levées de la Loire, bâties par des forçats sous Napoléon III, obtenant des réductions de peine en échange de ce travail surhumain, avec pour défi de discipliner cet indomptable fleuve emporté par des colères imprévisibles.

C'est cette après-midi-là que mes yeux se sont écarquillés car j'avais eu la vision, caché dans mon île, mâchant en secret les feuilles du datura, cette fleur hallucinogène qu'il est défendu de goûter. La vision que le radeau que nous avions construit s'agrandissait à vue d'œil sur la surface de l'eau. A travers le tendre feuillage des îles, il s'était agrandi au fond du tableau. Il était maintenant comme une masse sombre barrant transversalement l'horizon au milieu d'une claire après-midi. Il n'avait plus rien à voir avec une embarcation enfantine, c'était une sorte de plateau flottant de l'âge adulte, une cité sur les eaux comme seuls les grands savent en bâtir. Elle s'avançait vers moi l'immense nef plate sur l'étendue liquide et c'est alors que je pus lire son nom : *La Jangada*. C'était un de ces radeaux dont la vastitude faisait ressembler à une ville que les colons brésiliens utilisaient jadis pour descendre l'Amazone, ces radeaux primitifs munis d'un mât et d'une grande voile triangulaire, sur lesquels les hardis marins du nord du pays osaient s'aventurer loin en mer. *La Jangada*, c'est aussi le titre exotique qui fascine d'un des romans les moins connus de Jules Verne, grâce auquel on est entraîné à parcourir une contrée alors à peine explorée, recouverte d'une jungle presque impénétrable. Le titre de la traduction anglaise de ce roman, *The Giant Raft*, m'éclairait sur le sens de l'apparition de cette *Jangada* inconnue : le radeau géant qui était notre grand rêve sur la Loire. C'était, en effet, le nom brésilien donné à un train de troncs d'arbres flottants, lancé sur le fleuve par les exploitants de forêt du haut Amazone. Il m'a fallu attendre quelques années pour matérialiser cette vision. C'est en navigant enfin sur l'Amazone à partir de Manaus, que j'ai pu lire ce roman fabuleux au sein de son grandiose décor naturel, à l'heure exquise, quand, sur les petits rios avoisinant le grand fleuve, bondissent dans le soir des dauphins aux ventres roses, telles des promesses de bonheur. Ainsi retrouvai-je, entre lecture et aventure, le code magique contenu par ces volumes épais aux reliures bleues et rouges.

Enfant de la Loire, Jules Verne l'était aussi, observant à partir de la propriété de son père à Chantenay, non loin de Nantes, les îles sauvages et contemplant sur l'eau scintillante du matin les reflets d'argent dans les aurores de taffetas roses du fleuve royal. De là, le jeune Jules rêvait devant le spectacle du virement des navires larguant leurs focs et bordant leurs brigantines. Avec son frère, il faisait ses premiers essais de navigation sur les bateaux de louage à un franc la journée et robinsonnait d'île en île. C'était le temps des découvertes entre les vaguelettes du fleuve et l'écume des pages pour ces deux frères Verne nourris de la lecture des romans maritimes de Fenimore Cooper et des aventures de Robinson Crusoé ou du Robinson suisse. Même si plus d'un siècle les sépare de nous, il n'y a pas de différence de génération entre des garçons d'un même âge. Jules Verne enfant a ce mérite de ressembler tellement à ses futurs lecteurs, que nous croyons tous avoir prononcé les phrases dont il est l'auteur. Et notamment celle-ci, tel un défi : « La gloire, ce n'est pas d'être arrivé, c'est d'être parti. » Une autre raison me rapprochait de cet audacieux Verseau, l'amour que nous avions tous les deux pour l'œuvre de Léonard. Jeune homme, il avait même écrit une pièce de théâtre intitulée *Monna Lisa*. Pour les fils de la Loire dont nous étions, la symphonie de la mémoire s'accroche au goût et aux saveurs. Pour Jules Verne et son frère, le souvenir fondateur, c'est le goût de l'eau quand la mer n'est même pas salée. Un jour, ils eurent enfin la permission de prendre place à bord du pyroscaphe qui coupait obliquement le large estuaire du fleuve, ils virent Saint-Nazaire, son embryon de jetée, sa vieille église avec son clocher d'ardoise, tout penché, et les quelques masures qui composaient alors ce village devenu ville.

« Se précipiter hors du bateau, descendre les roches tapissées de varech, afin de puiser de l'eau de mer dans notre main et la porter à nos lèvres, ce fut pour mon frère et moi l'affaire de quelques bonds, se souvient Jules Verne dans *Souvenirs d'enfance et de jeunesse.*

— Mais elle n'est pas salée ! dis-je en pâlissant.

— Pas du tout salée, me répondit-il.

— On nous a trompés ! m'écriai-je d'un ton où perçait le plus vif désappointement.

Les nigauds que nous étions ! La marée était basse alors, et c'était simplement de l'eau de la Loire que nous avions prise dans le creux d'une roche ! Et, quand le flot revint, nous la trouvâmes salée, au-delà de nos espérances ! »

CHAPITRE 28

Une femme peut en cacher une autre

Le passé amoureux de Mademoiselle Vote ne cessait de nous intriguer. Une vieille fille pouvait-elle avoir aimé ? A partir des bribes de confidences qu'elle laissait parfois échapper, il paraissait certain qu'elle avait vécu une passion pour un bel aristocrate polonais exilé dans un château de Touraine, où le recevait une marquise dont elle était, jeune fille, la dame de compagnie. L'homme désiré était un hobereau à la fois élégant et brutal, déterminé et fantasque. Il parlait sept langues et était un cavalier époustouflant, un danseur inépuisable, un magicien de salon connaissant tous les tours de cartes et même capable de faire tourner les tables. Mademoiselle Vote, avec délices, avait trouvé en lui son maître. Dans cet amour caché aux yeux de la maîtresse de maison, les étreintes avaient encore plus de saveur tard dans la nuit auprès de la haute cheminée gothique où mourait le feu. Franchir les interdits donnait plus de goût à cette intrigue où les folles courses sensuelles dans les couloirs d'un manoir traversé par tous les vents s'étaient substituées à la mise en scène naturelle du grand amour. La jeune fille, débutante dans l'art d'aimer, faisait tout pour combler les fantaisies de l'amant égoïste. Et pourtant, c'est d'une vie entière avec lui qu'elle rêvait. Elle ne s'était donnée tout à fait que parce qu'il lui avait promis l'absolu. Il l'enlaçait en lui murmurant dans l'oreille des vers d'Adam Mickiewicz, le plus beau des poètes polonais. Il l'emmenait souvent au château de Montrésor. Elle était fascinée par sa fantaisie, son intrépidité, sa désinvolture et sa grâce. Et puis elle trouvait irrésistible sa manière de conter. Sur les bords de l'Indrois, il lui avait révélé la légende attachée à cette forteresse où régnaient les Polonais. « En des temps lointains, lui dit-il, deux chevaliers virent un lézard couvert d'une armure d'or sortir de la fente d'un rocher. Agrandissant fébrilement le passage, il pénétrèrent dans une grotte où dormait un fabuleux trésor... »

Les Polonais sont des beaux parleurs et celui-là, qui s'appelait Titus, comme l'ami préféré de Frédéric Chopin, l'avait ensorcelée en lui racontant la belle histoire romantique du père du futur pianiste, un Lorrain venu en Pologne. C'était l'automne de l'année 1802. Une femme opulente, mais encore jeune, ouvre la porte de son manoir à un Français venu de Lorraine. Elle, c'est la comtesse Skarbeck, lui, c'est Monsieur Chopin, prénom : Nicolas. Il a combattu dans l'armée de Kosciuszko pour l'indépendance de la Pologne, il est même devenu officier après avoir échappé au massacre lorsque Souvarov prit le faubourg de Praga. Il vient de cette Lorraine un peu polonaise qui a gardé un si bon souvenir du roi Stanislas Leszczynski, le père de l'épouse de Louis XV. Chez Madame Skarbeck, Nicolas Chopin est le nouveau précepteur. Le soir, il est invité à dîner à la table de maître dans le *dvor*. Après le dîner, la famille se réunit dans un grand salon aux lourdes tentures de velours, aux meubles en acajou, ornés de bronze : « Faites-nous un peu de musique, Justyna, dit Madame Skarbeck, Monsieur Nicolas y trouvera peut-être du plaisir. »

Oui, il avait du plaisir à contempler cette jeune dame de compagnie, Justyna, vingt-trois ans. Et elle, au fur et à mesure des semaines, allait ressentir une vraie volupté en compagnie de ce Français aux yeux bruns toujours vifs, aux cheveux bien noirs et aux épaules larges. La comtesse Skarbeck se dit qu'ils sont faits l'un pour l'autre. Justyna est de famille noble quoique désargentée et Monsieur Chopin ne se cache pas d'être le fils d'un simple charron. Un soir, il y a une fête au village avec les bohémiens. Une vieille gitane prend la main de la jeune fille : « Pas encore d'anneau à ce joli doigt ? Que de temps perdu ! Et pourtant quelqu'un t'aime et n'ose te le dire. Mais tu l'épouseras, tu seras heureuse, tu auras un fils qui naîtra sous le signe de la musique et sera un grand artiste ! »

Il y avait dans ce véritable conte de fées de quoi rendre Mademoiselle Vote tout à fait rêveuse. La similitude des destinées évoquées était confondante. Quand Titus avait raconté cette histoire à table en fixant dans les yeux la maîtresse de maison, c'était la jeune fille de compagnie qui était la plus troublée. Titus avait atteint son but par ricochet : plaire tout d'abord à celle qui le recevait, mais avec la stratégie perverse qui consistait en vérité à emporter l'adhésion de la troisième à table : la jeune fille silencieuse et respectueuse. A partir de là avait commencé cette relation sournoise où l'homme exigeant avait peu à peu asservi l'amoureuse, lui la rendant prisonnière de sa passion, elle en vierge offerte, cavalcadant dans les landes de l'imaginaire en rêvant du beau mariage. A l'exilé sauvage, elle voulait donner toutes les voluptés tranquilles de la douceur angevine et rêvait d'enraciner son bonheur dans la vallée de la Loire.

Si Mademoiselle Vote avait été déçue par les hommes, elle demeurait suffisamment fermée pour qu'on ne sache pas quelle était son opinion à propos des femmes. Elle se contentait de parler avec un certain respect d'Anne de Bretagne, très présente dans notre maison, puisque c'est pour elle que son mari Charles VIII avait bâti l'oratoire. Là où la reine allait de bon matin faire ses dévotions, là où penchée sur son prie-Dieu ouvragé, les épaules secouées de sanglots, elle pleurait la mort successive de ses enfants, baignant de ses larmes les enluminures de son livre d'heures illustré par Jean Fouquet. Elle en perdit sept, seules deux filles survécurent. Dans le petit appartement, au fond d'un long couloir obscur, où Mademoiselle Vote s'enfermait à clé, elle qui disait appartenir à l'ordre des Cordelières institué par la Duchesse en sabots, elle finit par me recevoir et je n'avais pas compris pourquoi cette après-midi-là, après m'avoir servi un thé brûlant au goût russe, elle m'avait parlé si longuement. J'étais alors dans la mélancolie de cet amour révélé dans la lumière de Dieu mais aussitôt perdu. Je ressassais inlassablement les bonheurs effacés de cette apparition idyllique à l'église Saint-Denis d'Amboise qui malheureusement était restée sans suite. Elle me surprit dans mon chagrin en m'assenant non sans brutalité cette constatation : « Il serait temps maintenant que tu cesses de te faire manipuler par les femmes. »

Levant un sourcil interrogateur, je détaillai attentivement la vieille fille à la peau parcheminée et au regard pénétrant. Tout en son visage était devenu pointu. Je me demandais ce qui se passait dans cette maison. J'avais l'étrange impression que ceux que je considérais comme mes alliés prenaient soudainement leurs distances. Claret me faisait le reproche tenace d'être trop naïf, Maurice semblait me fuir sans raison, quant à Léonard il avait disparu de mon champ de vision alors que je voulais lui dévouer ma vie. Où était-il passé, en Egypte, en Terre sainte, à Chypre ? On dit qu'il serait venu dans cette île avec les Vénitiens ou les Génois. Chypre fait alors le commerce du bois et du cuir et c'est dans l'un des châteaux de l'île que Richard Cœur de Lion aurait épousé Bérengère. Aux portes de l'Orient, Chypre est l'île natale de la déesse de l'amour et de la beauté, la plus orientale des terres européennes avec ses églises byzantines composées de pierres gothiques, avec sa superbe péninsule, ses lézards, ses perdrix, ses colonnes déchirées de chemins blancs, ses éperons, ses caps, ses parfums de thym. Mais Léonard y a-t-il séjourné ? Ou alors était-il à Constantinople en train de dessiner le gigantesque pont de Pera qui devait enjamber le Bosphore, ou parti en Egypte à la découverte des secrets des Anciens ? Le génie ne donnait plus aucune nouvelle, ne hantait plus sa chambre même en pensée, il était allé jusqu'à déserter le souvenir de son lit aux colonnes noires torsadées et au velours cramoisi. Et voilà que maintenant je ne pouvais même plus m'appuyer sur Mademoiselle Vote, dont la tendresse discrète était si précieuse à mon cœur solitaire.

« Pardon Mademoiselle, je n'ai pas tout compris. »

Ces mots convenus étaient sortis de ma poitrine oppressée, j'avais peur de perdre son affection et aussitôt je m'étais raidi dans une position de défense. Sa réponse fut tout à fait surprenante :

« Je vois bien que tu es victime du mythe de la Pucelle d'Orléans. Je ne voudrais pas que tu atteignes tes quinze ans sans ouvrir un peu les yeux. A quoi cela t'a-t-il donc servi de te rendre dans le Lochois chez ta grand-mère, si tu n'as même pas été capable de détecter le sens du secret de Jeanne ? C'est pourtant là-bas, où le roi Charles VII s'était retiré, que tu pouvais tout comprendre. Et puis tu ne t'es même pas posé la question de savoir si Léonard de Vinci s'était rendu auprès de son ancien maître Ludovic, duc de Milan, pour le visiter alors que ce dernier était prisonnier du roi dans les sombres cachots de la forteresse. Il serait temps que dans ta vie, au lieu d'accumuler des certitudes qui embarrassent ton jugement, tu poses enfin, à foison, des points d'interrogation. »

Et alors, sans me ménager, elle était partie dans un long dégagement sur le fait que Jeanne d'Arc n'était pas arrivée par hasard de Vaucouleurs. Qu'il fallait bien que quelqu'un soit allé la chercher, cette bergère lorraine. Et que toute son histoire était ficelée d'avance. Toute droite sur son tabouret Renaissance, me traversant de ses yeux vifs, Mademoiselle Vote me jetait des questions en rafales, comme si c'était moi qui étais le seul responsable de l'accession de la jeune fille auprès du roi à Chinon. Un chemin qui était en vérité pour elle des plus tortueux, puis qu'elle avait la certitude que seule la belle-mère dominatrice d'un roi faible avait mené le bal.

« Quand cesseras-tu de te laisser aveugler par des contes pour enfant et des histoires habilement montées pour emporter les esprits crédules ? J'aimerais tant t'enseigner la défiance, te rendre enfin sceptique, soupçonneux même, circonspect et pourquoi pas incrédule. Elle ne t'a jamais paru étrange, cette parabole d'une bergère qui parle soudain à l'oreille d'un roi ? Tu n'es donc pas capable de comprendre qu'il y a des ressorts cachés derrière les paravents de la grande histoire ? Tu ne t'es même pas interrogé sur ce qui s'est passé entre la naissance de Jeannette, la fille du troisième personnage du minuscule village de Domrémy, et l'épouvantable odeur de chair brûlée qui s'éleva du bûcher de la martyre de Rouen ? Pourquoi un chevaucheur de Yolande d'Aragon est-il allé chercher la jeune fille dans le village de Vaucouleurs ? Comment se fait-il que l'écuyer qui lui est donné, Aulon, appartienne à René d'Anjou ? Est-il vrai que c'est avec de la fausse monnaie, frappée par Jacques Cœur, que fut financé à Blois l'équipement de l'armée nécessaire à la délivrance d'Orléans ? Quel rôle secret est celui de cette reine de quatre royaumes, au cœur viril, affamée de pouvoir ? Est-ce elle qui est la manipulatrice et l'exécutrice de ce miracle qui a sauvé la France ? Je vais te la dire moi, la vérité de toute cette affaire. Elle éclate à la lecture des documents relatifs aux trois procès ecclésiastiques qui ont eu lieu autour de Jeanne, à Toul, Poitiers et Rouen. Sache-le, l'une des clés du mystère de Jeanne d'Arc est dans cette constatation : une femme peut en cacher une autre. C'est Yolande d'Aragon qui a organisé en sous-main cette première aventure de libération nationale. Car au-delà du mouvement spectaculaire de la blanche armure de l'héroïque pucelle d'Orléans dans les batailles, c'est la discrète fermeté du gantelet de fer d'une puissante reine, énergique belle-mère de Charles VII, pusillanime roi de France, qui avance tous les pions indispensables au symbole sur le jeu d'échecs du pouvoir. Mais quand on lui propose en fin de course de racheter Jeanne, ce qui aurait sauvé notre héroïne nationale du bûcher, il n'y a plus personne. La reine cynique ignore désormais le destin de l'innocence incarnée et ainsi signe sa fin. »

Mademoiselle Vote, après m'avoir terrassé par ses déclarations définitives, ne cessait de me scruter dans un silence oppressant. Je me demandais quelle malédiction allait enfin s'abattre sur moi.

CHAPITRE 29

L'inconnue de la Seine

Au temps de sa splendeur Ferdinand Claret le prestigieux ténor usait et abusait de tous les plaisirs de la vie d'artiste. Car en plus de sa voix d'or, il avait aussi un joli coup de crayon et n'hésitait pas à jouer au peintre du dimanche, vagabondant dans Paris, ne serait-ce que pour croiser, sur les quais de la Seine, des beautés inconnues. Avec son carton à dessins, il s'installait face à la Conciergerie et captait d'un trait rapide des visions éternelles. Un dimanche matin, il assiste à une scène dramatique. Une jeune fille, au désespoir, se jette à l'eau d'un pont voisin. Les badauds appellent les secours. Monsieur Claret, après un moment de stupéfaction et une courte hésitation, s'apprête à se déshabiller pour plonger dans la Seine, quand il constate que les pompiers, déjà sur place, se dirigent, avec leur barque, au secours de la malheureuse. Ils repêchent la désespérée, la ramènent vers la rive et non sans difficulté finissent par la hisser sur le quai, à deux pas du chevalet de Monsieur

Claret. La jeune fille de la Seine est là, étendue sur le pavé, ses vêtements collés à son corps, laissant apercevoir la perfection de ses formes. Et pourtant, elle a déjà changé de monde ; le flou des eaux, le miroitement des flaques, les profondeurs obscures du fleuve, l'ont maquillée en morte. Le seul souvenir de sa vie, de sa vie enfuie, c'est encore, pour quelques secondes, son sourire. Au moment où son corps a déjà fait des adieux très doux, tout ce qui crépite en elle s'est réfugié dans l'expression de son visage intense, mystérieuse et comme illuminée d'un secret. Monsieur Claret est fasciné par cette figure dont toute la vie s'est exilée et palpite encore. Le peintre du dimanche se saisit de son crayon et commence à la dessiner. Pendant qu'il travaille à fixer cette vision, les curieux s'assemblent autour de la noyée, tandis que les pompiers ne peuvent que constater son décès. Un long silence suit ce moment de désespoir où les humains apprennent avec un chagrin rapide, une attention passionnée et une indifférence progressive, que l'un d'eux les a quittés, pour se réjouir dans un second temps d'être, eux, encore vivants. Monsieur Claret n'a pas perdu son temps. Pendant que les spectateurs du drame et les indifférents du dimanche philosophent sur la vie qui vient et qui s'en va, il a achevé son dessin et, sans même le regarder, il le glisse dans son carton et rentre chez lui avec la mort sous le bras. Une semaine plus tard, alors que Suzy se fait belle devant son miroir avant qu'ils n'aillent dîner en tête à tête, elle lui jette, de sa voix ravissante, ce mot réconfortant : « Tu as vraiment tous les talents, toi ! » Elle se tourne vers lui habilement fardée et il se dit qu'avec ce rouge sur les joues, elle a toute la fraîcheur d'hiver d'une poupée russe. Elle le fixe de son regard châtaigne, et avec une gravité inattendue elle prononce ces mots, stupéfiants pour lui : « J'ai vu le dessin que tu as fait dimanche dernier. Jamais je n'avais contemplé une aussi belle reproduction de l'expression de la Joconde. »

Elle ne savait pas à quel point elle était tombée juste. Claret était stupéfait. L'un des secrets de la Joconde et de son énigmatique sourire n'était-il pas dans l'inversion du mouvement des muscles que seule peut donner la fin dernière et que seul pouvait connaître un anatomiste qui n'avait pas eu peur de fracasser les crânes et de découper les corps. Avec Vinci comme avec William Shakespeare, c'était toujours la même fable sans morale : la noyade d'un sourire.

CHAPITRE 30

La cheminée qui se met à parler

La nuit quand tout le monde était couché il ne me déplaisait pas de descendre dans la salle des gardes. Je n'avais plus peur. Je retrouvais la vaste cheminée haute et très large où mourait le feu. Ses proportions étaient telles qu'on disait qu'au temps de la Renaissance deux pages pouvaient s'y tenir debout de part et d'autre du brasier s'éteignant peu à peu. C'est à cette place, à droite, sous le manteau de la cheminée, que moi le gaucher j'aimais à me tenir. Cette nuit-là j'entendis une conversation à peine murmurée. D'où venaient ces voix ? Tout simplement du conduit de la cheminée. Le premier disait au second :

« Je ne parviens pas à imaginer l'audace que vous avez eue, maître, pour passer outre à l'autorité de l'Eglise qui interdit toute dissection de cadavres sous peine d'excommunication. »

Le second répondit :

« On mesure la progression d'une civilisation à la fermeté de ses carcans. C'est au moment où ces derniers vont être contraints de se desserrer sous la pression du progrès que les gardiens des temps anciens, apeurés à l'idée de perdre leur pouvoir, cadenassent tout avec le plus de force. Mais tu le sais mieux que personne, toi François qui ne manques pas d'audace et qui n'ignore rien de ce principe : " Jeune sang n'obéit pas à vieux décret. "

— Oui maître, j'ai même écrit ce dont je rêvais : un monastère sans clôture, sans horloge, sans séparation de sexe, une construction royale analogue à celle de Romorantin avec neuf mille trois cent trente-deux chambres et une seule règle : " Fais ce que voudras. " Mais, maître, est-ce que cet exercice de dissection des corps n'a pas été très pénible ?

— Il est vrai que l'insupportable crissement de la scie découpant les os, que les longues soirées passées avec les morts, jusqu'à la nausée car il ne fallait pas lambiner tant était prompte la putréfaction, tout cela est plus qu'éprouvant. Mais voir des corps dépecés et écorchés ne provoque pas chez moi la même crainte que chez les autres humains. Durant ma vie, je peux te le dire, à toi, j'ai opéré trente dissections : à Rome, sur des cadavres de condamnés à mort, à Milan et à Florence, sur des corps venus des hôpitaux. »

Il y eut un temps de silence. Je levai les yeux vers le conduit sombre et enfumé. Qui était ce François qui s'adressait à Léonard ?

Si j'avais reconnu la voix de Léonard, je ne pouvais identifier celle de son interlocuteur et j'imaginais bien sûr celui à qui il s'adressait avec respect et qu'il appelait « maître » avec ses beaux yeux au fond bleu cernés de cendre grise. Mais qui était cet homme ? Sans doute était-il plus jeune puisqu'il parlait au Vinci avec vénération.

« C'est la plaie de nos métiers, poursuivait Léonard de Vinci. Et si tu avais un jour l'amour d'une telle chose que j'ai tant pratiquée, peut être en serais-tu empêché par ton estomac ; et si cela ne te gênait pas, alors peut-être que la peur te retiendrait de passer la nuit en compagnie de ces cadavres déchiquetés qui sont épouvantables à voir.

— Quand j'étais étudiant à Lyon je ne savais même pas que vous existiez. Moi j'ai déjà été mis au ban de l'Eglise et pourtant j'avais été reçu médecin et chirurgien ; j'avais le droit de porter le chapeau à quatre pointes. Depuis j'ai fait tous les métiers, moine, traducteur et écrivain. Comme vous, maître, je cherche l'arbre du savoir caché par la forêt. Et c'est à Montpellier, où j'ai connu Nostradamus, que j'ai compris ce que les Arabes nous ont apporté grâce aux traducteurs de Tolède. »

Il poursuivait :

« Maître, quand vous prendrez connaissance de mes livres, vous saurez que Rabelais ne rime jamais avec servilité. Ce qui m'a conduit à désirer vous rencontrer c'est ce que vous apportez à la connaissance de l'anatomie. Et je sais, par votre disciple Francesco de Melzi mon ami, que vous êtes le premier à avoir dessiné correctement les courbes de la colonne vertébrale, l'inclinaison du sacrum qui assure la répartition du poids sur les membres inférieurs Et j'aimerais à ce propos que vous m'expliquiez pourquoi la cambrure joue un rôle si important dans le mécanisme de la respiration.

— Tu me fais beaucoup d'honneur, François. Mais maintenant que tu es à Amboise nous aurons du temps pour parler de tout cela. Je te montrerai mes dessins et même comment j'ai pu déterminer la forme de l'os sphénoïdal et de l'os frontal. Je te dirai aussi pourquoi pour moi il est bon parfois de restituer les réalités de la nature physique de l'homme à travers des images. Ainsi c'est par un enchevêtrement de cordes que j'ai figuré la fonction motrice des muscles.

— A ce propos, maître, j'ai entendu une rumeur provenant de Rome selon laquelle l'un des médecins du pape aurait tenté sur le Saint Père la première transfusion de sang humain. Vous qui avez résidé au Vatican, avez-vous entendu parler de cela ? »

Le vieux sage avait à peine plissé les yeux. Rien n'avait altéré la majesté de son visage même pas la révélation de cette information insolite. Allait-il parler ou encore choisir le secret ?

« Je ne veux pas revenir sur Rome ni sur ce qui s'y passe. C'est l'endroit où j'ai été le plus malheureux de ma vie, le pape m'a traité avec indifférence; il a prononcé à propos de mon travail des phrases impardonnables et quand il m'a donné un assistant allemand, c'était afin qu'il m'espionne. Et si j'ai enfin trouvé le repos ici au royaume de France, la protection et l'amitié du prince, ce n'est pas, mon ami, pour tourner la tête ne serait-ce qu'un instant vers la période qui fut si sombre pour moi avec un rival tenace, Michel-Ange, et un ami lointain, Raphaël. »

Léonard laissa passer un long moment pour dire à François Rabelais :

« Reviens me voir quand tu veux. Simplement ne me visite que la nuit et préviens toujours mon second, Francesco de Melzi. »

La conversation était terminée. J'étais tétanisé et comblé. Je ne savais pas que la cheminée de la salle des gardes du Clos-Lucé permettait de surprendre les propos des invités sans qu'ils le sachent, dans les demeures du roi. Ce système acoustique avait été mis au point par le maître toscan pour écouter les ennemis insoupçonnés qui murmurent leurs confidences devant le foyer ou méditent à haute voix leurs sombres complots, ne croyant être entendus par personne, face aux crépitements du feu. Personne ne me croira jamais, me dis-je, alors autant garder ce secret. Je le pressentais depuis longtemps mais cette fois j'en étais sûr : le temps, dont on nous dit qu'il sépare les êtres, n'existe pas.

CHAPITRE 31

Manteau pourpre et bonnet vert

Quand Mademoiselle Vote, après que j'eus longuement frappé à sa porte, m'ouvrit enfin l'huis, il y eut d'abord ce regard perçant d'oiseau affolé, et puis ce sourire qui n'était qu'à elle où ses arcades sourcilières semblaient se courber encore tandis que sa petite bouche pointue prenait la forme d'un cœur mauve pâle. Ce sourire étrange, je ne pouvais m'empêcher de le comparer aux merveilles de l'architecture médiévale. Elle fit ce jour-là ce qu'elle faisait très rarement, s'effacer pour me laisser entrer. Le petit appartement de deux pièces qu'elle habitait était pour moi comme un musée vivant et je ne me lassais pas, à chaque visite qu'elle m'accordait, de détailler tous les objets qu'elle entassait avec une sorte de folie. Cependant, même s'ils étaient disparates dans leur style, émanait de cet incroyable fatras une logique sûre, une cohérence subtile, une harmonieuse leçon; celle, entre autres, du style troubadour. Comment Mademoiselle Vote était-elle entrée en possession de ces objets merveilleux ; la crosse de l'évêque de Fox datée du début du XVIe siècle, cette gourde en vermeil qui remontait au moins à la Renaissance, ce petit *Saint Georges* en albâtre qui était sans doute la pièce d'un jeu d'échecs, et surtout l'objet de mes rêves mais dont je subodorais qu'elle ne me le donnerait jamais : une cathédrale miniature en bronze doré avec des statues par dizaines abritées sous les pinacles sans oublier ces livres immensément précieux appelés « fonds de navire » provenant de la bibliothèque d'Alexandrie.

Mais ce n'était pas seulement le décor de Mademoiselle Vote dont les éléments composaient ce bric-à-brac venu de tous les lieux et de tous les temps, c'était aussi sa conversation qui fournissait cette même impression de phrases traitant de sujets divers qu'elle lançait sans prévenir, sans avertissement et sans transition. Cette manière de dire les choses essentielles à travers des expressions hachurées et intenses faisait pour moi le charme inimitable de sa conversation. Elle ne vous disait pas *Bonjour*. Elle se contentait de vous jeter au visage, on ne savait pourquoi, des sentences et des formules les plus insolites.

Ce jour-là, c'est de Jacques Ier d'Ecosse qu'elle avait décidé de m'entretenir. Le roi aimait les arts, les banquets et les beuveries pantagruéliques. Il croyait aux sorcières et à différentes autres sornettes. Mais lorsqu'il avait publié un énorme traité de démonologie où il énumérait tous les pouvoirs du Malin avec une remarquable connaissance du sujet, ses courtisans avaient cessé de se moquer de lui. Jacques Ier se considérait comme le général écossais, compagnon de Macbeth, à qui les trois sorcières firent cette prophétie : « Salut à toi qui ne seras pas roi mais père d'un roi. » Tel avait été, en fait, le destin de Marie Stuart, me rappelait Mademoiselle Vote. Elle était morte sans avoir conquis la couronne d'Angleterre, mais par une ironie de l'Histoire elle avait été la mère du nouveau roi. Cette tragédie de *Macbeth* fut présentée à la cour durant les fêtes qui marquèrent la visite du roi du Danemark, beau-frère de Jacques Ier, en 1606.

Mademoiselle Vote avait ce talent de changer de sujet avec une vélocité extraordinaire. Maintenant c'est de l'empereur Rodolphe de Habsbourg mort à Prague qu'elle voulait me parler. Elle me dit : « Il pratiquait une religion peu conventionnelle, il refusa de recevoir la confession au moment de sa mort. Sous son règne Prague connut son âge d'or. Il avait fait venir auprès de lui Tycho Brahe qui portait un faux nez en or car il avait perdu le sien dans sa jeunesse lors d'un duel dont l'enjeu était de savoir qui de lui ou de son adversaire était le meilleur mathématicien. La dernière année de la vie de cet empereur est plutôt tragique : son lion favori meurt, ses jambes gonflent sous la gangrène et on ne peut même plus lui retirer ses bottes. Ainsi fut la fin de cet humaniste mélancolique épris d'ésotérisme. »

J'osai interrompre la veille demoiselle pour lui demander ce que signifiait le mot *ésotérisme*.

« Ce mot s'emploie pour toute connaissance qui se transmet par tradition orale à des adeptes qualifiés. A la Renaissance, on insiste beaucoup sur la relation entre Saturne, l'état mélancolique et le génie ; l'empereur Rodolphe préfère s'intéresser aux sciences, aux arts, aux savoirs occultes, à l'alchimie et à la magie. Il fabrique des horloges. Il faut peut-être aussi que je t'explique ce qu'est l'alchimie, cette façon de capter l'énergie et de savoir la conserver. Née à Alexandrie autour des premiers siècles de notre ère, elle a été transmise aux Arabes et par leur intermédiaire elle est arrivée en Occident autour du XIIe siècle. On parle alors beaucoup de soufre, de sel et de mercure. Un jour je te donnerai à lire *L'Atalante fugitive*, c'est un ouvrage qui n'a été publié qu'après la mort de Rodolphe en 1616 et qui raconte l'histoire de cette princesse grecque qui avait décidé qu'elle n'épouserait que celui qui la vaincrait à la course. Réfléchis bien mon petit et tu comprendras à partir de cette parabole ce que représente la recherche de la pierre philosophale. »

Mademoiselle Vote s'était interrompue. Avec elle il fallait savoir gérer les silences. Elle parlait comme une mitraillette et puis elle vous laissait dans le vide de longues minutes. Pendant ce temps-là son esprit cheminait de l'un à l'autre et quand elle atterrissait enfin elle était tombée dans un nouveau champ d'exploration : « Je ne voudrais pas que tu aies une vision à l'eau de rose des écrits de Pierre de Ronsard. Ce n'est pas parce qu'il fait cette invite mièvre : " Mignonne, allons voir si la rose / qui ce matin avait déclose / sa robe de pourpre au soleil... " qu'il ne pratique pas la poésie comme un art visionnaire voué à la révélation de l'ordre caché du monde. Il écrit en 1560 à propos de Nostradamus : " Comme un oracle antique, il a des maintes années, prédit la plus grande part de notre destinée. " En 1562 il rédige les *Discours sur les misères de ce temps.* En cette même année à Tours en juillet deux cents réformés sont assommés et jetés dans la Loire. Un an plus tard, au sortir de la première guerre de Religion, est signé l'édit de pacification d'Amboise. Et dire qu'on essaie de nous faire croire que la violence de ce temps-là n'est qu'un instrument de la colère divine... »

Mademoiselle Vote se singularisait par l'usage parfois excessif d'un fume-cigarette à l'ivoire jauni. Elle ne cessait de me conseiller des lectures. Chez le poète Agrippa d'Aubigné elle portait son choix sur *Les Tragiques*, elle aimait ce jeune homme dont la vaillance et la grâce lui avaient sauvé la vie pendant les guerres de Religion. Les ennemis qui l'avaient capturé avaient décidé de le mettre à mort. Sauf s'il parvenait à danser devant eux avec une telle perfection qu'il serait sauvé.

Jamais danse aussi grave ne fut aussi joyeuse... C'est aussi Mademoiselle Vote qui m'avait raconté comment, dans les jardins du Vatican, Léonard avait lâché à la face des prélats stupéfaits un lézard argenté qu'il avait métamorphosé en dragon.

Ce qui m'intriguait dans la suite de Mademoiselle Vote, c'était l'abondance de napperons anciens et ouvragés. D'où venaient ces ornements ? Elle n'esquiva pas la question : « On me les a ramenés de Chypre. On m'a dit que Léonard avait séjourné là-bas et que ces nappes ont été faites suivant des motifs géométriques dessinés par lui. Essaie de savoir si ce n'est pas en Méditerranée qu'il est parti ; il y a un trou de deux années dans sa biographie dont on ne sait rien. Sans en avoir la preuve absolue, certains pensent suivant la tradition que Léonard séjourna en Egypte de 1483 à 1485 comme ingénieur militaire du sultan et qu'il y a acquis certaines connaissances hermétiques. S'est-il rendu à Chypre ou en Egypte ? Est-ce que le fameux Génois, cet amiral Doria qu'il mentionne dans ses carnets, aurait favorisé ce voyage et aurait aidé à réaliser sa fuite en Egypte ? »

Parfois j'avais du mal à la suivre. J'avais beau dévorer des livres des nuits entières, je ne pouvais recomposer le puzzle compliqué de son savoir qu'elle ne me présentait que par fragments dispersés. Est-ce qu'elle le faisait exprès ? En plus de l'attention que me réclamaient mes ennuyeux devoirs de vacances, elle me compliquait la vie. Je ne savais où classer dans mon esprit les morceaux de savoir qu'elle me jetait comme une pâture à un pauvre chien affamé. Je pensais à la phrase de Shakespeare : « Nous sommes de l'étoffe dont nos rêves sont faits. » Elle ne respectait pas la hiérarchie des chapitres et encore moins la chronologie historique mais tout ce qu'elle me disait méritait d'être noté. L'heure du thé était arrivée quand elle me révéla sans autre explication ce qu'était la troisième figure de la Toison d'or : « On y voit un philosophe habillé de rouge sous un manteau pourpre avec un bonnet vert. » Et puis, dans son désir de m'initier à je ne sais quoi, elle ajouta : « La rose représente l'action du feu et sa durée. » Etais-je en face d'une folle ? Cette dame aux gestes précis, aux idées hardies, aux déclarations fracassantes – « Dante faisait partie du Temple, c'est pourquoi il fallait qu'il se cache » – m'intriguait de plus en plus. Dans les entrelacs de sa pensée il y avait tout de même une allée centrale et je le compris quand elle fit une comparaison entre deux tableaux célèbres du peintre qui avait vécu ici les trois dernières années de sa vie : « Regarde le geste de sainte Anne et celui de saint Jean-Baptiste ; le doigt levé c'est le signe de l'unité. Le sceau révèle à l'artiste qu'il a suivi le bon chemin. »

Après un temps, elle poursuivit sur son chef-d'œuvre préféré : « Le *Saint Jean-Baptiste*, c'est le dernier tableau peint de sa main. Il l'aurait même terminé au Clos-Lucé malgré une paralysie de la main droite. J'aime cette lumière qui baigne son beau corps et le détache d'un fond très sombre. Certains disent que dans la toile il y a quelqu'un, debout, derrière lui. Le Clos-Lucé était l'endroit rêvé pour finir sa vie tout en continuant de créer. Cette toile incarne la perfection de l'androgyne. Vinci s'intéressait de près à l'alchimie, notamment au principe qui veut que la fusion entre le masculin et le féminin soit le stade ultime de la perfection. Il est aisé de constater la fréquence des figures androgynes qui apparaissent dans ses tableaux, comme ce *Saint Jean-Baptiste* dans lequel la silhouette du saint est étrangement hermaphrodite. » Ce mot d'*androgyne,* l'antiquaire écossais l'avait déjà prononcé devant moi et je me souvenais des mots crus par lesquels il avait accompagné cette expression, comme pour l'illustrer par une image provocante, dans un grand éclat de rire : « Sein pointé, sexe dressé ! »

« La création, tu dois le comprendre, reprit Mademoiselle Vote, est ce langage magnifique qui nous entretient nuit et jour. J'ai acquis la conviction de la réalité des rapports unissant le Vinci à la théorie platonicienne du Beau. Que Léonard ait lu ou non les ouvrages de Ficin, peu importe : son art a été imprégné de l'esthétique qui reflète la splendeur du siècle où il a vécu. Au fond, qu'est-ce qu'un art complet ? L'esprit et la forme, on pourrait les appeler les deux sexes de la beauté. A Léonard de Vinci revient l'impérissable gloire d'avoir réuni en une synthèse le Vrai et le Beau, en un mot, d'avoir réalisé dans une grandiose harmonie la vérité morale et la vérité artistique. »

Même si elle n'ignore pas que les textes de Vinci abondent contre les nécromants, les alchimistes et autres adeptes de ce qui a été appelé l'« art noir », Mademoiselle Vote voit en Léonard un initié sans remettre pour autant en cause la qualité de son christianisme. Elle observe que l'ancolie, la fleur de l'initié, revient dans plusieurs de ses toiles notamment dans le *Bacchus* et dans le *Saint Sébastien* du musée de l'Ermitage. Le choix très particulier de cette plante comme emblème est intrigant car la fleur androgyne, dit-elle, est le symbole de l'union. Une fois ce symbole de l'ancolie connu, l'énigme de Bacchus est devinée. Le maître à l'ancolie, c'est-à-dire Léonard, semble s'être réservé l'emploi de cette plante mystique : elle était pour lui comme la clé de son mystère. Léonard savait donner une signification aux moindres accessoires : le jasmin est le symbole de la chasteté virginale ; l'ancolie garde sa signification d'union ; l'amande est le symbole de la virginité et de la maternité ; la pêche de l'apostolat ; l'iris celui de l'alliance.

Le Vinci se préoccupa beaucoup du sens symbolique des plantes et des animaux. Relativement au lin il note qu'il est « dédié à la mort et à la corruption des mortels ». On sait que l'artiste rédigea la description hâtive des attitudes qu'il donnerait aux personnages de sa *Cène*. Or concernant un portrait de Ludovic le More, il en fit autant, et il semble qu'il entendait lui donner un caractère symbolique, voulant représenter « Envie peinte avec Fausse Infamie et Juste noire ». A ce sujet il remarque : « La bonne Renommée vole et s'élève au ciel parce que les choses vertueuses sont amies de Dieu. » Léonard de Vinci avait une tournure d'esprit symbolique. La vieille demoiselle parvenait à sa péroraison : « En fait, si le verbe humain est l'instrument du verbe éternel, la forme androgynique est la représentation du divin incarné dans l'humain. » Elle me regardait attentivement pour voir si j'avais compris. Et moi je n'étais pas loin de penser comme elle car je venais de lire l'étrange roman de Monsieur de Balzac intitulé *Séraphita.* Aussitôt elle m'expliqua que la mère de l'écrivain, Laure, possédait chez elle une bibliothèque dédiée aux sciences ésotériques et puis elle ajouta à propos du père de Balzac qu'il avait envoyé au premier consul un projet visionnaire pour bâtir une pyramide en souvenir de la gloire de la campagne d'Egypte au centre de la cour du palais du Louvre...

Elle me tendit une tasse de thé en allumant une de ses cigarettes. Je la respectais et je l'aimais ; elle n'était pas de ces femmes qui me faisaient rêver comme celles des tableaux où je cherchais l'image de la nudité féminine. Celle qui m'attirait le plus c'était *La Belle Ferronnière* avec son bijou scintillant sur son front pâle, ses cheveux sombres et ce regard lourd de sensualité plein de sous-entendus. Dans la galerie de mes désirs il y avait aussi Gabrielle d'Estrées au buste dénudé et Agnès Sorel, peut-être plus fine mouche dans le jeu de la séduction. Tel un modèle de mode, la favorite de Charles VII avec sa poitrine haute, sa taille étroite, ses yeux en amande, provoque l'admiration des hommes et l'envie des femmes. Elle lance les modes et anticipe les folies du luxe avant la Renaissance. Elle se fait épiler les sourcils et les cheveux afin de faire paraître son front plus grand. Elle pratique les bains, et les massages aux huiles parfumées. Elle raffole des velours d'Utrecht et des tissus brodés ou damassés, des brocarts et des bijoux. Elle dénude ses épaules et ses seins, qu'elle n'hésite pas à montrer.

Je n'en pouvais plus de ces femmes à la chair offerte par la beauté de l'art qui avec une sérénité souriante dévoilaient leur corps dans les tableaux. Je feuilletais fébrilement les dictionnaires et les catalogues des collections d'art pour satisfaire mon appétit sensuel. Souvent je m'arrêtais sur l'image, si voluptueuse pour moi, de la favorite d'Henri II, fille de Jean de Poitiers, dame d'honneur de Louise de Savoie, veuve de Louis de Brézé et faite par la grâce de son royal amant duchesse de Valentinois. Il me semblait qu'elle offrait sa nudité à ma concupiscence. On disait que Diane de Poitiers avait recours aux bains de lait pour préserver la beauté de sa peau. A des siècles de distance, sur sa poitrine de rêve j'épuisais ardemment ma jeune sève ;

jamais les seins de la déesse de Chenonceaux ne connaîtraient la sécheresse.

Alors qu'à l'heure du thé j'avalais ces gorgées d'eau chaude teintée du brun des horizons lointains, je l'écoutais revenir à notre univers secret, à notre passion partagée et c'était la forêt qu'elle évoquait encore devant moi comme d'une façon incantatoire, pour saisir l'incompréhensible, pour comprendre l'imperceptible, pour accéder à la lumière. Pour la première fois elle me parlait d'elle : « Dès l'enfance les bois ont été pour moi un monde vivant, je me sentais si seule, j'étais à l'écoute de l'âme du chêne qui chante les grandes symphonies des orages et du recueillement du buisson qui fleurit sous les sérénades et les aubades du rossignol. Il y a des gens qui sous les vertes ramures se sentent perdus. Un matin dans la forêt de Loches je me suis mirée dans la fontaine d'Orfonds, mais horreur, celle qui me faisait face dans le reflet de l'eau était une femme en haillons ! » Je ne savais plus quelle attitude adopter devant les confidences de la vieille fille. Elle m'apprenait justement à rejeter la pose et sa recherche du sens secret des choses l'amenait bien souvent à déchirer les apparences. Ce jour-là elle en a rajouté : « A propos d'Egypte, tu as certainement entendu parler de Champollion. Savais-tu que ses camarades d'école quand il était petit l'avaient surnommé *l'Egyptien* à cause de son physique qui faisait de lui un enfant du Nil avant même qu'il ait pu aborder l'étude de l'histoire des pharaons ? Avant même qu'il nourrisse l'ambition de déchiffrer les inscriptions hiéroglyphiques copiées sur les monuments égyptiens par les savants de l'expédition de Bonaparte, il avait déjà la tête de l'emploi ! »

Il était six heures du soir. Le château comme un vaisseau s'était enfoncé dans la nuit et tout à coup j'avais une envie folle de retrouver une vie normale, de monter vite à l'appartement d'en haut pour renouer avec la chaleur de la communauté familiale. On me parlerait de choses moins graves et d'événements plus légers. Il y aurait des rires, la toilette du soir dans les tubs de zinc, les jeux et la prière. En faisant peser sur mes épaules tous les mystères du monde Mademoiselle Vote chargeait un peu trop la barque, mais pour elle l'après-midi n'était pas finie, il y avait encore une question sans réponse : « Cela ne t'a pas frappé dans les tableaux de Léonard ? Il y a deux choses qu'il ne peint jamais. D'abord l'enfer. Et ensuite Jésus seul. Est-ce que tu as remarqué qu'ils sont toujours deux... ? » Elle se leva avec une lenteur qui lui conférait une certaine majesté mais quand elle fut devant la porte, c'est avec une sorte de brutalité qu'elle l'ouvrit : « Maintenant va rejoindre tes parents pour le dîner. Je vous retrouverai dans la salle à manger dans un quart d'heure. »

CHAPITRE 32

Qui a déniaisé le jeune François ?

J'étais dans un état de grande exaltation quand j'attendais sous mon baldaquin que la nuit s'assombrisse pour bientôt m'échapper vers la cheminée qui parlait. Elle ne parlait pas tous les soirs, et peut-être que seuls les soirs où je m'assoupissais à côté du feu aux bûches encore rougeoyantes les confidences du temps me devenaient audibles.

Ce soir-là, à minuit j'y étais. Cette fois j'entendais une voix de femme qui dissertait de la galanterie, de l'amour, des belles-lettres avec un homme sensible, au timbre grave.

« En cette cour d'Amboise où toutes les dames étaient galantes, le jeune duc d'Angoulême a grandi au milieu d'un merveilleux parterre de femmes-fleurs. Dès l'âge de treize ans, il n'avait plus rien à apprendre des choses de l'amour. A cet égard on raconte qu'une des suivantes de ma mère, une veuve fort belle, bien agréable et tout à fait aimable, voulut obtenir la première faveur du jeune duc.

« Comme la dame était séduisante et que François la désirait de longtemps déjà, il feignit l'ignorance. Le prince s'en fut dans la chambre de la dame et, bientôt, à la grande confusion de celle qui voulait enseigner, le rusé seigneur parut tant habile qu'il se révéla tout aussi savant qu'elle. La vérité c'est qu'une simple mais accorte chambrière avait depuis longtemps déniaisé le jeune duc d'Angoulême.

« La pauvre dame, qui avait donné quelques conseils, se trouva subitement bien morfondue. Elle ne sut tenir secrète sa déception. La nouvelle s'en fut même jusqu'à moi et je dois dire que je ne pus me tenir d'en rire de tout mon cœur. Cette intrigue amusante m'a d'ailleurs inspiré – mais vous le savez – un de mes contes. A la cour d'Amboise, François faisait la pluie et le beau temps. Les dames, prosternées devant sa jeunesse et sa grande beauté, n'attendaient qu'un signe de lui pour consentir à satisfaire son désir. »

Le son de la voix grave ne revint que pour l'interroger sur une œuvre dont apparemment elle était l'auteur.

« Dans la quarante-deuxième nouvelle de votre roman *L'Heptaméron* j'ai cru comprendre que c'est le premier amour du roi que vous racontiez, son premier éblouissement ?

— Oui, c'est une histoire vraie qui se situe à Amboise. Et cette fois, ce n'est pas de galanterie qu'il s'agit, mais d'un authentique grand amour. Un jour, alors qu'il était âgé de quinze ans, François tomba amoureux d'une jeune fille à l'église. Lui qui jamais encore n'avait aimé sentit en son cœur un plaisir non accoutumé. Il se renseigna sur la jeune fille, assez belle pour une claire-brune. »

Cette expression inusitée et insolite de « claire-brune » m'avait frappé au cœur. C'était exactement la définition de celle que j'aimais et je n'avais jamais eu l'idée d'accoler ces deux mots qui correspondaient si bien à la réalité de mon extase. Et puis comment était-il possible que le jeune roi ait vécu la même histoire que moi ? Lui aussi, tombé amoureux dans une église d'Amboise ? La princesse qui parlait aurait-elle été prévenue de ma présence ? Etait-ce pour me troubler et me forcer à sortir de ma cachette, qu'elle contait cette histoire ? J'étais au comble de la perplexité et je me voyais pris, moi qui croyais prendre. Mais soudain, ma réflexion fut interrompue par un gloussement. Le rire de Marguerite de Valois se mit à glisser ; cet éclat cristallin qui venait de la cheminée, cet afflux de féminité tombé du ciel, c'était pour moi, debout dans l'âtre, comme une bénédiction. J'oubliais aussitôt tous mes tourments, et j'allais jusqu'à me dire que j'eusse préféré qu'elle connaisse ma présence. Dommage que la jolie femme – car je l'imaginais très belle – ne sache pas qu'un adolescent fiévreux l'écoutait avec ardeur cinq siècles plus bas. Bien sûr je l'avais reconnue. Dans notre maison, tout le monde connaissait son livre. Elle était Marguerite, la sœur de François Ier, cette toute première femme de lettres qui aimait les poètes était surnommée la Marguerite des Marguerites.

L'interlocuteur voulait visiblement en savoir plus sur celle qui, la première, avait enflammé le cœur du futur François Ier.

« Mais cette enfant d'Amboise, vous la connaissiez ?

— Il paraît que je la connaissais bien et François apprit qu'elle était venue autrefois au château d'Amboise, quand j'étais petite, pour jouer aux poupines avec moi...

— Et comment a-t-il fait sa cour ?

— Il lui envoya un ami pour lui parler de son amour. Vous le reconnaissez bien là, cher Clément Marot, vous dont les premiers vers ont été publiés en 1515, François agit toujours par des intermédiaires.

« Françoise, car c'était son prénom, lui fit répondre que le château abritait quantité de femmes plus belles qu'elle et qu'en outre elle était très honnête. Mais cela bien sûr ne suffit pas à mettre fin à l'ardeur de mon frère. Il la poursuivit de ses assiduités et à la messe ne la quittait pas des yeux. Il était si tenace et tellement omniprésent qu'elle finit par changer de chapelle.

« Eh bien, vous saurez tout sur celui qui est votre roi et qui vous considère comme son ami. Encore une fois le futur roi fit intervenir quelqu'un pour tenter de convaincre la belle. C'était son sommelier qui était marié à la sœur aînée de Françoise. Il se rendit devant la maison de son complice, sur la grand-place d'Amboise, et se laissa choir dans la boue du haut de son cheval. Puis il sollicita des serviteurs du sommelier de quoi se changer. Il se déshabilla, se mit au lit et fit appeler la jeune fille, qui vint en tremblant. “ M'estimez-vous si mauvais homme que je mange les femmes en les regardant ? ” lui dit-il avant de lui avouer son subterfuge. Puis il tenta de l'embrasser, mais Françoise résista : “ Pourquoi vous intéresser à moi ? Est-ce parce vous n'osez pas vous attaquer aux demoiselles de la cour ? Ou pensez-vous que la modestie de ma condition sera plus facile pour vous ? ” François finit par quitter la maison de son sommelier, estimant plus que jamais l'honnêteté de la jeune fille. Quelqu'un lui suggéra plus tard d'offrir une belle somme d'argent à Françoise, mais le futur roi dépendait de notre mère et n'avait que peu d'argent. Il emprunta cependant cinq cents écus qu'il envoya à Françoise ; celle-ci refusa le cadeau. Finalement le jeune duc d'Angoulême capitula, ne l'importuna plus et “ la garda toute sa vie en bonne estime ”. »

Il y eut alors un silence assez long. Même si Clément Marot était très proche de la femme de lettres, le roi aimait à le recevoir à sa table pour jouir de la qualité de ses propos. En présence des grands, il vaut mieux tourner plusieurs fois la langue dans sa bouche. Tout l'art du courtisan est d'atteindre la couleur de la franchise sans pourtant altérer la teinture du respect.

« Madame, le secret du bonheur c'est de savoir désirer encore plus ce qu'on possède déjà, ainsi à l'instant je jouis du plaisir de converser avec vous et ne formule pas de chimères pour le temps qui vient, tant je tiens à me satisfaire des moments que vous me donnez avec votre grâce maintenant. Plus tard, il sera bien temps de tout regretter, l'instant que nous vivons, votre beauté et l'aventureuse jeunesse du roi, votre frère. »

Et alors Clément Marot improvisa ces vers :

Au bon vieulx temps un train d'Amour régnoit,
Qui sans grand art et dons se démenoit
Qui vouldra donc qu'à aymer je me fonde,
Il faut, premier, que l'Amour on refonde,
Et qu'on la mène ainsi qu'on la menoit
Au bon vieulx temps.

Ce bon vieux temps a pour moi, ce jour-là, le parfum de l'actualité et l'apparence d'une femme d'environ trente-cinq ans qui est entre jolie et belle. Elle est comme dans son portrait au petit chien attribué au peintre Clouet. L'architecture de son visage rappelle sa ressemblance frappante avec son frère François Ier :

vaste front et arcature sourcilière bien ouverte. Ses yeux sont écartés et fendus, de cette couleur d'eau troublée où se mélangent le marron et le vert. J'aime cette robe sombre égayée de dentelles autour du col et aux poignets et dans le tableau cette tache de fourrure beige mousseuse qui retire à l'ensemble une réserve excessive. Elle est bien, avec ce visage serein au regard réfléchi, cette trinité que décrit Clément Marot : « Corps féminin, cœur d'homme, tête d'ange. »

J'attendais patiemment une réplique car il était inimaginable qu'une poétesse comme Marguerite de Valois ne réponde en vers à Clément Marot. Elle le fit par une de ses compositions personnelles. Sa voix musicale lui délivra quelques accents de son *Grand Dialogue en forme de vision nocturne*. Vision nocturne justement, et debout dans la chaleur du foyer j'entendis les mots exquis qu'elle allait prononcer :

C'est le malheur de cette vie humaine !
Car qui plus a, moins a ; et qui moins, plus ;
Et qui rien(s), tout : c'est chose certaine.

CHAPITRE 33

L'infante et l'écluse

Au-delà de la rivière l'Amasse qui bordait la propriété, commençait un univers insolite. C'était une usine désaffectée qui avait été une fabrique de lames pendant les guerres de l'Empire, puis qui était devenue une lainière afin d'offrir aux voyageurs de l'Europe romantique de chaudes couvertures pour les accompagner dans les longs voyages en berline sur des routes de froidure ou de poussière. Enfin en 1936 c'était devenu une manufacture de plaques photographiques d'émulsion sensible où régnait le sel d'argent qui avait pour vertu par polarisation d'imprimer l'image après que Nicéphore Niepce eut la révélation de ce procédé, lui qui s'était fait fabriquer une maquette de la *Camera oscura* d'après celle de Léonard de Vinci. Ce monument industriel, tout à fait déplacé, aux abords d'une demeure historique et d'un parc à l'anglaise, avait été implanté au milieu de la campagne comme pour démontrer qu'il fallait enfin accepter que les temps avaient changé.

L'ensemble était impressionnant et inquiétant, dominé par une sombre et haute cheminée de brique cerclée de fer. La partie de la manufacture qui donnait sur la rivière était ornée de grandes verrières. Depuis toujours, c'était pour nous le territoire interdit. Tenter seulement d'y accéder constituait un exercice des plus risqués. Il fallait pour cela traverser l'Amasse sur un pont pourri, lui-même donnant sur une écluse. Celle-ci était défendue par une herse de fer dont les pics recourbés donnaient sur la rivière et s'élevaient vers le ciel. Partout on sentait qu'il y avait péril. Et pourtant ce décor hostile aurait pu nous être familier. Ne ressemblait-il pas au frénétique attirail qui était toujours mêlé aux inventions de Léonard ? Que ce soient les turbines, les ponts légers, les blindages, les rouages, l'eau cet élément dominant de l'énergie était toujours présente. Elle était mouvante, fluide, meurtrière, entre tourbillons aquatiques et spirales de plantes, boucles de cheveux et enlacement brutal du combat. Léonard avait tout inventé, du canon qui se chargeait par la culasse jusqu'au métier à tisser, de la machine à imprimer jusqu'à l'échelle de pompiers. Il avait toujours étudié le mouvement et lâcher du haut d'une tour des poids différents pour considérer la vitesse à laquelle ils tombaient, ce n'était pas comme pour nous un jeu, mais pour lui cette expérimentation était l'enfance de la science.

Avec mes frères Charles et Elzéar, nous avions déjà abordé la périphérie de cette cité interdite. Sur ces toutes petites langues de sable au pied des écluses, nous avions roulé en cachette nos premières cigarettes. C'est là que la perversion de la vie moderne avait commencé d'entamer en nous le culte de la vie sauvage, ce primitif réconfort.

Tout à fait fier de disposer, en souvenir de mes camps scouts, d'une hachette dans un fourreau de cuir attaché à ma ceinture, j'aimais rôder autour de l'usine. Mes frères, conscients de mon audace, quand ils me voyaient, les bras en croix, progresser sur une étroite poutre de fer suspendue au-dessus de la rivière, m'avaient surnommé le Téméraire. Et pénétrer dans cette usine, bouclée de toute part, fermée comme une boîte de conserve, c'était un défi.

Je prenais l'habitude d'errer dans les parages. Je ne savais pas ce qui m'attendait dans cette zone incertaine et ce royaume ambigu. Tous les jours je me donnais une nouvelle épreuve : passer les ponts métalliques, pénétrer dans les hangars déserts dont le sol était recouvert de détritus, aller au-delà du moulin vers la galaxie des écluses. Léonard, comme ses collègues, avait trouvé de nombreuses solutions pour élever l'eau, de la roue à godets jusqu'à la pompe. C'est lui qui avait perfectionné ce *chadouf*, un simple levier utilisé déjà dans les contrées africaines. L'eau circulait grâce à un réseau de canaux souterrains inspirés des *ganats* du monde musulman. La rivière l'Amasse était comme une alliée pour Léonard; il avait dû la pratiquer bien des fois en voguant sur une plate ou en étudiant sur ses rivages le mouvement des eaux. Apparemment paresseuse mais si souvent capricieuse, car très sensible aux pluies, était la rivière l'Amasse que je bordais et qui me bordait.

Il était midi pile, j'étais en train de faire l'acrobate au-dessus de l'eau sur la poutre métallique quand une voix fraîche comme une ondée me dit : « C'est dangereux ! »

Qui avait parlé ? Je ne pouvais me retourner que très doucement. Un seul mouvement brusque m'aurait fait perdre l'équilibre et quand je la vis je faillis chuter dans l'eau sombre. C'était elle, plus belle encore, placide, les yeux illuminés d'un rire ancien. Elle était sur le bord de la rivière du côté de l'usine, derrière les barbelés de la grille qui descendait dans l'eau, telle que je l'avais vue la première fois à la messe de minuit, au-delà du chœur. Elle souriait angélique, et soudain je compris pourquoi quittant l'Amazonie du fond du parc, nos ponts de singe, notre superbe Orénoque, nos chutes d'Iguaçu, je déambulais depuis plusieurs jours dans ce décor glauque de l'usine désaffectée à la recherche d'une lumière pure qui ne m'avait pas été annoncée. Son visage était radieux comme si nos retrouvailles étaient un jeu ravissant.

« Maintenant tu te souviens de moi. Tu sais, je serai toujours là. »

Est-ce qu'elle disait vrai ? Je l'avais tant attendue. J'avais assassiné les questions que je me posais à moi-même ; j'avais étouffé mes sanglots ; tué le temps ; terrassé les doutes ; exterminé l'attente. Et voilà que recommençait le miracle, celui de l'apparition de la messe de minuit. Elle était là pour moi, le bonheur était à portée de main entre un acrobate au-dessus de l'eau et une jeune fille qui riait au milieu des branches. Je ne pus m'empêcher de lui poser la question mais c'était plutôt un cri que je lui lançai, un appel désespéré qui réclamait la certitude du réconfort, l'exigence de la promesse qui serait tenue.

« Mais où étiez-vous donc passée pendant tout ce temps ?

— Je ne demeure pas là, nous vivons au-delà des mers, je suis venue chercher mon père et nous repartirons bientôt en voyage, mais je ne t'ai pas quitté un seul instant depuis le Noël d'Amboise. »

C'était donc cela l'amour, cette terreur d'être quitté alors que le bonheur venait de se faire jour ; cette peur égoïste et si personnelle que l'autre vous manque ; cette envie violente d'accrocher ses ongles dans le vêtement de l'aimée pour qu'elle ne puisse plus jamais partir.

« Et toi, que fais-tu là au-dessus de cette écluse de tous les dangers ? »

Je l'attendais depuis si longtemps que je n'allais pas maintenant lui mentir.

« Je cherche le trésor de Léonard. »

Alors, elle défit les trois boutons du col de velours noir de ce manteau mauve que je voyais pour la première fois et dont la couleur resterait pour moi inoubliable.

« Un jour, si tu mets vraiment ton intelligence au service de cette volonté, je t'aiderai à le trouver. »

Ses derniers mots m'impressionnaient ; il me fallait garder mon équilibre, finir de traverser la rivière pour me trouver auprès d'elle, la jeune fille aimée. Une fois le pont métallique passé, je levai la tête et je vis son si joli sourire et ses mains qui m'applaudissaient sans bruit. J'étais maintenant à deux pas d'elle, éveillé de mon rêve.

« Comment t'appelles-tu ? »

Elle me dit son prénom d'une telle façon que jamais je n'ai pu oublier la manière dont elle l'avait prononcé : Arabelle.

Alors pour dissimuler ma timidité, pour faire l'homme devant cette jeune fille, j'entrai en négociation.

« Donne-moi le secret du trésor de Léonard. »

Sa réplique fut rapide.

« Donne-moi un baiser ! »

Je ne sais pourquoi mais soudain une extrême gravité s'était installée entre nous ; il allait y avoir un échange de secrets. Même si m'intriguait l'idée qu'elle possédait le code pour entrer dans le sous-sol du château, là où peut-être était dissimulé l'or du savoir, ce n'était pas ce dont j'avais le plus envie. J'aurais voulu la prendre par la main et que nous soyons fiancés elle et moi.

J'aurais voulu surtout du temps pour l'écouter, du temps pour la contempler, du temps pour que nous restions enfants. Elle me dit :

« Retourne-toi maintenant, mets les mains devant tes yeux. Promets que tu ne regarderas pas, sinon tu ne verras jamais rien. »

En quelques minutes, alors qu'elle m'autorisait enfin à ouvrir les yeux, elle s'était déplacée. Elle était maintenant debout au sommet de la plus dangereuse des écluses comme la statue de la Vierge surmontant la coupole d'une basilique.

« Ce soir, je m'en vais.

— Tu reviendras ?

— J'étais heureuse de te connaître. J'aurais bien voulu te montrer par où il faut passer pour atteindre le trésor de Léonard, mais je ne peux t'accompagner. »

Elle eut un petit rire énigmatique.

Et puis soudain sérieuse, elle ajouta :

« Maintenant regarde bien, je ne peux le faire qu'une fois, regarde bien parce que la prochaine fois tu seras seul. Ce n'est pas difficile à comprendre, je suis postée sur l'écluse maîtresse. C'est elle qui détermine tout le mécanisme. Regarde le geste qu'il suffit de faire pour entraîner le mouvement de la vanne et pour pouvoir pénétrer dans les sous-sols du château. »

Elle engagea sa main droite dans le commandement de l'engrenage. C'était une petite roue crénelée qu'elle manipula d'un geste sec.

Alors ce qui se passa me laissa interdit. L'eau se dégageait sur les côtés, une des trois écluses s'enfonçait dans la terre tandis que les deux autres retenaient le courant. Et ce qui était remarquable c'était qu'à l'ouverture de ce passage tout paraissait sec à deux pas du bouillonnement des eaux.

Apparut alors une trouée obscure comme l'entrée d'un souterrain. Elle me dit de venir la rejoindre : « Viens le refaire devant moi, ouvre la vanne et surtout n'oublie pas l'essentiel, il te sera impossible de ressortir par là où tu es entré. »

Après avoir manipulé la commande crénelée comme elle me l'avait montré, je fus stupéfait que dans un geste identique mais inversé elle remette tout en place, refermant l'orée du boyau, le tout dissimulé maintenant par le mouvement des eaux, comme si cela n'avait jamais existé.

Je ne pus m'empêcher de l'interroger :

« Mais comment sais-tu tout cela ?

— Depuis que je suis petite je hante ces lieux. Après la disparition de ma mère, mon père est resté longtemps dans la maison de fonction ; tu sais cette belle villa à l'italienne, aujourd'hui désertée, la villa Leonardo. Tu en connais l'existence puisqu'elle est juste de l'autre côté du haut mur qui sépare le Clos-Lucé de l'usine. Ne t'inquiète pas, tu me reverras. »

Elle avait donc décidé de me rendre heureux jusqu'à la fin des temps. Le fait qu'elle me promette de nous revoir après une si longue absence était le plus beau des cadeaux. D'ailleurs, après que j'eus posé sur ses lèvres un baiser, je n'étais plus le même. Mais alors que je me retournais pour la prendre dans mes bras, elle avait déjà disparu.

La cloche du déjeuner venait de sonner. Comme il avait été bref ce moment d'éternité ! Comme il était court le temps qui nous était imparti pour aimer et être aimé ! Arabelle, amour fugace. Il est de ces femmes qui sont comme des apparitions, elles vous donnent tellement plus de bonheur que les autres et en même temps elles vous retirent si rapidement la certitude d'être comblé.

Sur la plus périlleuse des écluses, j'avais retrouvé mon infante. Mais pour combien de temps ?

CHAPITRE 34

Le roi de vingt ans

Au fond du parc, au prieuré du Saint-Esprit, l'animation était à son comble. Les voitures de sport aux plaques étrangères s'étaient garées sur le gravier et l'on entendait de joyeux éclats de voix par les fenêtres ouvertes de la demeure de l'oncle d'Amérique. Comme mes parents avaient décidé d'organiser une fête Renaissance au Clos-Lucé, pour redonner à cette maison toute l'âme de celui qui avait été son hôte en même temps que son maître, l'oncle d'Amérique avait proposé de loger certains des convives qui venaient de loin. Mes parents considéraient que pour réussir cette évocation du temps de la Renaissance, il fallait que les décors, les costumes et les propos échangés soient à l'unisson. Les invités avaient été prévenus du personnage qu'ils étaient censés représenter. Pour faciliter cette démarche, chaque carton d'invitation était accompagné d'une notice biographique traitant de ce dernier. On aurait pu considérer comme de mauvais goût que quelqu'un paré de toute la majesté du costume de Charles Quint, au lieu de s'adresser à François Ier en l'appelant suivant la coutume entre souverains « Mon beau cousin », lui balance ces propos : « Si je suis en retard c'est parce que je me suis trompé de route et en plus j'ai pété mon delco sur l'autoroute de l'ouest. »

Justement, c'était mon parrain qui incarnait ce soir-là la superbe de François Ier. A Henri VIII d'Angleterre, interprété par un de ses amis britanniques, un authentique Lord de la Chambre des Pairs, mon parrain lançait : « Mon beau cousin, avez-vous reçu mon présent ? Je vous ai envoyé quelques-uns des plus beaux chevaux d'Espagne. » C'était un plaisir de voir François Ier incarné, lui dont la destinée avait été signée en cette journée d'hiver dont les usages séculaires font une fête familiale, à cette date symbolique des renouveaux et des vœux d'espérance. En effet, ce fut le 1er janvier 1515 que le peuple français, pour étrennes de l'an neuf commençant, apprit en même temps deux nouvelles d'un grand retentissement : la mort de Louis XII et l'accession de François de Valois-Angoulême à la couronne de France. La France perdait celui qui avait été surnommé aux états de Tours en 1506, à l'acclamation générale des députés, le « Père du Peuple », mais elle gagnait un jeune prince de vingt ans, le fils du comte d'Angoulême et de Louise de Savoie, seul héritier mâle des Valois. La nature l'avait comblé de dons aimables et captivants et en plus il avait été élevé, d'après Michelet, « entre deux femmes prosternées : sa mère et sa sœur, et telles elles restèrent dans cette extase de culte et de dévotion ». Il n'était pas indifférent pour nous les enfants que ce roi se soit livré à ses premiers jeux dans le fond de notre parc. A Amboise aussi bruyant que vigoureux il s'était adonné aux joies batailleuses de son âge avec ses amis Philippe Chabot de Brion, Marin de Montchenu, Anne de Montmorency, Bonivet et Robert de Lamarck seigneur de Fleuranges dit « le jeune Aventureux » dont les mémoires nous renseignent sur ce que furent les belles années de leur adolescence. Ici ils éprouvaient tous les plaisirs ; la pêche dans l'étang, les baignades dans l'Amasse, l'assaut du pigeonnier ou de la vieille tour de la Guette. Ils n'avaient peur ni des plaies ni des bosses et rentraient au château avec leurs habits en lambeaux.

C'est le roi Louis XII qui, après avoir constaté la déception de deux grossesses consécutives de la reine, commença à s'inquiéter de sa succession au trône, alors qu'il était tombé malade en 1501. Il décida d'appeler à Amboise en résidence définitive la comtesse d'Angoulême, Louise de Savoie, avec sa fille Marguerite et son fils François de Valois. Ce dernier, à défaut d'un dauphin toujours espéré, était le plus proche successeur de la couronne. Sachant que le duc d'Alençon songeait à épouser Marguerite d'Angoulême, sœur du petit François, c'est à lui qu'il vendit le Cloux-Lucé qui de cette manière restait dans le domaine royal puisque Charles IV d'Alençon descendait de Charles Ier de Valois, frère de Philippe le Bel. Marguerite épousa, en effet, Alençon, mais cette union ne fut pas heureuse. La princesse vivait séparée de son époux et s'attacha beaucoup au Cloux dont elle fit sa résidence permanente. Sa mère Louise de Savoie et son frère François y passèrent la plus grande partie de leur temps entre 1503 et 1515.

Au Clos-Lucé, l'histoire se reproduisait par des scènes identiques entre des enfants furieux. Les coups de poing ni les yeux au beurre noir ne changent de couleur à cinq siècles de distance. Le futur François Ier y dirigeait déjà l'édification de constructions fragiles, des *chasteaux* et *bastillons* en sable de la Loire que les ennemis supposés, trouvés parmi ses amis, devaient ensuite conquérir et détruire à grand renfort de coups de poing et de coups de bâton. Ces combats pour rire et pour pleurer se multipliaient dans le lieu même où nous aussi reproduisions sans le savoir la violence de ses joutes et l'ardeur de ses amitiés. François d'Angoulême était plus à nos yeux un grand frère qu'un modèle. Audacieux, passionné d'escrime et de chasse, impatient des plaisirs autant qu'épris des joies intellectuelles, jaloux à la fois de la gloire fulgurante des paladins autant que de l'auréole somptueuse des chefs d'arts et de lettres, c'était une figure gaie, martiale, affectueuse, un corps endurant paré d'une majesté naturelle. On ne pouvait rêver meilleur exemple mais pour Charles, Elzéar et moi, c'était d'abord le plus proche des compagnons de jeux.

Beaucoup plus tard on constata que le résultat de ces bagarres brutales et de ces joutes qui allaient jusqu'au danger de mort, c'était de la part du roi une indéfectible fidélité manifestée en permanence à ses compagnons des premiers jours devenus grands. Le souverain dans sa maturité n'avait pu oublier les bons moments passés en compagnie de ceux qu'il avait toujours traités comme ses pairs. On raconte qu'au fond de notre parc François avait un jour réuni ses camarades de jeu en leur demandant ce qu'ils voulaient comme poste, comme grade, comme fonction, quand lui serait devenu roi. Il s'appliqua, une fois couronné, à donner à chacun la charge prestigieuse dont il rêvait. Il connaissait pourtant leurs défauts et savait que ceux-ci pouvaient être des obstacles à l'accomplissement de leur destin. Mais certains, a contrario, dépassèrent ses espérances. Chabot qui avait été nommé grand amiral de France avait eu le mérite de voir juste, au sujet des possibilités d'avenir du Canada. Sur son insistance, François Ier chargea Jacques Cartier d'explorer le golfe du Saint-Laurent en 1534. C'est dans cette distribution des prix réalisée par un chef de bande au milieu des enfants que

Montmorency gagna le plus haut grade : connétable. Comme Anne de Montmorency, Philippe de Chabot, seigneur de Brion, avait participé aux bagarres d'enfants du jeune duc d'Angoulême. Mais même les amitiés premières peuvent connaître la trahison et le dépit. Après avoir combattu en Italie, ce dernier fut accusé de malversations par son ancien camarade Montmorency et emprisonné.

Les souvenirs d'enfance ont toujours beaucoup d'avenir dans le corps des héros. Le futur roi n'oubliera pas les bons moments passés à lutter avec le meilleur de ses amis, le brave et fantasque Fleuranges. La mémoire des premières chasses en forêt d'Amboise, leurs parties de paume, leur amour partagé pour les chevaux créaient ces liens solides qui allaient résister à la fuite du temps comme à l'adieu à leur jeunesse. Comment le jeune Fleuranges fit-il la connaissance de François ? Le roi Louis XII se trouvant à Blois vit un jour apparaître accompagné de son gouverneur un enfant intrépide qui lui demanda aussitôt de servir dans son armée. Le volontaire n'était âgé que d'une dizaine d'années. Le roi en riant lui dit qu'il était encore trop jeune pour aller au feu mais qu'il le dépêcherait à Amboise où il allait s'entendre parfaitement avec un être aussi hardi que lui. Dès son arrivée en Touraine il obtint le plus grand succès auprès de la reine et des dames de la cour qu'il épatait par ses reparties. Il fit la conquête de toutes les femmes et aussi de la plus noble d'entre elles qu'il avait su amuser et qui n'était autre que Louise de Savoie. Puis il séduisit d'emblée le duc François et sa sœur Marguerite.

François allait grandir à la vitesse d'un géant comme dans un conte de fées dont on aurait précipité la fin. Il était devenu un très beau garçon de près de deux mètres. Son esprit s'était développé, aussi vif et agile que ses mouvements guerriers. Il avait vingt ans quand il put éprouver pour la première fois la qualité de son courage en des jeux plus sérieux. C'était sur le champ de bataille de Marignan. Le roi en tête avec sa cotte d'armes d'azur et son carapaçon fleurdelysé d'or, entouré de Bourbon, La Palice, Bayard et Fleuranges, dégainait son épée tandis que tonnait à pleine volée l'artillerie française. On ne pouvait pas ne pas s'amuser avec cet enfant roi, qui devenu adulte avait élevé ses enfantillages à la hauteur d'un art. On avait même l'impression qu'il avait conçu sa carrière de monarque absolu comme pour satisfaire les désirs les plus fous de ses débuts ; ses caprices étaient ceux d'un enfant devenu grand ; des châteaux fabuleux, des déplacements continus, des guerres pour la gloriole, des aventures galantes, des fêtes somptueuses où il apparaissait en prince immaculé dans son pourpoint blanc couvert de pierreries.

François Ier se déplaçait sans cesse d'un château à l'autre à travers la France, il possédait douze mille chevaux pour sa suite et son personnel de chasse. Dans mes devoirs par correspondance j'avais comme une fierté à rendre compte de ces fabuleuses migrations royales dont d'ailleurs se plaignait auprès de la Sérénissime l'ambassadeur de Venise contraint de suivre cette cour qui était en permanence en partance et qui se déplaçait sans cesse jusqu'à l'épuisement du diplomate. J'avais relevé ce détail à la grande satisfaction de mon maître lointain que l'ambassadeur de Venise avait été forcé de vendre une partie de son argenterie pour acheter dix chevaux de manière à tenir son rang lors de ses épuisants voyages ! J'avais même cité le pauvre Vénitien : « Jamais du temps de mon ambassade la cour ne s'arrête dans le même endroit pendant quinze jours de suite. » Mes allusions à cette manie des voyages qui était semble-t-il un trait de caractère constant chez les Valois n'étaient pas tombées dans l'oreille d'un sourd et avaient accroché l'attention de mon professeur invisible qui semblait lui-même avoir pris cette manie pour étude. Dans la marge du devoir qu'il me renvoyait accompagné de sa note souvent sévère, parfois décourageante, ses observations étaient tellement denses qu'il avait été contraint de rajouter quelques feuilles où il me déversait à propos d'un souverain qui ne tenait pas en place des informations chiffrées. Je discernais en les lisant la passion qui était la sienne de la statistique appliquée à une époque où cette méthode n'existait pas. Visiblement il ne lui était pas désagréable d'étaler sa science auprès de celui qu'il croyait être un néophyte. Il commençait pompeusement son exposé par ces mots : « Le roi nomade se déplace avec sa caravane car au XVIe siècle régner c'est voyager. » Il me fallait reconnaître que l'étude détaillée réalisée par mon professeur des déplacements de François Ier tout au long de ses trente-deux ans de règne ne démentait pas les remarques de l'ambassadeur de Venise. En effet, hors ses campagnes italiennes et le temps de sa captivité le roi a séjourné sur le territoire de la France au moins dans sept cent vingt-huit lieux différents, demeurant en moyenne dix jours dans chacun d'eux. Et il était à ce souverain impossible de se déplacer tout seul. Son cortège est composé de dix mille, douze mille voire dix-huit mille personnes, suivi par une foule équivalente, qui fait dépasser à cette migration le niveau moyen d'une ville française au début du XVIe siècle. A l'époque, seules vingt-cinq localités comptent dix mille habitants. Qui accompagne le roi dans ses déplacements ? En premier lieu tout son personnel politique, les membres du Conseil qui compte une dizaine de personnes, le chancelier, les secrétaires d'Etat et leurs commis ; trois grands coffres sont même prévus pour les principales archives. Les princes, les ducs, les barons, les prélats, chacun escorté, outre son gouverneur, d'un écuyer, de deux pages, d'un fourrier, d'un cuisinier, d'un sommelier et d'un argentier. En plus des maisons princières qui le suivent, le souverain ne se défait pas d'une nombreuse ménagerie qui ne se limite pas à la meute des chiens de chasse, mais comporte dans les années 1560 des ours, des lions et des chameaux destinés à montrer au peuple la magnificence du roi. Le meilleur ennemi du roi français, Charles Quint, a lui-même voyagé durant son règne un jour sur quatre et un historien espagnol a calculé qu'il aurait pu dormir dans trois mille deux cents lits différents s'il n'avait pas emporté le sien avec lui.

Ces détails délirants ne pouvaient que m'attacher plus encore à la personnalité de François Ier, ce Roi-Chevalier en perpétuelle campagne électorale alors qu'il n'en n'avait même pas besoin.

D'une éloquence aisée et aimable, il charmait d'emblée ses interlocuteurs. Sa vitalité et sa bravoure lui attiraient les sympathies de tous. On ne peut pas blâmer celui qu'on a aimé, celui qui a partagé vos jeux, celui qu'on a poussé dans la rivière, celui qui a tenu à bout de bras le toit de la cabane sous les assauts de la tempête, celui avec qui on a creusé la terre pour surprendre les galeries des fourmis, celui qui courait plus vite que vous, qui sautait plus haut, qui ne s'épuisait jamais et qui était toujours le plus grand et le plus fort. Voilà pourquoi malgré sa légèreté apparente, et au-delà du regard sévère que lui portait Elzéar, je gardais pour François la plus grande indulgence accompagnée de cette admiration ignorante de ses défauts. Sur mon carnet vert, je prenais des notes à son propos. Je voulais illustrer sa grandeur et je ne savais pas pourquoi j'avais pris à cœur de réunir passionnément les éléments de sa défense pour la postérité, comme si un jour ou l'autre on finirait par faire son procès. Tout au long de son règne il avait contribué au mouvement esthétique et intellectuel de son temps. Il avait non seulement protégé mais encouragé les gens de lettres. Lui-même, curieux de toutes les nouveautés, se faisait lire les ouvrages récents. C'est ainsi qu'il se serait fait lire la totalité du *Tiers Livre* de Rabelais, violemment contesté par les théologiens. Mais le roi, et c'était son pouvoir absolu, tenait à se faire une idée personnelle sur la question. Est-ce lui, François Ier, qui a commandé à Baldassare Castiglione la rédaction du *Cortigiano*, parfait manuel de civilité nobiliaire ? Paru en italien en 1528, avec un éloge du roi, l'ouvrage est traduit dès 1537. C'est dès le début de son règne que François envisage la création des lecteurs royaux. Le roi a également pris soin de la librairie royale héritée de ses prédécesseurs et installée à Blois. Il l'enrichit de ses acquisitions. Puis c'est une seconde librairie qui est installée à Fontainebleau.

Notre amour de la Loire qui allait jusqu'à l'ivresse, nous lui en devions quelques bribes. C'est sous son règne que les messageries fluviales furent les plus actives, c'est grâce à lui que, sur ces rives, beaucoup ont connu les premières saveurs du vin. Car c'est de son temps que ceux qu'on appelait les *voituriers par eau* transportaient des « ponchons » à vins. Ce n'était pas rien puisque le ponchon contenait environ deux cents litres. Le chevalier des batailles était aussi à l'origine de quelques instruments de guerre, moins que le Vinci, bien sûr, mais tout de même. C'est lui qui avait institué la manufacture d'armes à feu de Saint-Etienne. C'est là qu'on fabriquait les mousquets et les arquebuses et c'est à partir de là que la France découvrit le fusil. J'apprenais à cette occasion que le nom de fusil venait de *focile* ou pierre à feu en italien. J'en profitai pour noter que c'est à Pistole que furent inventés les pistolets en 1545. C'est à lui qu'on doit l'infanterie française, créée pour remplacer les mercenaires allemands à la solde du roi. Il remodela l'armée à l'imitation des légions romaines et institua ces régiments qui continuèrent par la suite d'exister sous la même forme. Au-delà de ses réorganisations de l'administration et de l'armée, il s'est penché sur le sort de la marine, a fondé le port du Havre et encouragé les explorations des grands navigateurs.

J'avais appris quelle était la plus grande réalisation de François Ier pour l'unification de la pratique du français dans tout le pays : ce fameux édit de Villers-Cotterêts qui imposait l'usage du français au lieu du latin dans la rédaction des actes judiciaires et notariés. Selon mon professeur à distance François Ier n'avait pas été un si mauvais roi. Son règne s'était inscrit dans une période qui était à la fois celle de l'essor économique, de la Réforme et de l'Humanisme et puis les devoirs de vacances n'étaient pas tout à fait inutiles puisque grâce à eux je savais désormais que sous François Ier la France était le pays le plus peuplé d'Europe avec seize millions d'habitants l'année même de Marignan, dont moi aussi j'avais fini par connaître par cœur la date !

François Ier créa l'étiquette ou cérémonial de la cour. Il fut le premier roi que l'on appela « Sa Majesté » et dont on baisa la main. Mais surtout il était à vingt ans le prince de la fête Renaissance.

CHAPITRE 35

La fête Renaissance

Avant la fête, l'un des moments les plus gais où les fantaisies de nos improvisations mènent la danse, c'est le temps de la préparation. Coiffures sophistiquées pour les dames, effets de manches pour les princes de la Renaissance, on s'amusait beaucoup au Prieuré ; en entrant dans les chambres de ceux qui ne vous attendaient pas sous prétexte de leur emprunter un peigne ou une épingle à cheveux. C'était une de ces atmosphères exquises à la fois bon enfant et libertine. Tout le monde avait l'air heureux et pour un jeune garçon comme moi, quel bonheur de m'asseoir sur un tabouret pendant qu'une belle femme se parait devant son miroir. Quelle volupté aussi quand l'une d'elles assise en face de sa coiffeuse me demandait de lacer son corset. C'était comme si j'étais revenu au temps de la Renaissance, quand Léonard de Vinci inventait l'air conditionné pour le boudoir de beauté d'Isabelle d'Este. Devant mes yeux ébahis, j'avais en contemplation libre une colonne de sensualité qui allait de la beauté de sa nuque à la splendeur verticale d'une partie de son dos dénudé. Le port des vêtements de la Renaissance donnait lieu de la part des invités à une série de fous rires incontrôlables, notamment lorsqu'ils enfilaient les hauts-de-chausses qui recouvraient le haut des cuisses et ressemblaient à des culottes très courtes, bouffantes et rembourrées. C'était amusant aussi de voir des gens qu'on connaissait dans le costume civil du XXe siècle revenir vers vous les cheveux couverts d'un chapeau en feutre ras, en velours ou en satin, à fond plat, orné d'une plume blanche.

Mon enthousiasme était si grand à l'idée de cette fête que je ne pus m'empêcher de remonter au manoir pour demander la permission à mon père qu'Arabelle soit elle aussi de la partie. Je le retrouvai dans le salon et j'osai me lancer :

« Est-ce que vous accepteriez que j'aie une invitée ? Il s'agit d'Arabelle, la fille du directeur de l'usine. »

Mon père se montra très surpris de ma demande, il commença par me fixer d'un air interrogateur avant de se raidir et de me donner sa réponse :

« Non seulement ta demande d'invitation est de mauvais goût, mais en plus elle est cruelle ! »

Je repartis triste, déçu, désabusé, sans toutefois comprendre ce que mon père avait pu vouloir me signifier. Je retournai chez l'oncle d'Amérique pour noyer mon amertume dans un verre de whisky. C'était le premier qu'on me proposait et le premier que je vidais d'un seul trait. Au début le goût ne me plut pas, mais l'ambiance de la maison était exaltante et je m'amusais de voir ces gens qui se déguisaient, riaient aux éclats et arrivaient aussi bien d'Edimbourg que de New York, de Madrid que de Munich. Il y avait là quelques personnages, comme cette brunette déjà célèbre, comédienne de théâtre, qui avait vingt ans de moins que l'oncle d'Amérique, mais à laquelle ce dernier consacrait tous ses soins. Je retrouvais aussi Cristobal le couturier espagnol tout à fait souverain et naturel dans son costume de Ferdinand d'Aragon et nous reprenions notre conversation comme si nous nous étions quittés la veille.

Quand la nuit tomba sur le Clos-Lucé et que la famille et les principaux invités apparurent tous en costumes dans la galerie, une vague d'acclamations venue de la foule des autres convives salua l'irruption de la Renaissance avec ses feux d'artifice, ses ors, ses pourpres, ses danses et ses festins. A Amboise ce soir-là étaient reconstituées les festivités naguère organisées par Léonard, pour le mariage de Gian Galeazzo Sforza avec Isabelle d'Aragon, nièce du roi de Naples. L'ambassadeur de Venise, venu au Clos-Lucé chez le grand Léonard, faisait, le 19 juin 1518, relation à la Sérénissime de cette fête réincarnée : « Avant-hier, le roi très-chrétien fit banquet dans une fête admirable. Le lieu en était le Cloux. Il y avait quatre cents candélabres à deux branches, dégageant une telle lumière qu'il semblait que la nuit fût chassée. » A minuit, le duc, vêtu d'un cafetan d'or, fit arrêter le bal et Léonard conduisit tous les seigneurs d'Europe dans la grande salle où il fit représenter *La Fête du Paradis*, un des plus admirables spectacles du siècle ! Dans un décor d'azur et d'or se mêlaient en un ballet sublime les planètes du zodiaque, les porteurs de flambeaux, les dieux antiques, les pages blonds habillés d'argent, les nymphes et les grâces. A la fin, un étincelant cortège de princes et d'allégories mythologiques accompagna les époux jusqu'à la chambre nuptiale. Dans le parc étaient installés des tréteaux, et les convives banquetèrent toute la nuit. J'étais à la fois fasciné par ce spectacle du merveilleux, mais en même temps irrésistiblement attiré par la partie obscure du parc, où j'imaginais qu'elle m'attendait déjà au-delà du haut mur. Cette fête n'en serait pas une pour moi puisque Arabelle n'y assistait pas. Malgré l'interdiction paternelle, je décidai de jouer mon va-tout, d'aller la chercher et de la ramener à la lumière.

Elle m'apparut sur le perron à l'italienne de sa villa Léonardo. Je n'avais jamais vu autant de fraîcheur alliée à autant de grâce. Elle portait une robe somptueuse de l'époque Renaissance. Cette robe était l'écrin parfait pour la beauté adolescente de mon infante, dégageant bien ses épaules où des rubans nouaient les manches flottantes ; une fine couronne retenait ses cheveux sages qui ruisselaient de perles.

Du haut de mon échelle métallique, moi-même déguisé en page, je la contemplais et l'intensité de cette vision unique s'imprimait dans mon cœur. Elle était tout près et semblait si lointaine, elle était de mon temps et d'une autre époque. Elle était parée pour la fête et je l'invitai à me rejoindre mais soudain j'eus l'impression qu'elle ne pouvait se mouvoir.

« Tu es si belle !

— C'est notre royaume à tous les deux qui est si beau.

— Pourquoi ne veux-tu pas venir avec moi ? Est-ce que tu ne veux pas voir les adultes ? »

Elle répondit :

« Ce sont les adultes qui ne voient pas les enfants. »

Et elle ajouta :

« As-tu fait un vœu pour ton anniversaire ?

— Oui, celui de retrouver le Codex du Cloux, celui que Léonard a écrit, ici au Clos-Lucé, les trois dernières années.

— Va le chercher là où tu rêves. »

Je fronçai les sourcils. Je méditais incapable de trouver. J'étais tellement ému.

Elle dit :

« Tu ne te sers pas beaucoup de ta tête. »

J'avouai mon ignorance. J'avais toujours été nul dans les jeux de piste. Mais pour elle j'étais prêt à tous les efforts. Elle ne me fit pas attendre longtemps et me souffla un début de solution :

« Tu as reçu un établi l'an passé. Tu en rêvais ?

— Oui, j'en rêvais.

— Et depuis tu as un autre rêve ?

— Oui j'ai un autre rêve. Jamais je n'oserai t'en parler.

— Ces deux rêves tu pourrais les confondre. »

Elle ajouta encore :

« D'ailleurs si c'est ton rêve, va le chercher là où tu rêves. »

Perché sur mon haut mur je la dévorais des yeux. C'était donc ainsi avec les femmes qu'on aimait, elles vous menaient là où elles voulaient. Mademoiselle Vote m'avait prévenu : « Méfie-toi des femmes elles mènent les hommes par le bout du nez ! » Avec Arabelle au moins j'étais sûr que c'était pour mon bien. Sur les pas de la dame de mes pensées et grâce à son cœur aimant je m'aventurai dans la chasse au savoir. Au moment où je voulais encore lui parler et où je fixais sa lumière dans l'obscurité, il n'y eut plus que cette nuée blanche qui s'élève au-dessus des étangs quand le soir devient bleu foncé. On pouvait encore entr'apercevoir dans la brume le scintillement léger de sa coiffure de perles, mais elle s'était évanouie dans la nuit. Après une longue attente, je remontai vers la fête, mélancolique et déçu de ne pas avoir à mon bras ma belle infante Renaissance.

J'avais l'impression que cette fête merveilleuse ravivait les joies de jadis entre les arquebusiers, les suisses, les bateleurs, les baladins, les musiciens et les tambourineurs. Elle était l'imitation parfaite de celle du Paradis mise en scène à Milan par Léonard de Vinci. Cette *frairie royale* paraissait n'avoir jamais de fin. Si le bonheur allait favoriser François Ier de saison en saison, d'année en année, je ne pouvais jouir de la même paix que lui. C'était une belle fête, mais c'était ma fête triste.

TROISIÈME PARTIE

Sire, ce n'est pas tout d'être Roi de France
Il faut que la vertu honore votre enfance

Pierre de Ronsard

Un grand homme c'est un enfant
que ce monde a trompé

Jules Renard

Ne raconte pas les choses
comme elles se sont obligatoirement passées,
transforme-les en légende
et trouve le ton pour les dire

Romain Gary

La vie n'est pas ce qu'on a vécu
mais ce dont on se souvient
et comment on s'en souvient

Gabriel Garcia Marquez

Et de moi-même à moi,
si grande est la distance.

Alfred de Vigny

CHAPITRE 36

Le palais évanoui de Romorantin

Pour la quatrième fois je me suis assoupi devant la cheminée. Pourquoi avais-je le pressentiment que ce soir-là serait le grand soir ? Le grand soir où j'entendrais Léonard converser avec François Ier, ce roi de vingt ans, jeune et fastueux seigneur épris des arts et des lettres. Le souverain vénère le maître, le roi respecte l'artiste, il l'appelle même : « Mon père ». J'entends la voix du paladin de la Renaissance, le vainqueur de Marignan, le prince mécène qui s'adresse au maître toscan avec le ton de l'interrogation inquiète d'un jeune homme.

« Mon père, vous qui avez traversé tant de choses, et surmonté tant d'épreuves, quel serait pour vous le plus grand des malheurs ?

— Le pire de tous pour moi serait d'être aveugle. Car perdre la vue, c'est être privé de la beauté de l'univers et ressembler à un homme enfermé dans une sépulture où il pourrait vivre et se mouvoir.

— Mais pourquoi l'œil est-il si précieux ?

— Parce que l'œil embrasse la beauté du monde. Il est le maître de l'astronomie, l'auteur de la cosmographie, le conseiller et le correcteur de tous les arts humains ; il transporte les hommes dans différentes parties du monde. Il est le prince des mathématiques... Il a déterminé les altitudes et les dimensions des étoiles, a découvert les éléments et leurs niveaux ; il a engendré l'architecture, la perspective, la divine peinture... Il sert de fenêtre au corps humain, par où l'âme contemple la beauté du monde et en jouit, acceptant ainsi la prison du corps. L'industrie humaine lui doit la découverte du feu, qui rend à l'œil ce que les ténèbres lui ont d'abord ravi. Il a ajouté à la nature l'ornement de l'agriculture et des jardins plaisants. Qu'est-ce qui n'est pas accompli par l'œil ? Il dépasse la nature dont les œuvres sont infinies, comme le démontre le peintre en représentant fictivement une infinité de formes, d'animaux, d'herbes, plantes et lieux.

— Pensez-vous assez à moi, maître, à orner mon règne de bâtiments nouveaux ? Vous savez je n'ai pas peur des chantiers. Dans mon âge tendre j'ai même été élevé au milieu d'eux, à Amboise, quand le roi Charles VIII bâtisseur audacieux en entreprenait sans cesse. Déjà quand j'étais enfant, l'ambassadeur de Florence écrivait de lui : “ Le roi veut faire de ce palais une cité ” et c'est à ce moment-là que fut créé par Dom Pacello le magnifique jardin italien inspiré de ceux de Naples.

— Bien sûr Majesté que je pense à vous, rêvant de donner à vos vœux les vastes dimensions qui sont celles de mes songes. Pour vous servir je conçois les plans de ce qu'il y a de plus grand car je sais que tout ce qui a été fait de grand dans le monde ne l'a été qu'au nom d'espérances exagérées. Entre l'Italie d'où je viens et la France où je suis, grâce à votre clémence, tout a déjà commencé pour votre meilleur bien. Le souffle de mon pays a fait disparaître les ponts-levis, les mâchicoulis et les créneaux, la fenêtre à croisée de meneaux a importé la gaieté dans votre royaume tandis que le tuffeau, pierre blanche et fragile du Val de Loire, renforce ici même l'impression de légèreté. Mais pour vous je veux aller plus loin. Je dessine des façades rythmées sur toute la hauteur par le croisement des cordons et des pilastres. Je perfectionne dans mes esquisses un escalier à révolutions multiples s'inspirant d'un tourbillon. Je suis sur le chemin d'une quadruple révolution à rampe droite. A Chambord j'inventerai pour vous la notion d'appartement et en rappel des délicieux morceaux et motifs floraux qui décoreront cet escalier, vous pourrez retrouver le reflet de ces pièces d'architecture au château de Gaillon ou à celui de Bonnivet.

— Mais vous n'avez pas oublié, le projet d'un nouveau château destiné à remplacer celui construit par Charles d'Orléans, Jean et Charles d'Angoulême à Romorantin, il y a déjà quelque temps ? Vous m'aviez même dit que vous aviez commencé à œuvrer sur cette métamorphose du manoir paternel. Vous aviez aussi fait des croquis concernant la canalisation de la Sauldre et l'assèchement des marais de la Sologne. »

On sentait dans l'accent du roi une immense impatience tempérée par une grande courtoisie envers le vieillard. François Ier, roi de légende, glorieux, intelligent et séducteur avec ses étriers ornés de la célèbre salamandre qui éteint le mauvais feu, se retenait de trépigner. Il fallait au roi de France, pour éblouir l'Europe, un château digne de lui.

Ils étaient au-dessus de moi, dans la chambre de Léonard mais déjà j'imaginais les yeux brillants du roi à l'écoute des paroles du maître qui allait lui dévoiler le projet du palais fabuleux. Léonard commença à parler sans s'interrompre et le roi l'écoutait dans un silence religieux :

« Si je rêve au palazzo du Cloux c'est au service de mon roi. Je ne me lasse jamais d'être utile. Des idées de mouvement, d'aménagement du territoire, emplissent mes dessins et mon esprit est pressé d'entreprendre car ma fin est prochaine. Si je rêve, ce n'est que pour songer à l'aboutissement de mes plans. Mes projets de canaux, celui allant de Tours à Lyon en passant par Romorantin, Bourges, Moulins et Mâcon, d'écluses, de fontaines, de cascades, d'adductions d'eau, ne seront pas perdus pour votre paysage.

C'est pour vous que j'imagine des machines extraordinaires, des automates pour les fêtes de la cour, des robots qui hantent le parc. Je désire créer un espace parfait sur lequel je poserai avant ma mort le songe fluide d'un rêve de pierres. Vous verrez à Romorantin un palais surgi des eaux dont les fondations seront cependant en terre. Le fleuve traverse le rectangle et le cercle en leur milieu. A l'extrémité du diamètre, vers le parc on remarque un petit rectangle et c'est-là que se situera le château. Je vous présenterai le plan de la ville ; elle aura la forme d'un fuseau ; elle comportera des zones différentes pour les activités commerciales et artisanales et pour l'habitat. Je me suis attaché à tout prévoir ; des allées piétonnières et des passages aériens au-dessus des différents faubourgs. Ce sera un projet urbanistique comme on n'en n'aura jamais vu ; une sorte de métropolis à deux niveaux : un supérieur, pour les riches et les nobles avec jardins, rues, places et avenues donnant accès aux derniers étages des maisons ; et une sorte d'étage inférieur, pour le peuple, avec les entrepôts de marchandises, les latrines, les écuries, les chenils. Vous verrez, Majesté, la série de mes dessins où un nouveau château donne sur une ville nouvelle, d'où cette série de croquis avec tunnels, galeries et escaliers. Pour vous satisfaire, je devrai contrecarrer la nature en ses lieux dont vous connaissez le mélange malsain et incessant de la terre et des eaux. Ainsi le tracé des égouts aura pour exutoire un des canaux chargé déjà des eaux alluvionnaires. Des moulins seront mis en place permettant le transport de ces eaux en dehors de celles du canal principal constitué par le lit de la Sauldre. Vous verrez que votre palais de Romorantin rappellera aux ambassadeurs italiens les arènes nautiques et peuplées de bateaux comme à Venise. Les perspectives du palais déboucheront sur des allées d'eau où la surface des flots sera frôlée par la coque des gondoles. Ce sera le château des fêtes avec une salle de bal au rez-de-chaussée et des gradins qui permettront aux invités de descendre jusqu'à l'eau. Le château sera une île. »

Les mots prononcés par le grand architecte mettaient toute la majesté de son côté et le roi comme un petit garçon était émerveillé par un jouet surdimensionné. Je ne parvenais pas à saisir les accents silencieux de la stupéfaction du roi. Léonard de Vinci, toujours précis et grand ordonnateur des fêtes de la cour, voulait éviter toutes les imprudences. Son sens du détail lui permettait de préciser avec fermeté les conditions de sécurité qui présideraient à la destinée de cet édifice audacieux.

« Les salles de danse... celles où auront lieu les bondissements aux mouvements divers de la foule seront au rez-de-chaussée, car j'en ai vu qui se sont écroulées causant la mort de bien des gens. Je veux concevoir le château absolu. En effet, on n'y marche pas, on y navigue. Les allées d'eau sont pourvues d'embarcations légères. Et on ne s'y déplace pas pour s'y rencontrer ni pour se parler. J'ai prévu pour la première fois au monde, à Romorantin, la téléphonie, une façon prodigieuse de communiquer sans se voir à travers les divers appartements du palais. Enfin, lorsqu'on se présente devant une porte elle s'ouvre comme par miracle par un système de balancier dont je ne veux révéler le secret. Comme certains jours le château sera insuffisant pour loger la cour et tous vos invités, j'ai conçu les premières maisons démontables. »

La voix reprend ; le Vinci se fait plus précis :

« Les écuries mesureront quatre-vingts brasses de large sur cent vingt brasses de long ; elles devraient contenir cent vingt-huit chevaux disposés en quatre rangées de boxes. La salle de la cour mesurera cent vingt-huit pas de long sur cent vingt-sept brasses de large. »

Et il ajouta ces mots, comme s'ils étaient en compagnie d'un sourire :

« Ce sont les mesures du désir dans l'espace de ce songe. »

François Ier est dans son rêve. Vinci évoque l'existence d'un jardin vaste et rectangulaire. Le voilà qui pose ses deux mains sur les épaules de Léonard dans un geste inattendu et plein d'une affectueuse admiration qui rappelle le respect filial. Léonard de Vinci a levé les yeux vers son roi, lui qui a tant connu de mécènes, tant été désavoué par les princes, lui qui a été si peu compris, il faut qu'il rencontre un conquérant étranger qui pourrait être son fils pour retrouver, avant la fin dernière, le repos salutaire, l'activité décuplée au Clos-Lucé, trois années de sérénité et de travail et enfin la satisfaction du bonheur.

Mais ce qu'ignorent ces deux voix fantômes et que moi je sais déjà, c'est que Romorantin demeurera un songe parce que le palais n'a jamais été achevé, un rêve qui n'a jamais trouvé sa matérialité. On peut même se demander si cette ébauche n'a pas été une hallucination. Un plan pour le futur ou un projet pour l'oubli. Le mystère de Romorantin est tout entier dans le charme insondable d'un rêve évanoui, signé par la main magique du maître. S'il n'existait quelques traits dans une foule de dessins, quelques formes admirables et organisées dans un fatras de croquis sans suite, des paroles transcrites en des manuscrits anciens et les témoignages incontestables des acteurs du temps, revenus du passé comme d'heureux messagers, on pourrait douter de la réalité du rêve de Sologne. Dire que le palais de Romorantin n'a jamais existé. Et qu'il n'est qu'une fantaisie des songes, une manière d'Atlantide des architectures nostalgiques de la forme achevée du futur. Dieu merci, l'histoire a retenu que les travaux de Romorantin ont été entrepris d'après les plans de Vinci et sous l'autorité royale. Dans la correspondance de Louise de Savoie existe une lettre expédiée de Romorantin à son fils François Ier : « J'ai passé à Bloys et ay visité vos besoignes qui avaient besoin d'une telle vue... dudit Bloys je suis icy venue faire le semblable... »

Et puis il y a quelque part caché sous la poussière des pierres ce souvenir qui a de l'avenir : « Il y avait un parc entouré de murs de briques, qui était le lieu où le roi faisait combattre des taureaux quand les seigneurs faisaient leurs séjours à Romorantin. »

Pourquoi le château fou de Romorantin est-il devenu le rêve évanoui de Léonard ? La vérité pourrait être simple, plus sommaire, plus terre à terre. Terre à terre est le mot dans cette Sologne spongieuse où bâtir un palais demeure un vrai défi. La nature du sol constituait elle-même un obstacle. L'humidité et la maladie qui rôdait dès qu'on tentait de creuser la terre ont certainement joué un grand rôle. On raconte d'ailleurs que le chantier entrepris, une épouvantable épidémie se répandit parmi les ouvriers et qu'ils ne purent poursuivre leur œuvre, saisis par une fièvre terrible. Le luxe ambitieux du défi des belles pierres altéré par les moustiques sordides, porteurs de maladies, attaquant les hommes au travail dans l'atmosphère malsaine de marais de la Sologne. Que penser des progrès de la dégradation face aux demeures de rêve issues des songes des hommes ? L'âme de Léonard de Vinci était presque sans défaut, sans doute celle de son projet ne l'était-elle pas encore.

Et pour moi aussi c'était l'effondrement. Où était donc passé mon amour ? Avait-elle été victime elle aussi de la pandémie ? Pourquoi mon âme si neuve était-elle déjà en ruine ? Je retournais les larmes aux yeux dans mon baldaquin bleu, pleurant sur elle comme sur moi-même, portant mon rêve évanoui comme une blessure en bandoulière.

CHAPITRE 37

Menuisier d'occasion, ébénistes de renom

Ma progression dans la carrière de charpentier, menuisier, huchier et ébéniste était des plus lentes. Il a fallu que le cuisinier Maurice m'offre un ouvrage intitulé *Faisons des copeaux* pour que tout change. Chaque matin j'admirais mon établi avant de me mettre à l'ouvrage. En vérité j'attendais la venue de Maurice car j'étais incapable, seul, de travailler le bois.

Parfois au lieu de Maurice c'était l'antiquaire écossais qui venait m'assister. Avec lui je comprenais que l'élégance du meuble était liée au perfectionnement technique :

« Sous la Renaissance, le frêne, le cèdre, le tilleul, le merisier sont les bois préférés. Les artisans s'initient à des techniques nouvelles. C'est une période passionnante où le décor gothique subsiste à côté des grotesques venues d'Italie. Le meuble devient si important que même des architectes réputés comme Androuet du Cerceau s'y consacrent. La marqueterie, collage d'un décor de bois de couleurs variées, est très utilisée. Enfin la polychromie apparaît et les sculptures saillantes sont parfois dorées et argentées. »

Tout en me parlant l'antiquaire écossais fixait le cabinet italien d'ébène et d'ivoire qui était à gauche du lit de Léonard.

« Le cabinet est un meuble d'apparat mais aussi de rangement pour les objets de valeur. Il se présente sous la forme d'un petit coffre à deux poignées s'ouvrant sur le devant – il dissimule alors une multitude de petits tiroirs – ou d'un meuble à deux battants. »

La première Renaissance n'avait modifié que le décor du meuble, la deuxième Renaissance modifiera sa structure. L'antiquaire écossais s'était approché de mon établi et caressait maintenant les outils. Il poursuivit : « Tu sais ce qu'il y a de vraiment merveilleux ici, dans la chambre de Léonard, c'est le lit. Les lits de la Renaissance sont fort rares et l'originalité du lit dépend en grande partie de la façon dont sont traités les montants. Là vous avez de fines colonnettes unies ou cannelées et c'est ravissant. Si tu deviens ébéniste, tu comprendras le voyage à travers les styles. Tu pars d'un Moyen Age où il n'y a qu'un unique buffet à forme fixe et tu arrives à l'époque du Clos-Lucé où la Renaissance lui a substitué un buffet aux formes multiples et fait surgir ce qu'il y a de plus beau pour moi : le cabinet. Le cabinet aux tiroirs à secrets. »

CHAPITRE 38

Marignan, morne plaine

Accablé par mes devoirs de vacances, j'étais venu demander assistance à Monsieur Claret pour une rédaction dont le thème était la bataille de Marignan. Bien sûr, j'avais consulté un beau livre d'histoire consacré au Roi-Chevalier, orné d'illustrations chatoyantes où l'on voyait La Palice, Bayard, d'Imbercourt, d'Aubigny, trompant l'ennemi, bardés de fer, se jetant sur les assaillants en une mêlée sauvage, François Ier en tête avec sa cotte d'armes d'azur et sa monture au caparaçon fleurdelisé d'or, entouré de ses fidèles d'alors, dont Bourbon et Fleuranges, tandis que l'artillerie, tonnant à pleine volée, fauchait de ses boulets des rangées entières de Suisses.

Cette vision idyllique de la bataille telle qu'on aimait la présenter aux enfants ne convenait pas à Monsieur Claret qui lui voyait dans la nuit les morts, les blessés et les vivants, inextricablement mélangés dans l'eau vaseuse, la boue gluante, les chaussées détrempées, les fossés bourbeux. Car cette bataille sans merci fut interrompue à onze heures du soir, par une lune trop voilée. La nuit allait être une trêve des plus brèves. Le roi François Ier avait bataillé comme un géant. Il avait dû mettre pied à terre pour faire reposer son cheval épuisé après huit heures de combat. Il s'était allongé un moment sur une charrette, il avait soif. Un piéton lui alla quérir de l'eau, mais elle était pleine de sang. Le lendemain, de bon matin, le combat reprit de plus belle.

« Tu sais mon petit, les batailles ne se passent jamais comme on les attend. Marignan c'est une victoire de justesse, quant à Pavie, c'est un désastre dû à la bêtise des fanatiques du panache. Je vais te dire la vérité sur Marignan. Cette bataille n'aurait jamais dû avoir lieu, si un oracle ne s'en était mêlé...

« L'armée française, forte de cinquante mille hommes, descendit en Italie par le col de l'Argentière. Les Suisses ne s'attendaient pas à une attaque aussi rapide de la part de François Ier. Peu de temps auparavant, ils s'étaient même montrés décidés à signer un traité avec le roi de France. Eh bien moi je vais te la dire la vraie raison de la bataille. Ce sont les prédications du cardinal de Sion, Mathias Schninner, violemment opposé à toute entente avec les Français, qui les décidèrent à combattre. Alors qu'ils se repliaient sur Milan, le roi les attaqua. L'artillerie française de Galiot de Genouillac fit des ravages dans les rangs suisses, mais leurs piquiers avancèrent sur les trois chaussées qui traversaient les marais. La gendarmerie française dut céder du terrain. La nuit tomba tout d'un coup. Le combat cessa et c'est seulement le lendemain matin que la bataille reprit. Vers neuf heures, le cri de *Marco ! Marco !* retentit sur les arrières des Suisses. C'étaient les Vénitiens, alliés de la France, qui arrivaient commandés par Aviano. Sans eux, la victoire eût été une défaite. Tu vois bien que ce que l'on te propose ce sont des images d'Epinal, comme celle du roi François, ayant montré une grande bravoure pendant le combat et se faisant armer chevalier le soir même sur le champ de bataille par Bayard. Bien sûr, grâce à la victoire de Marignan, le Milanais était conquis et l'année suivante une paix fut conclue avec les Suisses. Mais personne ne te dit ce qui moi me bouleverse : ces vingt mille soldats français qui ont péri dans le combat. Je vois encore les blessés rampant entre les cadavres. Et cependant c'était le jour d'une victoire. Tu peux donc imaginer le désastre qu'a été Pavie dix ans exactement après Marignan. Le 25 février 1525 la défaite est consommée en moins de deux heures ; les forces de l'empereur Charles Quint écrasent l'armée de François Ier qui y *perdit tout fors l'honneur*, dix mille morts sur le terrain, et sa liberté, puisque le roi lui-même fut fait prisonnier. C'est un désastre. Bonnivet est allé s'empaler exprès sur les lances, ayant jeté son casque pour être sûr de mourir. François de Lorraine, Jacques et Georges d'Amboise, le maréchal de Foix, le grand écuyer Galéas de Saint-Séverin, le bâtard de Savoie, le brave Jacques de Chabannes, seigneur de La Palice, maréchal de France, le vieux La Trémoille, y sont tous morts. Il n'y a qu'Alençon, le mari de Marguerite, qui soit encore vivant. Quand il a vu le roi encerclé avec ses braves cavaliers et que l'infanterie se débandait, pour sauver ses troupes du massacre il a choisi la retraite ; il a passé le Tessin dont il a détruit les ponts ; quand il regagne la France, c'est la tête basse. Pour lui est venu le temps du mépris.

« Quelle affaire absurde, dit amèrement Claret. Voici le roi vaincu, prisonnier et sa belle chevalerie décimée. Le roi français a une conception obsolète de la guerre et on dirait qu'auprès de lui, le chœur des courtisans a plus de poids que l'avis des soldats aguerris. François Ier conçoit encore la guerre avant tout comme une démonstration d'esprit chevaleresque. Il veut que la cavalerie lourde de la noblesse puisse faire avec éclat étalage de sa bravoure. Et là tu vois la terrible erreur stratégique causée par la vanité guerrière ; l'artillerie française, pourtant supérieure à celle de l'adversaire, est réduite au silence parce que les chevaliers livrent bataille dans son champ de tir. Pour s'ouvrir le chemin de leur fuite, ces derniers, décimés par les arquebusades des fantassins ennemis, sabrèrent même allégrement leurs propres troupes à pied qui erraient sans ordre dans le brouillard et périrent en nombre dans les eaux glacées du Tessin.

« Je vais même te raconter une histoire que m'a rapportée le marquis de Brissac et qui prouve que c'est dans les pires moments de la vie qu'on peut soi-même dessiner son salut. Justement quand on a tout perdu. C'est dès la défaite de Pavie que le roi trouve l'idée pour se venger de son vainqueur. Sur le champ encore fumant du combat, il décide de confier sa bague à un messager qui doit la porter, dans le plus grand secret et au galop, au gardien de la Sublime Porte, Soliman le Magnifique. La France lie ainsi avec le Sultan le pacte d'amitié qui devait pour plusieurs siècles la rendre prépondérante en Orient et on ne peut que saluer l'habileté d'un chevalier mis à terre qui se révèle aussitôt un roi debout. C'est le signe d'une alliance qui va stupéfier le monde car Soliman II, le successeur de Selim le Féroce, guerrier aussi hardi que législateur perspicace, est un excellent administrateur. En dix ans et en un irrésistible élan il a enlevé Belgrade, pris Rhodes, écrasé la Hongrie, assiégé Vienne. Il était l'ennemi naturel de Charles Quint, empereur d'Allemagne, qu'il attaquait à Tunis et à Alger et il rêvait pour l'empire musulman de la maîtrise absolue de la Méditerranée. C'est par un traité en règle que le roi de France et le Padischah renouvelèrent en 1535 les vieilles capitulations de Jacques Cœur sous les apparences d'un pacte tout commercial qui contenait en vérité de solides clauses militaires secrètes dont le futur sera friand. »

La protestation de Monsieur Claret contre les clameurs de la gloire et les horreurs de la guerre m'avait vivement impressionné et je voyais dans l'épuisement de ses yeux pâles un reste de rébellion. Il y avait donc des insoumis, des soldats courageux capables de désobéir. Et surtout il était possible de blâmer les officiers et même de mettre le rôle du roi en doute. Tout cela est-ce que j'allais oser le transcrire dans mes devoirs ? Cet esprit critique d'un ancien combattant, allais-je le restituer dans ma rédaction ? Le libre-penseur Claret était un acharné et l'ancien héros des tranchées était devenu un ardent antimilitariste.

En remontant au manoir, mon cahier à spirale bourré de notes inspirées par ce pacifiste passionné, j'étais tourmenté et ne savais que décider. J'avais treize ans, cet âge où l'on aime tant à s'abandonner et où l'on ne sait pas encore à quel moment il faut se rebiffer. Monsieur Claret, avec ses propos séditieux, cherchait-il à ce que je m'oppose à l'image lisse du héros, cette image qui justement était celle de mon père ? J'étais trop bien élevé pour même l'imaginer. Tout cela me mettait affreusement mal à l'aise. J'étais descendu voir Claret pour en savoir plus, mais maintenant, à cause de lui, j'en savais trop.

CHAPITRE 39

La belle dame sans merci

Pour la quatrième fois à minuit sonnait l'heure d'aller écouter la cheminée. Les fois précédentes, cambrioleur de confidences, j'avais capté dans le conduit du feu coloré de noir par la suie les révélations d'un tête-à-tête, mais cette nuit-là il n'y avait qu'une voix, la voix belle, mûre, autoritaire d'une femme qui en avait beaucoup vu. Je l'imaginais plissant son beau visage, ses yeux jetant de grandes sombres flammes et sa bouche gourmande, dure et menaçante.

« Je m'étonne moi-même qui n'ai jamais douté de rien d'avoir envie de me confesser, et de ce désir de revenir sur mon passé au moment où l'on célèbre encore ma grande beauté en mon âge descendant. A douze ans j'étais mariée et une fille m'est née alors que j'entrai dans ma quinzième année ; je n'en n'avais pas dix-huit quand j'ai mis au monde l'objet de ma constante idolâtrie, François, mon fils, mon César. Si j'ai vécu des époques difficiles, j'ai toujours étonné par la force de mon caractère ; à Amboise toute mon énergie était tournée vers un seul but : amener au trône mon fils François et à tout prix garder mon rang. Quand mon mari est mort le 2 janvier 1496 je n'étais pas majeure, j'avais dix-neuf ans, on allait donc me retirer la tutelle de mes enfants pour la donner à Louis d'Orléans, le cousin du roi. Je ne me suis pas laissé faire, j'ai déterré une coutume angoumoise autorisant tutelle à partir de quinze ans au lieu de vingt-cinq, âge légal, et le roi Charles VIII, marié à Anne de Bretagne, a accepté de laisser François et Marguerite sous mon entière autorité. Je surveillais aussi avec angoisse la reine Anne qui ne nous aimait guère. Si elle avait mis au monde un garçon c'en était fini de la destinée de mon fils. Quatre fois elle avait enfanté : ses deux fils moururent, seules les filles ont survécu. La reine est petite, maigre de sa personne, boiteuse d'un pied et d'une façon sensible, bien qu'elle s'aide de chaussures à talons élevés. Cette brunette est non seulement fort jolie de visage mais aussi fort rusée et obstinée ; de sorte que ce qu'elle s'est une fois mis dans l'esprit, elle le veut obtenir de toute manière, qu'il faille rire ou pleurer pour cela. Voilà pourquoi la pieuse Anne se flattait encore de mettre au monde d'autres enfants ce qui était tout à fait possible puisqu'elle était dans l'an trente-huitième de son âge. J'ai eu bien peur en 1510 quand la reine Anne de Bretagne fut grosse. Par chance ce fut une fille Renée qui deviendra d'ailleurs l'une des meilleures amies de ma fille Marguerite. Un an plus tard, nouvelle grossesse de la reine. Mais encore une fois je m'étais alarmée pour rien, j'ai pu pousser un soupir de soulagement. C'était une fausse couche. Et le miracle pour moi c'est qu'au milieu de ses espoirs... elle mourut. Est-ce ce même Dieu qu'elle avait tant prié dans l'oratoire du manoir qui avait pris soin de la désavouer ? En tout cas c'est Dieu, je n'en doute point, qui a choisi notre François pour roi de France. Je n'oublierai jamais le grand jour qui fut jeudi, le 13 septembre 1515, où mon fils vainquit et défit les Suisses auprès de Milan, commençant le combat à cinq heures après midi qui dura toute la nuit et le lendemain jusqu'à onze heures avant midi. Et ce jour je partis pour Amboise, pour aller à pied à Notre-Dame-des-Fontaines, lui recommandant ce que j'aime plus que moi-même, c'est mon fils glorieux et triomphant, second César, subjugateur des Helvétiens.

« C'est vrai, malgré toutes les épreuves que j'ai traversées, je me reconnais certaines qualités d'exubérance, de courage et d'entrain parce que je sais que la gaieté est le secret des vaillants. Oui, j'étais heureuse le jour où je reçus en don le château d'Amboise et où je vins m'y installer avec mon fils et ma fille Marguerite, de deux ans l'aînée de son frère. Jusqu'à son premier mariage qui précédera celui de mon fils, ma fille Marguerite n'est qu'une ombre derrière moi. Voilà comment je voyais ma fille ; mais à mon tour de me demander comment avait pu me considérer celle qui m'a mise au monde ? On raconte que ma mère avait très tôt, dès mon jeune âge, discerné chez moi un goût immodéré de la compagnie des hommes. Et que me voyant d'un sang bouillant qui me menait un jour tout droit au chemin du bourdeau, me fit servir ordinairement à tous les repas, pour combattre mon penchant prononcé vers la volupté amoureuse, du jus de vinette, qu'on appelle en France oseille. Elle m'en fit boire de grandes écuelles, ou encore en plaçait avec tous les aliments que ce soit dans les viandes, les potages ou les bouillons, bref toutes les sauces qu'on me servait étaient jus de vinette. Malgré ce traitement, en principe réfrigératif, elle ne changea pas mon tempérament et je suis devenue celle que je suis. Je n'ai jamais fait peur aux hommes et pourtant ils pouvaient me craindre quand je jetais mon dévolu sur eux. Quand le veuvage m'est venu j'ai très peu pleuré mon époux que de nombreux adorateurs remplaçaient avec avantage. J'admettais volontiers les soupirants jeunes et bien tournés mais ils ne pouvaient avoir ma faveur que s'ils comprenaient que j'étais extrêmement autoritaire et jalouse de mon pouvoir. Malheur au galant que j'avais distingué qui se croyait permis quelque assurance : il ne faisait pas long feu auprès de moi. Malheur plus grand encore à celui que je daignais remarquer pour quelque temps au gré de ma souveraine fantaisie et qui par peur d'une telle suzeraineté feignait de n'en rien voir ; alors mon ressentiment ne connaissait ni trêve ni répit. C'est ainsi que j'ai brouillé mon fils avec l'un des meilleurs de ses amis, avec l'un des plus loyaux de ses grands serviteurs. Il était élancé, fastueux, immensément riche, d'une bravoure légendaire et d'une beauté à tomber. Beaucoup plus jeune que moi évidemment, de quatre années l'aîné de mon fils, et je le désirais ardemment. Je lui fis proposer le mariage, il me le refusa avec hauteur en me qualifiant devant l'intermédiaire que je lui avais fait envoyer de « femme sans pudeur ». Alors s'enclencha en moi la machine de la destruction, celle que je connaissais bien, qui venait du tréfonds de mon être et que je ne pouvais dompter. Puisqu'on ne m'avait pas dit oui, j'allais métamorphoser ma quête d'un mariage d'amour en une querelle d'intérêt, en une lutte sans pitié dont l'issue serait sans merci. J'étais devenue la veuve inflammable qui veut étendre le désastre, agrandir l'incendie. J'avais fait, de celui que je convoitais, par l'intelligence de mes insinuations le rival et l'ennemi mortel de mon fils bien-aimé mais cela ne me suffisait pas, il fallait encore qu'au nom du roi on s'empare de ses biens, qu'on l'humilie à l'armée, qu'on déshonore son nom, qu'on l'exaspère au point de le pousser à s'allier au pire de nos ennemis. Le résultat de toutes ces manœuvres qui ont réussi au-delà de mes espérances m'avait un instant laissée muette, glacée d'épouvante, quand le connétable de Bourbon – car c'était lui –, pour se venger du dédain royal auquel il se heurtait désormais, eut le tort, quoiqu'il fût un homme de grande valeur, de prêter une oreille complaisante aux offres de Charles Quint et du roi d'Angleterre. Enfin il s'était retourné contre le roi de France son maître, au point de se trouver les armes à la main, face au Roi-Chevalier, terrassant son ami de jadis à Pavie. La défaite de mon fils adulé, je le savais maintenant, c'était moi. »

Pétrifié par les aveux de celle dont je n'avais même pas à me demander comment elle s'appelait, Louise de Savoie la mère de François Ier qui avait séjourné au Clos-Lucé et qui apparemment y résidait encore, je restais, effrayé, au garde-à-vous dans mon coin de cheminée. Alors éclata un beau rire sonore et joyeux qui résonnait dans l'âtre comme le carillon de Pâques après le carême silencieux. J'imaginais cette haute et belle dame sans merci que la joie subitement recouvrée rendait plus séduisante encore et une curiosité aiguë soudain me tenaillait. Pourquoi Madame de Savoie, duchesse d'Angoulême, avait-elle tout à coup oublié sa déconvenue ? Elle partait vers d'autres plaisirs que je ne pouvais discerner, elle, la redoutable Vénus. Son rire sonnait en fanfare la fin du mea culpa et l'achèvement de la trêve, l'écrasement de la faute reconnue, l'oubli du repentir. Soudain j'avais compris le secret de son rire tonitruant. Au milieu de son remords elle l'avait avoué. Elle clamait sa revanche : la gaieté est le secret des vaillants.

CHAPITRE 40

Le jeu des devinettes

Nul ne s'est jamais étonné des ridicules qui accompagnent parfois les attributs du pouvoir. Jadis c'est au nombre de pigeons rassemblés dans le colombier qu'on mesurait la puissance terrienne du seigneur et l'étendue de sa propriété. C'est dans ce pigeonnier du fond du parc que Mademoiselle Vote m'avait donné confidentiellement rendez-vous avec un autre partenaire, non sans m'avoir demandé auparavant : « Veux-tu jouer avec nous ? » Une fois que le temps est passé, que beaucoup de contemporains ont disparu, et que les feux des divertissements du sexe se sont éteints, que reste-t-il pour s'amuser ? J'allais l'apprendre avec les deux compères mais je ne connaissais pas le second. Pour l'amener à dévoiler qui était l'autre partenaire, je demandai à la vieille demoiselle en quoi consistaient ces devinettes. « Nous allons jouer *au Vinci*. Je le fais souvent avec Maurice le jeudi après-midi ; mais tu dois promettre de ne le dire à personne et surtout de ne pas révéler le lieu du rendez-vous. » J'avais beau réfléchir je ne voyais pas très bien quelle était la nature du divertissement. Mademoiselle Vote poursuivait : « Tu peux imaginer qu'un tel génie, un fabricant d'automates, un ingénieur civil et militaire, un inventeur fantasque mais aussi un metteur en scène de fêtes connaît plus d'un tour pour nous aider à nous amuser. »

Il fallait se courber pour entrer par la porte basse dans le haut pigeonnier de brique qui était au fond du parc. C'est là que dans une demi-obscurité je reconnus Maurice qui nous attendait. Ne l'ayant jamais vu que travailler et promener partout dans la maison et dans les jardins son souffle épuisé d'asthmatique je n'aurais jamais imaginé qu'il puisse s'offrir un moment ludique. « Assieds-toi sur cette pierre, me dit Mademoiselle Vote, et tâche de comprendre la règle du jeu. Maurice va dire des phrases de Léonard qui sont comme des paraboles et nous devons en quelques mots en traduire le sens mais avec économie car tu l'apprendras, dans la pratique, la brièveté est sœur du talent. » Il était plus de cinq heures du soir. Maurice alluma le gros cierge central placé au sommet d'un chandelier géant en fer noir et malgré la lueur de la bougie on discernait mal les expressions de son visage. La voix qui sortit de lui m'intrigua. Je ne reconnaissais pas son timbre ni le ton habituel de sa conversation. Il dit :

« Les hommes sortiront des tombes transformés en volatiles, ils attaqueront les autres hommes et viendront prendre leur nourriture sur leur table et jusque dans leurs mains. » Un silence épais succéda à cette déclaration étrange. Puis la voix de la vieille demoiselle dit : « Les mouches. »

De nouveau Maurice prononça une phrase de Léonard : « On verra les arbres perdre leurs feuilles et les cours des fleuves s'arrêter. » Mademoiselle Vote prit un petit temps de réflexion avant de jeter son explication d'un seul mot : « L'hiver. »

Le jeu s'accélérait. Le temps d'attente entre les questions et les réponses se réduisait. La voix de Maurice était toujours aussi méconnaissable mais l'esprit de Léonard brillait, avec ses entrelacs mystérieux.

« Nombreux seront ceux qui écorcheront leur mère et retourneront sa peau sur elle. »

Cette fois Mademoiselle Vote se tourna vers moi : « C'est à toi de répondre maintenant, tu dois avoir compris. »

Comme lorsque j'étais interrogé en classe et que je perdais tous mes moyens, debout devant le tableau noir, j'étais complètement perdu. Ecorcher sa mère et retourner sa peau... tout à coup j'eus une illumination dans le noir. Je répondis :

« Les paysans. »

La belle voix qui émanait de Maurice, ample, mélodieuse, à la fois forte et délicate, me dit : « C'est pas mal trouvé. Mais j'aurais plutôt dit : les travailleurs de la terre. »

Maintenant que j'étais entré dans leur cercle magique mon esprit était au comble de l'excitation. Je ne pus m'empêcher de demander : « Quelle est l'énigme suivante ? » Maurice était penché en avant, les mains jointes, les paupières baissées, considérant uniquement ses sabots. Mais la voix était si belle, c'était celle d'un autre être.

« Les hommes frapperont violemment celui auquel ils devront la vie. »

Vote fut encore une fois à la hauteur et, détachant les mots, elle prononça cette phrase avec une placidité remarquable :

« Ils battront le blé. »

J'avais compris maintenant que Maurice avait choisi chez Léonard des paraboles qui lui convenaient, la plupart du temps rurales, c'était donc de ce côté-là qu'il fallait chercher les réponses. Il dit :

« On verra la terre sens dessus dessous, se retourner vers l'hémisphère opposé et découvrir les antres d'animaux très féroces. »

Ce n'est pas sans un certain étonnement que je m'entendis répondre :

« Les terres labourées. »

« Les forêts engendreront des enfants qui causeront leur mort. »

Là c'était trop fort pour moi. Qui pouvaient être ces enfants ?

Avec un grand calme, la vieille demoiselle énonça sa vérité :

« Le manche de la cognée. »

Alors la belle voix dit : « Les peaux de bêtes arracheront de grands cris et de grands jurons. » C'était la voix d'un sage, la voix d'un homme grand, bien fait, bien découpé, aux cheveux longs.

« Les balles à jouer. »

Cette fois je n'aurais pu dire de nous trois qui avait répondu. Mais peut-être qu'une quatrième personne s'était introduite en ce lieu, peut-être le jardinier ennemi de Maurice, celui au nom de poisson, qui s'occupait si tendrement des parterres de l'oncle d'Amérique.

La voix : « On verra la Fortune faire bouger vivement les os des morts.

— Ce sont les dés ! dit victorieusement Mademoiselle Vote.

— Attention à la prochaine phrase, j'ai bien l'impression que c'est la plus difficile à déchiffrer », dit Maurice.

Mais quand il prononça la maxime, on vit bien que c'était une voix venue d'en haut :

« Souvent la désunion sera cause de grande union. »

Les trois – ou quatre – personnes présentes restèrent dans l'expectative. C'était la devinette la plus difficile de tous les temps. Il y avait tant d'interprétations possibles. Je pensais au divorce, aux voyages, au temps qui sépare les êtres, et finalement peut-être les rapproche, mais j'étais encore un bleu dans cette affaire et comme dans un jeu de fléchettes c'était Mademoiselle Vote qui allait s'en sortir.

« Le peigne. Celui qu'on fabrique en défaisant le jonc. Ce jonc qui unit les fils, qui forme la toile.

— On pourrait peut-être faire une pause, dit Maurice et se retournant vers elle il ajouta : Je vois que le petit a du mal à suivre.

— Non Maurice, faites-lui confiance et vous verrez il saura monter les degrés. » Alors se tournant vers moi, fripée et bienveillante à la fois elle m'adressa cet encouragement presque incompréhensible : « Maintenant que tu as le savoir, parle selon ta connaissance.

— Puisque c'est ainsi je continue, déclara Maurice avec une visible satisfaction : Le vent qui rapproche la peau des bêtes fera sauter les hommes. »

Cette fois c'est l'étranger qui s'était introduit subrepticement dans notre cénacle qui donna l'explication. Il le fit avec un accent britannique qui ne pouvait me tromper. L'antiquaire écossais avait parlé.

« La cornemuse, qui fait danser. »

A ma grande surprise l'entrée d'un intrus dans le jeu codé n'avait pas eu l'air de troubler ni le jardinier inspiré ni la vieille fille dont la vélocité de l'esprit méritait dix-neuf sur vingt.

La voix du sage : « Ceux qui auront le mieux agi seront battus plus que les autres, et on prendra leurs enfants que l'on écorchera avant d'en fracasser et broyer les os.

— Les noyers gaulés », répondit quelqu'un.

Alors revint la belle voix, la voix du maître avec ses ombres, ses lumières, ses contrastes de taffetas et ses harmonies de velours.

« Plus on parlera avec la peau, habit du sentiment, et plus on gagnera en sagesse. »

C'est moi qui allais trouver. Je sentais que cette fois le Vinci traitait du discours ou même plutôt de l'écriture. J'étais en train d'affiner ma pensée mais l'expression me dépassa :

« Les peaux d'animaux sur lesquelles on écrit. »

Jovial, l'antiquaire écossais avait applaudi.

Maurice reprit la parole : « Les arbres et les arbustes des grandes forêts se changeront en cendres. »

L'homme de la campagne avait posé la question, il connaissait la réponse :

« Le bois de chauffage. »

Encore la voix, dans le soir tombé :

« Après avoir été détruits par le feu, ils ôteront leur liberté aux hommes. »

En entendant ces paroles, je me suis dit qu'il fallait vraiment être inspiré par le Très-Haut pour comprendre le sens de cette impossible parabole.

Mais la seule femme de l'assemblée n'avait pas dit son dernier mot. Elle avança l'explication comme si elle avait gagné le plus gros gain de la Loterie nationale.

« Les cailloux transformés en chaux utilisés pour faire les murs de prisons. »

Maurice maintenant s'adressait à moi : « Tu vois mon petit nous sommes arrivés à la table où les hommes se restaurent, écoute bien la prochaine proposition et tu verras qu'elle traite du même sujet.

« Des ficelles ils feront leurs demeures et habiteront dans leurs propres boyaux. »

Aussitôt à ces mots s'imposa une image.

Le souterrain du Clos-Lucé où Maurice entassait ses victuailles.

Mais la vieille demoiselle nous avait tous pris de vitesse.

Elle dit : « La saucisse faite dans du boyau. »

Nous étions donc quatre à chercher la lumière dans l'obscurité, quatre dans ce pigeonnier carré à jouer avec celui dont l'esprit était toujours collé au plafond.

Maurice avec sa voix changée dit : « J'en ai encore deux à vous soumettre. »

Et Mademoiselle Vote de répliquer : « Ce sera suffisant pour aujourd'hui, il se fait tard. Et je suis sûre qu'on s'inquiète de lui à la salle à manger.

— Non mademoiselle je veux encore jouer.

— Et l'on verra à travers tout le pays des gens marcher sur la peau des grands animaux. »

Je pensai à ces peaux de bêtes qui servent de tapis dans les maisons des chasseurs. Mais ce n'était pas cela. Vote nous avait encore pris de vitesse.

« Les semelles en cuir de bœuf. »

La vieille demoiselle avec ce jeu de Vinci avait retrouvé toute sa fraîcheur de petite fille, malicieuse et pertinente.

Maurice prononça l'ultime maxime :

« Les hommes marcheront sans bouger, ils parleront à ceux qui ne sont pas là, ils entendront parler ceux qui ne disent rien. »

Sans réfléchir et pour être le premier à répondre je lançai ce mot : « La radio. »

Mademoiselle Vote ne tarda pas à me suivre : « Le téléphone. »

Maurice se contentait de faire non de la tête. Alors l'Ecossais crut qu'il avait trouvé. Il ne lâcha qu'un seul mot mais avec l'accent inimitable du highlander : « Le raeve.

— Pardon, dit Mademoiselle Vote, comme si on l'avait offusquée : Vous parlez de quoi exactement ?

— Le raeve, ce qui nous fait rêver. »

La voix venue de Maurice, la voix venue d'en haut, la voix d'on ne sait où, la voix dit : « C'est lui qui a raison. C'est le rêve. »

CHAPITRE 41

La soupe au goût de crachats

Maurice cultivait des asperges dans le souterrain du Clos-Lucé. Asthmatique et jardinier, il ne cessait de ahaner sous l'effort. Il était en permanence accompagné par l'odeur des soupes qu'il avait coutume de préparer : soupe aux poireaux, soupe aux choux.

Dans l'hiver glacé de l'année 1962-63, il souffrait énormément du froid dans ces sous-sols. Il marmonnait de vieux adages : « A la Sainte-Catherine tout bois prend racine », et ce proverbe s'appliquait aux boutures. Il récoltait des morilles et des fraises des bois en traversant un ruisseau qui donnait dans un étang. Maurice gardait dans le souterrain un lapin qu'il emprisonnait dans une cuve qu'il fermait en posant dessus une plaque de ciment.

Au cœur du jardin de la France, n'était-il pas légitime que soit prêché l'amour de la nature sans artifice comme le faisait François de Paule qui vivait en ermite auprès de Louis XI au milieu des parterres? Ce saint homme, souvent consulté par la reine dont il avait baptisé les enfants, avait, entre autres, le goût de l'herborisation. Pour nous c'était Maurice qui était à la fois notre cuisinier, notre jardinier et si cela était nécessaire le guérisseur et le médecin de la maison. Il n'était pas un saint mais il n'en n'était pas très loin non plus et nous les enfants de la maisonnée, nous étions devenus tout pour lui. Je guettais chacune de ses phrases depuis que je savais que Léonard utilisait parfois sa gorge comme caisse de résonance. Il était d'ailleurs difficile de faire le tri entre ce qui émanait directement de lui et ce qui était dû à la voix de Léonard. Car ce n'était pas tous les jours que je reconnaissais les accents ensoleillés du maître toscan dans ses propos. Par exemple, une phrase comme : « La légère odeur de champignons est signe d'orage » ou encore une expression du genre : « Les primitifs ne sont pas toujours les attardés, ce sont ceux qui découvrent », était-ce du Léonard, était-ce du Maurice ? Et puis pour ajouter de la confusion à tout cela, il y avait les rares moments où le jardinier lui-même évoquait le génie de la maison, constatant la ressemblance de leur train de vie : « Il dort sur un lit dur, il ne mange pas de chair animale. »

Maurice m'avait un jour accompagné dans une promenade auprès des étangs des Jumeaux, dans la forêt d'Amboise. Avec lui, les flaques d'eau devenaient des jeunes filles et les vivants devenaient des ruines. Il m'avait montré une maison isolée, la faisanderie de Choiseul, avec son parquet à faisans, où vivait un homme seul reclus avec son cheval en pleine forêt, et un étang qui avait la forme d'un bonnet d'évêque. Nous nous étions ensuite engagés dans l'allée de cent pieds. Il m'avait conduit d'abord auprès de la Huchomière dont les caves s'enfoncent dans le coteau puis vers la pièce d'eau pavée avec une source dans le fond. Maurice m'expliquait comment on utilisait les arbres tordus, très prisés à Rochefort pour faire des étraves de bateaux. La plupart d'entre eux avaient été repérés et étaient encore frappés de l'ancre marine du roi. Maurice s'intéressait à la majesté de la fin des choses. Un arbre se forcit de la tête et faiblit du pied où la moisissure le gagne. Alors son immense ramure attire la foudre et offre emprise au vent.

Il m'expliquait que les métiers manuels n'étaient pas sans danger et que l'artisan qui avait fabriqué au XVIe siècle la glace dans la chambre de Léonard était mort à cause des émanations de mercure et d'étain. Alors que je lui désignais à la surface de l'étang un poisson mort qui bougeait tout seul, il me donna aussitôt la solution de l'énigme : « C'est qu'il est mordu par une tortue. » Quelques minutes plus tard, tandis que nous contemplions la surface de l'étang ridée par un vent léger, une grosse loutre apparut. Je la désignai à Maurice.

Sa réaction fut insolite. Il me dit sans même détourner les yeux :

« Ce n'est pas une loutre, mon garçon, c'est le moine qui fait sortir de l'eau sa grosse tête couverte d'un capuchon vaseux. »

Maurice, comme beaucoup de Tourangeaux, de Solognots ou de gens de la Brenne, craignait le pouvoir maléfique des eaux mortes et comme tout le monde à la campagne, il avait affaire aux guérisseurs ou aux sorciers pour calmer les convulsions, les zonas ou fièvres malignes par l'imposition des mains ou par des signes cabalistiques. Il me racontait comment les anciennes traditions avaient perduré dans le pays profond et la manière dont on décorait toujours en Touraine les maisons avec des branches de sapins enrubannées sur le passage des mariés. Avant tout serment, la mariée doit garder toute la journée une pièce que les jeunes gens ont glissée subrepticement dans son soulier.

Maurice craignait l'hiver et le froid était son ennemi. Léonard aussi quand il était arrivé en France avait souffert de la température particulièrement basse en cet l'hiver de 1516, resté légendaire à cause de sa dureté : la Loire était couverte de glace et les loups affamés rôdaient autour du manoir du Cloux. Léonard était arrivé par Plessis-lès-Tours, ce château de brique et de pierre à tour octogonale si semblable au manoir qui lui était destiné dans la cité royale d'Amboise. Dans la ville de Tours, le maître toscan avait désiré faire une longue station devant la cathédrale qu'il admirait. La dureté de l'hiver 1516 n'eut d'égale que celle de l'hiver 1917 ; Maurice se souvient encore de ces plaques de glace qui s'entrechoquaient avec une rare violence sous le pont, risquant même d'ébranler les arches de pierre.

L'hiver que nous vivions en 1962 fut parmi les plus rigoureux. J'étais tombé malade et comme mes parents n'étaient pas là, Maurice avait été chargé de m'apporter mon potage dans la chambre. Cet homme ressemblait d'une façon caricaturale aux dessins des grotesques de Léonard de Vinci. Et en constatant que sa soupe aux poireaux ne comportait qu'un seul légume baignant dans l'eau chaude, mais qui était accompagné d'un élément glaireux qui nageait au milieu de l'assiette creuse, je me demandais si notre cuisinier asthmatique n'avait pas craché dans la soupe. C'est donc avec une extrême prudence que j'avançais ma cuiller dans le liquide jaunâtre auquel allait se résumer mon dîner. Maurice était resté debout devant mon lit, dans son grand tablier bleu, et semblait me regarder sans me voir. Attendait-il que nous conversions puisque enfin nous étions seuls ? Je lui demandai quel était le plat le plus prisé sous la Renaissance. Il me parla du paon, qui à l'époque de François Ier était l'un des mets les plus recherchés. Il m'expliqua qu'à cette époque la tulipe, l'ail et le poireau des vignes, abondants en Touraine, pointaient entre les ceps sur les coteaux du Vouvray. Prenant au sérieux son rôle de garde-malade, il commença par purifier l'air de la chambre, comme on le faisait jadis avec des vapeurs de génévier. Ce n'était pas parce que j'étais alité que j'allais échapper aux devoirs par correspondance. Aussi, le savoir du jardinier pouvait-il m'être fort utile pour boucler les devoirs de science naturelle et de géographie que je n'avais pas encore rendus. Sur la nature du lys, le rôle de la rosée dans la croissance des végétaux, il était incollable et j'écoutais avec intérêt sa façon d'expliquer comment la sève permet au bois et à l'écorce de pousser. Maurice était capable de tout : analyser le mouvement de la langue du pic-vert et décrire les mâchoires du crocodile. Il ne prenait aucune précaution et certains de ses propos pendant les repas risquaient de vous couper l'appétit. Par exemple, quand il expliquait : « Pour disséquer les yeux, il faut placer le globe dans un blanc d'œuf. » Maurice connaissait aussi l'histoire des plantes et leur pouvoir, et les dates d'arrivée en Touraine des fruits et des légumes, comme par exemple les noisettes, les artichauts et les melons, parvenus en France en même temps que Vinci ou précédemment avec le meilleurs des jardinistes italiens, Dom Pacello, qui était devenu notre voisin. Mais là où Maurice excellait, c'était dans la nomenclature des bienfaits que l'on pouvait tirer de la nature. Il m'expliquait que parmi les vertus de l'orme, on ne pouvait négliger le pouvoir cicatrisant de son écorce. Cet arbre donnait des feuilles qui guérissaient de « l'humeur noire » et sa racine faisait, paraît-il, repousser les cheveux. Le hêtre aussi avait sa réputation : antiseptique, astringent, fébrifuge par son écorce. Et il me fit un clin d'œil complice avant d'ajouter : « La légende prétend que le premier livre fut constitué de fines feuilles de bois de hêtre, première surface sur laquelle des mots auraient été tracés. »

Sur le conseil d'une sorcière des bois, il avait concocté un breuvage contre l'insomnie, composé d'encens, de lavande de cèdre et de laurier, qu'il présentait toujours avec une bougie verte.

Si Maurice avait ses secrets, si Mathurine, la cuisinière de Léonard qui avait son franc-parler, gardait ses recettes bien cachées, Hildegarde de Bingen était devenue fameuse pour avoir révélé le rôle très important de la lavande en matière médicale. Son arôme parfumait la maison en éloignant les insectes. J'avais l'impression que la plante préférée de Maurice était l'oignon. Il ne tarissait pas d'éloges sur ce légume rond qui était si utile dans un grand nombre de traitements : notamment contre le scorbut, la gangrène, les piqûres et les morsures, les plaies à bouche. Il était aussi réputé aphrodisiaque, diurétique et amaigrissant. Je ne résistais pas à ajouter mon grain de sel en répétant ce que m'avait dit l'Ecossais : l'oignon est utilisé par les antiquaires pour nettoyer les tableaux. Bientôt l'artichaut était entré dans notre conversation. Le jardinier-cuisinier m'apprenait que l'artichaut ne devient légume qu'à partir du XVe siècle et il est encore considéré au XVIe siècle comme un aliment luxueux. Ses tiges confites dans le sucre furent rapidement reconnues comme de puissants aphrodisiaques. La laitue rendait des services depuis la plus haute Antiquité. Non contente de fournir par ses graines une huile comestible, elle avait des vertus sédatives. La chicorée sauvage, toujours bienfaisante, savait aussi dépasser sa fonction. Elle avait même la réputation de fixer l'amour.

Enfin Maurice parvint là où je désirais l'amener : la fameuse fleur d'ancolie. Je savais qu'elle était par deux fois représentée dans les tableaux de Léonard. Il y a l'ancolie commune liée à saint Jean, les ancolies à fleurs blanches et les ancolies à fleurs doubles. Ces dernières sont très présentes dans les manuscrits et dans les jardins du Moyen Age. Ces fleurs me fascinaient parce que je savais qu'elles étaient chargées d'un pouvoir occulte et d'une force symbolique. Quand elles étaient à fleurs blanches, elles figuraient la constance et la loyauté. Les ancolies avaient des vertus médicinales contre de nombreux maux : « Qui a la fièvre broiera l'ancolie, en pressera le jus à travers un linge et y ajoutera du vin. Il en boira souvent et il ira mieux. » L'ancolie était toujours la plus forte, contre les écrouelles par exemple. Il suffit de croquer l'ancolie crue et les croûtes finissent par tomber.

Enfin, l'ancolie donne une vue perçante. J'avais envie d'en croquer pour réunir mes deux objectifs : retrouver le Codex perdu, découvrir le tableau égaré.

Au Clos-Lucé, grâce à la rivière l'Amasse qui traversait le parc, une eau abondante arrosait et irriguait les jardins. Maurice ne s'était pas fait prier pour parcourir le parc avec moi et m'entraîner dans certains endroits. En contrebas de la forteresse, non loin de la maison de Claret, on voyait une belle fontaine fournissant d'eau les autres jardins. Je la baptisais : *la Fontaine Bellerie.* Cette fontaine, elle avait été vue par François Ier et décrite par Stazio Gadio qui l'avait découverte sous la conduite du roi. Le souverain lui avait montré en détail la fontaine et lui avait dit que l'eau était tirée d'un puits au moyen de chevaux. Mais l'eau est si abondante en cet endroit qu'elle entraîne une stagnation propice au développement des plantes aquatiques, dont Maurice m'avait montré ce jour-là en marchant au bord de la vaste mare toutes les merveilles. J'ai toujours aimé ce lieu sombre et inspiré, la fontaine est en contrebas d'un immense mur de pierre orné d'une arcade d'une grande majesté, mais derrière ce mur, sous les fondations mêmes du château, il n'était pas possible qu'il n'y ait pas une grotte mystérieuse. Pourquoi Maurice, à qui j'avais confié cette intuition, ne m'avait-il rien dit ? Pourquoi a-t-il attendu ce soir, alors que je le questionne de nouveau sur ce lieu inexploré du Clos-Lucé, pour m'avouer enfin : « Là, sous cette tour il y a une grande cave oubliée. »

Pour moi commençait la nuit de l'exploration imaginaire, ce rêve, qui allie à la lois le désir et la peur. Maurice avait reculé au fond de la pièce. Je le reconnaissais à peine dans la pénombre. Il redoutait maintenant d'aller plus loin dans la conversation avec moi parce qu'il avait compris que je n'avais désormais plus qu'une idée, une obsession : explorer la caverne mystérieuse, la grotte des merveilles, le refuge fabuleux.

Aussitôt j'ai saisi que je devais détourner son esprit du projet qui venait de m'envahir. Il fallait fixer ailleurs son intérêt, qu'il ne pense plus que j'étais l'adolescent qui allait violer la fontaine. J'ai fait semblant d'avoir tout oublié. Et maintenant qu'il m'avait donné la confirmation que c'était bien là que résidait l'énigme, un gouffre sous un château en l'air, j'attaquai tout de suite le sujet gênant de la sorcellerie pour détourner son attention, capturer son esprit, égarer son jugement.

« Puis-je vous demander, Maurice, vous qui savez tout des plantes et du sens des symboles, à quoi on reconnaît la sorcellerie ? »

Maurice ne se fit pas prier :

« Tu veux vraiment savoir comment on reconnaît une sorcière ? C'est simple, il suffit de lui ouvrir le ventre et de voir si un crapaud s'est installé à la place de son cœur ! »

Alité, je passais mon temps à détailler les taches d'humidité au plafond et c'est avec réticence que je trempais ma cuiller dans l'étrange bouillon qui m'était proposé. Je demandai à Maurice de me raconter l'histoire de ce souterrain par lequel François Ier avait coutume de rendre visite à Léonard de Vinci avant de s'en aller à la chasse dans la forêt d'Amboise. Il me raconta ce qui lui était arrivé pendant la guerre quand les Allemands l'avaient cadenassé dans le souterrain sans vivres ni eau pendant quinze jours : « Je n'ai pu survivre qu'en léchant les parois humides du boyau pour m'hydrater et mâchonner des morceaux de bois pourri pour apaiser ma faim. Quand ils m'ont enfin permis de sortir de là, il paraît que j'étais maigre comme un clou. Mademoiselle Vote a dit que j'étais comme une momie, la peau sur les os, et qu'on ne voyait plus que mes yeux fiévreux.

— Mais, Maurice, comment avez-vous fait pour tenir le coup ? »

Quand il me répondit, encore une fois je reconnus la voix :

« Plus tu parleras avec les peaux, vêtements du sens, plus tu acquerras la sagesse. »

J'avais une telle confiance en Maurice que je lui posai la question qui me taraudait :

« Savez-vous où est passée Arabelle ?

— Pourquoi tu me demandes ça ?

— Parce que ça fait presque un an que je suis amoureux d'elle.

— Comment amoureux d'elle ? Tu l'as déjà vue ?

— Bien sûr et elle m'a même embrassé. Et puis je vais la retrouver, on a rendez-vous sur la grande écluse. »

Le vieux jardinier restait interdit. Il me fixait d'un air hagard.

« Maurice, pourquoi vous taisez-vous ? Que s'est-il passé ? Dites-moi ce qui est arrivé.

— Oui, c'est très grave et très triste ce qui est arrivé. J'y pense presque tous les jours et pourtant cela s'est produit il y a longtemps.

— Que voulez-vous dire par là ?

— Je veux dire qu'elle est morte et malheureusement je sais où elle est. Elle est dans un autre monde. Il y a eu un effroyable accident en 1945. Et nous nous sommes tous sentis coupables. On aurait dû profiter de la Libération pour sécuriser cet espace de la friche des vieux bâtiments de l'autre côté de l'Amasse et surtout pour restaurer, aux abords de l'usine désaffectée, cette écluse maudite... »

Alors, le visage raviné par les chagrins, l'homme de la terre à l'expression incroyablement lumineuse et le paysan puissant et solitaire baissa le front vers le sol car il est des moments où pour dire une vérité douloureuse, il vaut mieux fixer les dalles. Au moins elles, elles entendent tout et ne disent jamais rien.

« Comment peux-tu l'avoir connue, la fille de René, le directeur de l'usine et le héros de la Résistance, alors qu'Arabelle est morte noyée dans l'Amasse quand tu n'étais même pas né ? »

A ce moment-là, l'homme grand, maigre, aux muscles secs et au visage taillé à coups de serpe comme dans un dessin de Léonard m'offrit sa tendresse :

« Viens dans mes bras mon petit. On peut la pleurer ensemble car je te dois la vérité. C'est moi qui ai découvert son corps secoué par les tourbillons, remuant dans le courant. Terrifiante impression que ce mouvement continu et saccadé, agitant par un rythme régulier un être sans vie dans son manteau mauve au col de velours noir. Elle n'avait rien perdu de sa beauté mais j'étais bouleversé de découvrir ce corps frêle et gracieux coincé dans les vantaux busqués. Sans doute était-elle tombée du haut de la grande écluse. Je ne sais pas combien de temps elle était restée emprisonnée là, en bas. Son visage était encore intact. Mieux vaut que tu le saches : si je n'étais pas passé par l'usine, au milieu des ronces et des grillages, personne ne l'aurait jamais retrouvée. »

Les larmes qui montaient du tréfonds de mon corps allaient bientôt m'empêcher de parler. Je n'eus que le temps de dire quelques mots avant l'invasion des sanglots :

« Mais Maurice pourquoi voulez-vous absolument me faire croire que ma fiancée est morte ? Si Arabelle était un fantôme comment aurais-je remarqué que l'eau contournait ses pieds ? »

CHAPITRE 42

La découverte du trésor

La mort d'Arabelle m'avait déterminé à ne plus me rendre au fond du parc. J'en voulais au Vinci de me rappeler par certaines de ses inventions mon grand chagrin. Dans ses études hydrauliques, ses projets de détournement de l'Arno ou de canalisations diverses, je voyais autant la fascination du génie pour la création que pour les forces de la destruction. Bien sûr j'admirais la finesse avec laquelle il comparait la grâce ondulante des eaux à celle des cheveux bouclés. Mais un certain dessin me terrifiait : celui où l'eau tombant d'une vanne formait en tourbillonnant des entrelacements de cheveux, de fleurs et de fougères. J'y percevais le double langage de l'image ; cette eau dont la grâce extrême masque la violence dévastatrice d'un ouragan. J'en voulais au Vinci d'avoir décrit si longuement un déluge de fin du monde : « Et la mer pleine de tempêtes qui rivalisent avec les vents contraires ; elle s'élève en onde superbe et s'effondre en écrasant le vent qui frappe la base de vagues, l'enferme, l'emprisonne pour le battre et le briser dans une mêlée d'écume trouble. » Comment pouvait-il ainsi passer brutalement de la description des fruits, des paysages de campagne, des champs de fleurs multicolores à celle des écroulements de montagnes, à des lieux de crainte et d'épouvante, à la force des grands déluges qui entraîne des arbres déracinés pêle-mêle avec des rochers, des racines, de la terre et de l'écume, et bousculant tout ce qui s'oppose à leur écoulement ? J'en frémissais d'effroi, désormais j'avais peur de ces déchaînements dont il s'était fait le dessinateur. Pour moi, tout cela se résumait en une impression affreuse et voilà que ne cessait de remonter du fond de mon âme cette image impossible à chasser et qui me faisait tant souffrir : les lèvres bleues, les yeux égarés du petit corps prisonnier des vantaux busqués de l'écluse de l'Amasse où mon infante était devenue un cadavre.

Quelque temps plus tard, c'est Maurice lui-même qui est venu vers moi :

« Mon petit as-tu compris maintenant ce qui s'est réellement passé ?

— Non, je n'ai rien compris et je m'interroge encore.

— Mais puisque tu prétends avoir vu Arabelle, t'a-t-elle parlé de quelque chose à propos des mystères de cette maison, de ce qu'il y a dans les sous-sols du château ? »

Je le regardai perplexe. Pourquoi m'interrogeait-il de cette façon ? Supposait-il qu'Arabelle détenait des secrets qu'il n'aurait pas connus ? Ou alors pensait-il qu'elle avait un don de divination ?

Devais-je me méfier car au fond je ne savais rien de ses intentions ? Est-ce que j'irais jusqu'à lui rapporter notre conversation de l'écluse et lui dire qu'Arabelle connaissait le mécanisme permettant d'accéder au souterrain condamné qui conduisait au trésor ?

Je m'interrogeais et en même temps je me disais que Maurice ne me voulait que du bien, que c'était un sage et qu'il fallait l'écouter.

Comme s'il avait deviné ma pensée, il me dit : « Si la fille de René t'a fait, avant de disparaître, une recommandation, il serait temps que tu réalises son vœu. J'imagine, telle que je la connaissais, que c'est un défi qu'elle t'a proposé. Sois prudent. »

Soudain j'accusai le coup. Des milliers de questions assaillaient mon esprit. J'avais le sentiment d'être encerclé par l'étrange. Alors la voix émanant de la bouche fermée de Maurice prononça les premiers mots de la consolation : « O monde, pourquoi ne t'ouvres-tu pas ? Pourquoi ne te précipites-tu pas dans les profondeurs de tes grandes grottes et de tes abysses pour ne plus montrer au ciel un monde aussi cruel et sans pitié ? » C'était la première fois que je l'entendais se plaindre, lui qui était au-dessus de tout. Et il le faisait pour moi.

Le lendemain j'étais sur l'écluse. J'actionnai le mécanisme secret, comme me l'avait montré Arabelle. Je pénétrai dans la cavité sans nom comme accompagné par les mots si doux d'Arabelle. Alors, en découvrant la grotte, j'entendis la voix de Léonard, partagé comme moi entre l'attirance et la crainte devant ce gouffre inquiétant autant qu'insolite : « Poussé par un désir ardent, impatient de voir l'immensité des formes étranges et variées qu'élabore l'artificieuse nature, ayant cheminé sur une certaine distance entre les rocs surplombants, j'arrivai à l'entrée d'une grande caverne et m'y arrêtai un moment, frappé de stupeur, car je ne m'étais pas douté de son existence ; le dos arqué, la main gauche étreignant mon genou, tandis que, à l'intérieur, malgré l'intensité des ténèbres qui y régnaient, après être resté ainsi un moment, deux émotions s'éveillèrent soudain en moi : peur et désir, peur de la sombre caverne menaçante, désir de voir si elle recelait quelques merveilles... »

Ainsi le deuil de ma bien-aimée m'avait conduit malgré moi à la lumière de la création. J'avais maintenant la vision peinte de la Vierge, l'Enfant Jésus, saint Jean-Baptiste et un ange : tout le groupe était là devant moi, qui semblait dans sa compassion prêt à m'accueillir au seuil de la caverne. J'étais au milieu de la cave peinte d'un tableau : *La Vierge au Rocher*, et en même temps dans une caverne menaçante sous la maison de mon père. Il y avait dans ce jeu troublant, tout en nuances, de la lumière avec l'ombre, le mystère de la nature entre les vertiges de la perte de l'être aimé et les vestiges du grand secret. C'était cela la découverte du trésor : cette caverne aux multiples couleurs où j'étais au cœur d'un chef-d'œuvre.

Je m'étais attendu à déceler dans les sous-sols du château un trésor matériel comme cette *Joconde nue*, disparue il y a cinq siècles, ici au Clos-Lucé, ou à tomber sur un tas de deniers mérovingiens en argent enfouis là depuis l'an 505 de notre ère, quand Clovis, roi des Francs, et Alaric, roi des Wisigoths, eurent une entrevue mémorable dans l'île d'Or à Amboise, mais je ne pouvais deviner que le prodige était encore plus grand. Le trésor qui m'était échu, c'était la beauté spirituelle d'un tableau : la cavité profonde où, grâce au secret d'Arabelle, j'avais pu pénétrer, c'était cette grotte merveilleuse de sérénité, entre pierres et eaux, de *La Vierge au Rocher*.

Ainsi, comme par miracle, j'avais le ciel au-dessus de ma tête et cependant je savais que le château nous surplombait, tandis qu'autour de moi vivait le tableau tout entier. Marie était assise sur les genoux de sa mère, sainte Anne, et tendait les bras vers Jésus qui jouait avec un agneau. Les visages m'apparaissaient dans une même ligne droite, mais les épaules des adultes formaient un triangle, vers la tête de Jésus et celle de l'agneau. J'eus la révélation de ce qu'on appelait la *perspective aérienne*, ce procédé inventé par Léonard de Vinci, où la couleur des éléments change en fonction de leur distance. Normalement, ces éléments deviennent plus flous, plus froids ou plus bleutés à mesure qu'ils s'approchent de l'horizon. Léonard savait comment produire l'effet de distance et offrir la profondeur à sa toile. Ce n'est qu'à cet instant que j'ai vraiment compris Vinci : « La science de la peinture est tellement divine qu'elle transforme l'esprit du peintre en une sorte d'esprit de Dieu. »

Alors, la prière du peintre, elle aussi, est devenue une évidence : « Plaise au Seigneur, lumière de toutes choses, de m'éclairer, pour que je traite dignement de la lumière. »

CHAPITRE 43

Le jour où le jardinier a semé la confusion

Le jour où la femme de Claret entra en agonie, Maurice lâcha en ma présence ces mots inattendus : « Il était temps. » Très surpris de cette réaction, je le regardai, incrédule. Il n'avait rien à ajouter et se refusa à toute explication. Je me précipitai dans la masure des Claret pour exprimer à Suzy toute mon affection, mais elle était déjà à l'hôpital. Son mari errait comme un somnambule entre les deux petites pièces en marmonnant des mots incompréhensibles. Je retournai voir Maurice, me plantai devant lui, bien décidé à ce qu'il me lâche enfin la vérité. Il m'apparut plus grand que d'habitude dans sa tenue endimanchée. Il portait une veste de soie noire qui brillait par endroits car elle était un peu élimée, un gilet sombre et un pantalon gris. Je ne l'avais jamais vu aussi élégant et j'avais du mal à le reconnaître, moi qui étais fixé sur l'image de son tablier bleu et de sa paire de sabots. « Je suis prêt pour l'enterrement », me dit-il sobrement. J'estimais qu'il allait un peu vite, mais je savais qu'en matière de rythme du temps et de cadence des événements, il n'avait de leçons à recevoir de personne et alors je compris que Suzy était arrivée au bout du chemin.

Souvent, vous l'avez remarqué, c'est seulement la mort d'un autre qui décide les grandes personnes à vous parler. Maurice ne fit plus aucune manière pour me dire ce qu'il avait sur le cœur : « Je n'ai jamais eu aucune estime pour la femme de Claret, car je sais qu'elle l'a abandonné au pire moment de sa vie. » C'était la première fois que Maurice me parlait comme ça, d'homme à homme, toujours il m'avait traité comme un enfant avec en plus cette sorte de respect pour le fils du maître. Je me révoltais contre son interprétation des choses. Comment un être aussi merveilleux que Suzy aurait-il pu laisser tomber l'homme qu'elle adorait, comment pouvait-on tromper son mari ? Cette idée même n'entrait pas dans mes schémas. Mais le célibataire endurci aux silences lourds de sous-entendus tenait bon et il avait peut-être des raisons inconnues de moi pour entretenir sa rage : « Non, puisque je te le dis, elle n'a jamais été digne de lui. »

Alors, l'homme fruste à l'élégance primitive et aux mains calleuses fit un geste inattendu, posant sa grosse patte sur mon épaule. A ce moment-là, je ne sais pas pourquoi mais sans doute les propos de Maurice y étaient pour quelque chose, je me suis souvenu d'une phrase de Madame Claret, une phrase meurtrière qu'elle avait laissée passer comme ça en parlant de son mari et de la jalousie insurmontable qu'il provoquait chez elle : « Quand il était méchant avec moi, j'aimais plus que tout le voir mourir, surtout dans *La Tosca* quand la cantatrice lui plantait dans le ventre un couteau vengeur ! » Mais Maurice avait repris ses confidences : « S'il est une femme admirable dans cette maison, hors ta vieille tante que j'ai servie jadis et Madame ta mère qui est merveilleuse, c'est bien Mademoiselle Vote à qui Claret doit tout. Autant que tu saches la vérité maintenant. Quand Monsieur Claret est rentré du front, comme si le sort ne s'était pas assez acharné sur lui, une mauvaise surprise l'attendait à Paris, sa danseuse l'avait quitté. Après la guerre, un grand concert était donné pour saluer son retour à la scène. Mais sa voix s'était cassée. Ce fut la grande humiliation de sa vie. Il avait voulu se suicider. Il est rentré dans sa loge et il s'est empoisonné. C'est Mademoiselle Vote qui l'a sauvé et c'est elle qui m'a demandé de le ramener en Touraine avec la voiture à cheval. Elle l'a soigné pendant des semaines. Dans l'existence, on peut subir beaucoup d'affronts, mais quand on est déjà à terre, le coup supplémentaire qu'on n'attendait pas est celui qui vous tue. Cet homme qui croyait être sorti vivant de l'enfer des tranchées a été frappé par deux fois : d'abord sa bien-aimée l'avait lâché et ensuite il avait été contraint d'admettre qu'il avait perdu sa voix. Tu ne peux pas savoir ce que Mademoiselle Vote a fait pour lui. Elle connaissait un grand journaliste de la presse parisienne et a su le convaincre de consacrer à Claret un article en première page du journal *Le Temps*. Sur cinq colonnes à la une s'étendait ce titre : " La plus belle voix de la France donnée à la Nation ". C'était un éloge de cet artiste valeureux qui faisait de lui, du jour au lendemain, un héros de légende et un exemple pour le pays. Sous cette prestigieuse signature, les lecteurs découvraient l'histoire de Claret, ce chanteur d'opéra à l'avenir prodigieux et à la carrière brisée par l'esprit de sacrifice. »

Aussitôt, j'osai une question naïve, une interrogation peut-être hors de propos mais qui me taraudait depuis longtemps : « Pourquoi Monsieur Claret et Mademoiselle Vote ne se parlent jamais ? J'ai toujours été intrigué par leur indifférence réciproque. – Parce que tu ne sais pas tout. Après la parution de cet article, Suzy est revenue à son mari. Elle s'est dépêchée de reprendre sa place avant qu'une autre ne s'y installe. Pour moi, c'est une voleuse de bonheur. » Maurice m'avait mis sur la voie et soudain j'eus l'intuition de quelque chose d'énorme. Est-ce qu'un élan n'avait pas été brisé, celui qui aurait pu porter Mademoiselle Vote vers le séduisant chanteur d'opéra ? Et Maurice, en veine de confidences, poursuivait son récit : « Le jour où Claret reçut la Légion d'honneur, les deux femmes étaient présentes : Suzy, un peu trop fardée, et Mademoiselle Vote, les seins comprimés par son spencer gris perle, sa jolie taille mise en valeur, distante, un peu pâle, savourant le succès de l'homme qu'elle avait sauvé du désespoir, sans connaître cependant les caresses de la récompense. Mais tu sais, mon petit, je m'avance peut-être un peu trop en te disant cela. Qui sait ce qu'il y a dans le cœur des femmes ? La seule chose qui est sûre, c'est que Mademoiselle Vote a été et sera toujours admirable. Elle aurait tant mérité d'être aimée ! »

CHAPITRE 44

Veuf à quatorze ans

Veuf à quatorze ans, j'étais dans un état lamentable. Je fus reçu par Monsieur Claret, qui lui aussi avait perdu sa femme, ce qui créait entre nous une nouvelle relation, celle attendrie et fatiguée des êtres qui ont subi un sort identique et qui ont décidé de continuer à survivre en se montrant solidaires sans pourtant trop s'apitoyer. J'entrai dans sa maison et ne reconnus pas tout de suite l'ordonnance de la masure. J'avais l'impression qu'il avait tout changé. Il me dit : « Tu vois j'ai remeublé mon intérieur comme si c'était une loge de théâtre. » Sa voix était plus claire et il avait retrouvé comme une seconde jeunesse. Sur les murs étaient apparus des programmes et des affiches d'opéras encadrés de bois sombre. « Bien sûr je ne bougerai pas d'ici mais, tu me comprends, c'est comme si j'étais reparti en voyage. Plus rien ne m'attache à cet endroit. J'ai perdu mon épouse mais dans ses derniers instants à l'hôpital j'ai compris que c'était elle qui était la plus seule. Cela m'a fait aussitôt penser à l'un des dessins les plus tardifs de Léonard représentant vraisemblablement la Dame Seulette qui apparaît à Dante au chant XXVIII du *Purgatoire* pour être son ultime guide, le long du Léthé, avant la rencontre avec Béatrice. » Je ne comprenais pas grand-chose à ce que cet homme malheureux me racontait. Mais ce qu'il me disait importait peu. J'étais prêt à l'écouter pendant des heures. Le plus important pour moi, en ces moments-là, c'était de ne pas être seul. Monsieur Claret me dit : « Il faut que nous parvenions à comprendre, peut-être ensemble, ce qui est arrivé à chacun de nous. Il y a quelqu'un qui peut nous aider, c'est Léonard. Je sais que tu es entendu de lui. Mais moi aussi je veux l'écouter. N'est-ce pas à nous qu'il s'adressait quand il a constaté cet état : " Les ombres sont indispensables pour la perspective car sans elles on comprend mal les corps opaques " ? » Il se mit à rire nerveusement : « Non seulement nous sommes des corps opaques, et en plus des ombres, mais nous sommes aussi des incompris. » Il me fixa longtemps avec ses yeux bleus délavés comme si mon chagrin était le sien. « La personne, poursuivit-il, que Léonard a choisie comme écran pour lui-même c'est celle de l'artiste philosophe, amant d'une beauté originelle, démiurge de fictions, enquêteur de toutes choses mis à part Dieu. »

Je n'osais pas dire à Monsieur Claret que Léonard, l'inventeur infatigable des choses nouvelles, m'avait laissé tomber. Madame Claret était morte d'une maladie du sang et le ténor ne put s'empêcher de citer Léonard de Vinci : « L'origine de la mer est le contraire de celle du sang ; la mer absorbe tous les fleuves lesquels sont entièrement produits par les vapeurs d'eau élevées dans la mer ; mais la mer de sang est à l'origine de toutes les veines. » Claret était inspiré. Il parlait en levant les yeux au plafond comme ces aveugles dont la force de conviction paraît incroyable : « Tout est matière, tout est création, tout se transforme », semblait-il remarquer. Et comme s'il voyait les flots furieux, il ajouta : « Les vagues des océans qui se gonflent sont comparables à la respiration du monde. » Et justement après avoir soufflé, il énonça ce principe sage : « Rien ne peut être aimé sans être connu. »

« Maintenant j'ai tout mon temps et je veux que rien ne m'échappe de ce que Léonard a compris, lui qui a connu après cinquante ans sa période la plus fertile, me dit Monsieur Claret. Je vais désormais m'intéresser à tout, aux mouvements des cheveux, des crinières, des branchages, des feuillages et des vêtements ainsi qu'à l'ondoiement des eaux. A tout ce que cela cache et à tout ce que cela peut dévoiler. Ce me sera d'autant plus aisé que c'est ici dans ta maison qu'il a réfléchi à toutes ces questions. Un grand nombre de ses manuscrits datés de 1517, rassemblés dans le Codex Atlanticus, portent la mention " Au palais de Cloux à Amboise ".

« Hanté par l'eau Vinci se passionne pour les grands travaux de drainage et d'irrigation. Il se préoccupe à la fois de nettoyer les latrines des hommes et d'alimenter les fontaines de leurs jardins. Il a même rêvé d'une horloge dynamique et l'a réalisée en inventant le réveille-matin aquatique. " Seul ce qui peut être vu, peut être compris. Seule l'expression de la peinture peut donner l'image exacte de toutes les merveilles de la nature... Les mouvements du corps doivent être très bien connus du peintre car c'est très difficile de les faire varier conformément aux mouvements de l'âme qui sont infinis. " Je sais ce qui te préoccupe tu es comme moi tu ne penses qu'à elle et à la façon mystérieuse dont elle a fini. Toi c'est l'eau qui t'a ravi ton âme aimée. Là aussi tu comprendras beaucoup de choses en écoutant Léonard. Auras-tu la patience, auras-tu le courage, auras-tu surtout le courage de la patience ? Car l'énigme du mouvement des eaux c'est le grand œuvre de Léonard. N'est-ce pas lui qui nous dit : L'eau amène tantôt la vie tantôt la mort. Sans elle rien ne peut exister. »

Tout d'un coup j'étais fasciné. Toute la première partie de son discours m'avait paru être la divagation d'un fou frappé au cœur par le chagrin. Mais maintenant il parlait clair. Peut-être m'intéressait-il soudain parce qu'il entrait dans le vif de ma blessure. Monsieur Claret se faisait à nouveau l'écho de Léonard : « L'eau peut prendre toutes les couleurs, toutes les senteurs, tous les goûts, mais par elle-même elle n'a rien. » Il reprenait son souffle et comme s'il retrouvait l'accent du bel canto, il se lança : « L'eau s'élève dans l'air sous forme de fine vapeur... » Après un temps il ajouta : « L'eau se meut sans cesse avant de s'unir à l'océan. »

Un orage éclata, la lumière électrique vacilla un instant dans sa maison et pendant que le tonnerre entamait son concert je regardai le visage raviné de l'homme sans larmes qui attendait que le ciel pleure pour lui. Monsieur Claret s'était levé, il avait posé son front contre la vitre et me faisait signe de le rejoindre. « Tiens, je vais t'apprendre un truc : essaie de compter les secondes entre les éclairs. Léonard savait le faire à la perfection. L'instant que nous vivons est complet ; je suis sûr que comme moi tu aimes beaucoup les orages. Dans la situation qui est la nôtre, à tous les deux, cela fait un bien fou d'écouter le bruit de ce grand déchirement. Au moins cela se passe à l'extérieur et non plus à l'intérieur de nous. Cela nous défoule et puis tous les grands rôles sont distribués : l'air, le feu, la terre, l'eau, et même la lumière de l'éclair. Le Vinci était passionné de météorologie. Avant l'invention du télescope, il passa des heures à scruter les cieux. Un jour, il vit un énorme nuage au-dessus du lac Majeur qui resta immobile une heure avant d'éclater en un orage extraordinaire. » Le fracas du ciel semblait répondre à sa réflexion, cela tonnait de tous côtés et c'est vrai que j'étais peu à peu envahi par une sorte de bien-être, une détente, que rien pourtant n'avait pu m'annoncer. Alors mon compagnon d'infortune tourna vers moi son visage terreux illuminé seulement par son regard bleu de méthylène : « C'est curieux mais rien n'est inutile ici-bas. Je viens de comprendre grâce à cet orage la puissance de l'eau et surtout comment elle est capable de faire tourner les machines. »

Les effusions physiques n'étaient pas le genre de Monsieur Claret. Pourtant à cet instant-là, je n'avais qu'une envie, me blottir contre lui. Je venais de comprendre que j'étais moi aussi un mutilé. Claret me regardait en silence et c'était impossible de percevoir ce qu'il pensait. Il avait changé de sujet, il voulait parler des yeux. C'était encore Léonard qui inspirait chacun de ses mots : « L'œil est la fenêtre du corps », dit-il. Et alors je me mis à penser qu'il fallait entretenir cette merveille que nous avait donnée la nature. Qu'il fallait peut-être faire la toilette de cette meurtrière de l'âme et se laver les yeux entre chaque regard. J'osai pour la première fois l'interrompre : « Mon père m'a dit combien vous avez souffert dans les tranchées. Pourquoi est-ce si dur de souffrir ? Pourquoi ce sentiment que cela ne finira jamais ? Pourquoi est-ce qu'endurer c'est comme un métier qu'il faut apprendre et quel est le mode d'emploi pour savoir se défendre ? » Claret me répondit : « J'ai deux façons de te satisfaire, la façon d'Alfred de Vigny ou celle de Léonard de Vinci qui lui aussi avait ses idées sur la question. Pour Vigny tu sais qui il est puisque tu es né dans la même ville que lui, ce jeune poète n'avait pas trente ans lorsqu'il écrivit *Cinq-Mars*. Un roman qui commence à côté d'ici au château de Chaumont et où le fils de la maréchale d'Effiat tombe amoureux de la jeune Marie de Gonzague, duchesse de Mantoue. Vigny c'est celui qui dit : “ Seigneur, vous m'avez fait puissant et solitaire. Laissez-moi m'endormir du sommeil de la terre. ” C'est lui qui pense : “ Il est bon et salutaire de n'avoir aucune espérance... un désespoir paisible, sans convulsion de colère et sans reproche au ciel, est la sagesse même. ” Sa devise elle est simple et elle répond à ton interrogation : “ Souffre et meurs sans parler. ” Sa conviction est des plus claires : “ Seul le silence est grand, tout le reste est faiblesse. ” »

Alors emporté par son enthousiasme pour cet écrivain passionné hautain et douloureux, écartelé entre la volupté et l'honneur, j'osai avancer quelques vers de Vigny, murmurant cette strophe d'*Eloa* :

D'où venez-vous, Pudeur, Noble Crainte, ô mystère,
Qu'au temps de son enfance a vu naître la terre ?
Fleur de ses premiers jours qui germez parmi nous,
Rose du Paradis, Pudeur, d'où venez-vous ?

Monsieur Claret était redevenu complètement placide. Absolument calme, tout à fait serein. Prenant le parti de Vinci plutôt que celui de Vigny il me parla sans avoir l'air de me répondre et pourtant ce qu'il avait à dire allait bien au-delà de ce que je lui avais demandé. Il dit : « Regarde la lumière et admire sa beauté. Ferme l'œil et observe. Ce que tu as vu d'abord n'est plus et ce que tu verras ensuite n'est pas encore. »

CHAPITRE 45

Veux-tu être des nôtres dans l'Agla ?

Au Clos-Lucé Mademoiselle Vote était l'unique personne à avoir le privilège de jouir d'un petit appartement à elle seule. Il était au premier étage et donnait sur un escalier qui débouchait en bas sur ce que l'on appelait la cuisine de Maurice. Il se situait face à la salle à manger familiale au plafond à caissons et donnait aussi sur le long couloir obscur qui conduisait au cœur du logis. Nous ne savions pas pourquoi la vieille demoiselle s'enfermait toujours à clé. Cela ne faisait qu'épaissir le mystère de celle qui nous conseillait de nous méfier de tout puisque même les bijoux des femmes pouvaient être, selon elle, encore aujourd'hui, de minuscules réceptacles à poison.

Après m'avoir donné congé, Mademoiselle Vote me rattrapa par le coude alors que j'allais saisir la poignée de la porte. Je me retournai et ce que je vis c'était une femme transfigurée. Comment avait-elle pu rajeunir à ce point en si peu de temps ? C'est indirectement qu'elle me donna elle-même la réponse :

« La vie est surprenante tu ne trouves pas ? As-tu remarqué comme moi que depuis la mort de sa femme Monsieur Claret est rayonnant ? C'est étonnant, non ? L'autre jour j'ai cru retrouver l'homme comblé par l'amour des foules, le ténor irrésistible, le jeune soldat qui part à la guerre en chantant la fleur au fusil. Il y avait dans sa démarche cette légèreté de l'allégresse de ceux qui savent qu'ils vont au bonheur. Il se tenait droit de nouveau tout en se courbant pour saluer comme jadis sur la scène avec sa grâce d'antan. Il m'a dit qu'il rentrait d'une visite qu'il avait faite au hameau de Chandon, tout juste avant d'arriver à Amboise quand on vient de Tours, sur le haut d'un coteau où habitait la veuve de Guillaume Apollinaire, au faîte d'un étroit sentier bordé de chaumières des plus pittoresques. Jamais il ne s'y était rendu auparavant à cause de la jalousie de Suzy, malgré la proximité amicale qui le liait à la femme du poète, et de tous les souvenirs de bonheur partagé. Il en est revenu enthousiaste et m'a fait beaucoup rire en me racontant qu'il y avait autour de ce lieu énormément de volailles. Quand il m'a dit, d'une façon enjouée comme s'il me ramenait un bouquet, ces vers d'Apollinaire, j'ai cru au retour de nos beaux jours.

C'est le printemps viens-t'en Pâquette
Te promener au bois joli
Les poules dans la cour caquettent
L'aube au ciel fait de roses plis
L'amour chemine à ta conquête. »

Jamais je n'avais vu Mademoiselle Vote aussi heureuse. Elle se croyait en vacances en Italie, me faisant remarquer que les façades roses du Clos-Lucé évoquaient les paysages de Sienne et de Bologne, de même que notre voisin Château-Gaillard lui rappelait ces blanches villas, qui dans la sombre verdure des chênes font la ceinture riante de Florence. Elle m'emmenait visiter à pied, de l'autre côté de la Pagode de Chanteloup, son amie Jehanne Dorliac, qui elle aussi avait été très liée à Apollinaire et qui habitait le pavillon de la grille dorée, au bout de l'immense propriété du duc de Choiseul. L'histoire de l'exil en Touraine du grand ministre de Louis XV me fascinait et puis son attitude fastueuse au milieu du malheur dans ce Versailles sur la Loire bâti par lui était pour moi une leçon : celle de la grâce dans la disgrâce. En progressant dans l'allée de la Pagode de Chanteloup et en conversant interminablement avec Mademoiselle Vote, j'avais enfin le sentiment de comprendre le Vinci.

Léonard était ce maître rare parce qu'il n'aimait pas punir. Il n'écrasait jamais l'enfant des forces de l'esprit et l'éclat original ne pouvait jamais être pour lui qu'une parure. Devant la glace qui était dans sa chambre, il m'avait donné le code de notre complicité : « Voici le miroir pour lire quand ce que tu écriras sera le double de moi. » J'aimais l'image de ce visage qui faisait maintenant partie de mon enfance, avec cette barbe d'hiver de grand-père du savoir, effaçant les neiges du temps. Majestueux, il possédait cette beauté qui empêche d'être envieux. Sa force était cachée dans l'évidence de sa douceur. Il avait tout pour emporter l'adhésion d'un enfant : avec lui les sous-sols avaient la parole et les caves étaient en forme de crâne. Ses peintures étaient pour moi comme les cloisons précieuses et fragiles derrière lesquelles apparaissait l'éternité solide. Sa conversation ressemblait à un passage secret dans un château endormi. Il m'avait enseigné qu'à mon âge on était assez fort pour casser, pas assez pour dissimuler. Humain, il l'était avec ses propos mesurés et ses chutes vertigineuses comme les avalanches d'une montagne invisible aux yeux. Metteur en scène de l'incroyable, acteur impeccable de la splendeur, il se montrait le manant du beau, le pèlerin jamais fatigué de vêtir de la futilité des artifices l'intelligence de sa profondeur. Avec lui dans cette demeure, j'avais appris que gravir les escaliers c'était changer d'époque sans cependant changer de temps. Chaque marche comptait pour un siècle et demi. J'allais et venais entre le haut des années cinquante et le bas des années quinze cent. L'histoire vécue au présent était dans cette demeure comme une pièce de théâtre où les acteurs reculaient dans les coulisses. Il ne voulait pas être seul et réclamait le privilège de cousiner encore avec les contemporains. Pourquoi ces derniers avaient-ils peur des sans adresse du passé ? Pourquoi craignaient-ils les colocataires du temps aboli ? Pourquoi semblaient-ils refuser de vivre la cohabitation harmonieuse en un même lieu où chaque porte donnait sur un siècle différent ? Une seule demeure peut-elle être le résumé de toutes les passions humaines : le désir, l'amour, l'action, la réflexion, la prière, le sacrifice ? Le Vinci m'avait aussi appris qu'en matière d'endurance, le papier était plus fort que la peau. Evoquant les écrits, il remarquait que les parchemins qui avaient reçu le savoir et la mémoire perduraient encore quand la peau était déjà pourrie. Avec le maître toscan, il m'a fallu des années pour comprendre et des mois pour creuser. J'ai finalement trouvé que le meilleur portraitiste du Vinci, c'était Léonard lui-même. Et j'ai estimé que nul n'était mieux placé que sa propre personne pour le définir. C'est dans une phrase sortie de sa bouche et tracée par sa main que je le trouvais peint tout entier : « La perfection extérieure est la beauté, la perfection intérieure est la bonté. »

Marauder dans l'histoire, c'était mon péché. Je n'étais qu'un petit voleur du temps et cependant les miettes de l'éternité faisaient le quotidien de mon festin. Les contes de fées servaient de brouillon à ma vie, moi qui étais incapable de rendre une copie propre. Aussi fus-je très surpris lorsque Mademoiselle Vote avanca cette proposition : « Veux-tu être des nôtres dans l'Agla ? »

Désormais je savais qu'avec Mademoiselle Vote, dans un premier temps, il ne fallait pas poser de question, et dans un second temps qu'il était même parfois inutile de lui répondre. Cette fois, j'avais choisi la bonne attitude puisqu'elle se mit à parler :

« François Ier faisait partie d'une société de pensée nommée l'*Agla*, d'un mot cabalistique qu'employaient les rabbins. Les doctrines des gnostiques du Moyen Age et celles des cathares s'y étaient perpétuées par l'intermédiaire des copistes et des enlumineurs, puis par les papetiers et enfin les imprimeurs. A l'époque de la Renaissance, toute la corporation du livre était affiliée à l'Agla. Les Estienne étaient une famille d'imprimeurs remarquables et la deuxième génération avait donné à cette dynastie des belles-lettres, en la personne de Robert, fils d'Henri, un esprit de premier plan, à la fois helléniste, latiniste et hébraïsant. Sa Bible latine, parue en 1532, était un véritable chef-d'œuvre typographique.

« Chez les Estienne, on avait des principes. La devise du père, c'était : " Plus d'huile que de vin. " La devise du fils, extraite de l'Epître de saint Paul aux Romains, c'était : " Ne tranche pas ce qui est élevé. " Ce dernier travaillait avec tant de conscience qu'il pria un jour François Ier, qui arrivait chez lui à l'*Enseigne de l'Olivier*, de bien vouloir attendre pour lui parler qu'il eût terminé les corrections dont il s'occupait à cet instant. Mais les Estienne n'avaient pas fini de nous surprendre. Une troisième génération allait naître avec le fils de Robert qui avait reçu le prénom du grand-père. C'est à ce deuxième Henri Estienne qu'on doit cette édition gréco-latine des œuvres de Platon parue en 1578. Le texte grec admirablement imprimé était accompagné de notes dues à la grande érudition du troisième du nom.

« Et maintenant, je vais peut-être te surprendre. L'un de tes compagnons de jeu, Olivier de Serres, avec qui tu passes des heures ici au fond du parc ou à Pocé-sur-Sisse au château de Bellecour, figure-toi qu'il est de la même famille que l'érudit calviniste dont je vais te parler. Ecoute-moi bien : il s'agit d'un certain Jean de Serres à qui l'on doit la traduction en français de cette célèbre Bible latine. Et tu comprendras en la lisant ce que je te dis : la Bible n'est pas un livre, c'est une bibliothèque. On peut être reconnaissant à Jean de Serres d'avoir déployé tant d'efforts pour réconcilier catholiques et protestants. Mais tu apprendras combien il est difficile de vouloir faire le bonheur des gens malgré eux et combien cela coûte cher de tenter de les raccommoder. Jean de Serres ne résussit qu'à se faire mal voir par les uns et les autres. Il était le frère d'Olivier de Serres, auteur du *Théâtre d'agriculture,* l'ancêtre de ton ami. Cela dit, je ne te cache pas que la traduction de Jean de Serres, rédigée dans un style élégant, est beaucoup moins exacte que celle de Marsile Ficin, l'ami de Léonard de Vinci. L'année qui suivit l'édition de cette traduction, le même Henri Estienne reçut de Henri III une pension de mille livres, pour avoir écrit en moins de trois mois et conformément au désir exprimé par le roi un texte aujourd'hui tout à fait d'actualité, intitulé *De la precellence du langage français.* »

Mademoiselle Vote me faisait découvrir un versant que j'ignorais de la personnalité de François Ier. Dès sa jeunesse il fut un grand lecteur des romans de chevalerie qui allaient façonner sa vie et montra du goût pour l'*Amadis de Gaule*, roman picaresque qui influença fortement le *Don Quichotte* de Cervantès. François Ier c'est aussi lui, me dit-elle, qui a protégé et encouragé les gens de lettres, notamment Clément Marot lorsqu'il avait contre lui à la fois la justice et les théologiens. J'étais fasciné par cette période de l'histoire où deux souverains d'exception étaient en rivalité permanente : François et Charles Quint. Ils avaient régné en même temps, le premier de 1515 à 1547 et le second de 1516 à 1566. Et puis la conduite des affaires étrangères par le Roi-Chevalier avait de quoi retenir l'attention d'un fils de diplomate. J'aimais la façon dont le roi très-chrétien se ralliait au commandeur des croyants et la manière insolente dont François Ier se moqua du partage des nouveaux mondes exécuté par l'Espagne et le Portugal au traité de Tordesillas en 1494, qu'il qualifia avec une ironie mordante d'un soi-disant « testament d'Adam ».

Les belles-lettres selon Mademoiselle Vote pouvaient être un monde heureux. Elle commença par m'expliquer la chance qui était la mienne d'avoir été élevé dans la maison des dames, de Marie Stuart à Marguerite de Navarre et d'Anne de Bretagne à Louise de Savoie. Elle me montra comment la Renaissance fut le théâtre de la mise en valeur de la souveraineté des femmes : Christine de Pisan, fille d'un médecin et astrologue italien entré au service du roi Charles V, première femme de lettres, avait ouvert la voie. Anne de Bretagne, qui possédait une galiote sur la Loire et une meute de vingt-quatre chiens, était une lectrice d'élite et se plongeait avec passion dans les ouvrages que son mari avait ramenés de son expédition italienne. Suzanne Erker dirigeant la fabrique de monnaie de Kutna Horce près de Prague, montrait l'exemple et Elisabeth Ire s'avérait l'un des plus grands monarques d'Angleterre. Sophie Paléologue, épouse d'Ivan III, faisait connaître la Renaissance italienne à Moscou tandis que Lady Margaret Beaufort, mère d'Henri VII, fondait deux collèges à Cambridge et protégeait le premier imprimeur anglais, William Caxtom. Quant à Marguerite d'Ecosse, elle avait tant de respect pour le talent littéraire que lorsqu'elle voit le vieux poète de cour, endormi sur un meuble dans une embrasure de pierre, pour signifier à tous son admiration, elle l'embrasse sur la bouche. La Renaissance racontée par Mademoiselle Vote ne me semblait pas si lointaine des passions de l'époque contemporaine. La contestation et la répression sont déjà là quand Marot traduisant Virgile est accusé d'être luthérien et quand la Sorbonne est contre Rabelais. Et puis pour l'amour quand on a vingt ans c'est toujours la même histoire. Agrippa d'Aubigné tombe amoureux de Diane Salviatti au château de Talcy. Cette nièce de Cassandre est aussi blonde que sa tante, l'égérie de Ronsard, était brune. Elle joue de la musique pour le jeune poète qui à son tour lui consacre pas moins de six mille vers.

Mademoiselle Vote savait aussi donner à la vertu de chatoyantes couleurs, elle le fit en me narrant comment Olivier de Serres, agronome ardéchois, commença à écrire à l'âge de dix-huit ans. Il était arrivé à Paris l'année de l'édit de Nantes. Il est le frère de Jean qui deviendra l'historiographe d'Henri IV. Il avait six enfants, et Jean en avait sept. Quand le premier disparut, le second accueillit tous les enfants de son frère. En apprenant cette belle histoire, je ne pus m'empêcher de faire le calcul et de penser qu'était déjà composée une équipe de rugby à treize. Les accents du charme aussi étaient présents dans son évocation de l'histoire de France, quand elle racontait comment Charles VIII, à son arrivée à Florence, fut salué par des jeunes filles de douze ans qui le complimentèrent en latin. Mais chez elle, il ne n'agissait pas de donner le dernier mot à la jeunesse puisque la grande œuvre de Léonard avait commencé à cinquante-cinq ans avec la *Joconde* et que Michel-Ange œuvra jusqu'à la fin, lui qui vécut jusqu'à quatre-vingt-dix ans. La vieille demoiselle aimait les auteurs mais ne se voilait pas la face devant les défauts des créateurs. Pour elle Michel-Ange était un peu dérangé : il n'assistera pas à l'enterrement de son père de peur de s'ennuyer et dans la fresque du *Jugement dernier*, il peignait ses ennemis en démons.

Avec elle je m'enivrais du nectar des écrits et j'apprenais mille choses insolites : que le poète Gérard de Nerval par fétichisme amoureux avait acquis en Val de Loire le lit de Marguerite de Valois et que le mot « Renaissance » fut employé pour la première fois par Balzac en 1820. Un terme très postérieur à l'époque qu'il désigne, puisqu'il n'apparaît qu'au XIXe siècle, ce qui était, à mon sens, tout à fait digne du Romantisme dans sa fidélité à la Renaissance. Elle me révélait aussi que Pic de La Mirandole, adolescent surdoué et superbe, mourra à trente ans, emportant avec lui dans sa tombe presque toute la connaissance de son temps, lui qui parlait vingt langues. Elle me parlait de l'influence de Swedenborg sur Balzac, de la façon dont le duc de Choiseul avait soutenu l'illuministe d'Amboise, Claude de Saint-Martin, des écrits du Sâr Péladan et des futuritions de Stanislas de Guaita. Elle me donna à lire le devoir de français rédigé par Arthur Rimbaud à l'âge de quatorze ans où ce dernier, prenant la plume du poète Charles d'Orléans, écrivait une supplique à Louis XI pour demander la libération de François Villon de la prison du Châtelet.

Avec moi, Mademoiselle Vote tombait sur un terrain favorable. La beauté des écrits anciens m'avait toujours bouleversé.

Fatras de manuscrits et vélins jaunis, cet arsenal magique de l'écriture sous toutes ses formes, comment un fils de notaire aurait-il pu y être indifférent ? D'autant que ce fils naturel, notoire en l'occurrence, Léonard de Vinci, ne pouvait que tout connaître de la splendeur des manuscrits entassés dans l'étude de son père. Il était né à Anchiano près du village de Vinci aux environs de Florence. Dans la nuit du 15 avril 1452, Caterina, une jeune servante de la petite ville de Vinci, accouche d'un garçon. Le père du nouveau-né, Ser Piero, notaire, doit prochainement se marier avec la fille d'un confrère florentin ; loin de renoncer à cette union, il recueille chez lui l'enfant et donne à Caterina une petite dot. Elle épousera bientôt de son côté un paysan surnommé Accattabriga, ce qui veut dire « le chamailleur », dont la ferme appartient à Messire Piero. Enfant de l'amour, Léonard grandit entre son père et sa belle-mère et restera longtemps fils unique. Quoiqu'il soit gaucher, il ne semble pas qu'on cherche à le corriger de ce « vice », chose étonnante en un temps où *la gaucherie* est considérée, dans les procès de sorcellerie, comme un des signes du démon. Il ne semble pas non plus qu'on se préoccupe beaucoup de ses études : il n'apprend pas le latin et passe une grande partie de son temps à courir la campagne et à capturer des animaux pour les observer minutieusement. Il a douze ans quand meurt sa belle-mère et quatorze ans quand son père se remarie.

C'est chez son père, Piero da Vinci, un homme jeune, beau, entreprenant et sensuel, que Léonard est saisi de l'amour de l'écrit et il a tout le loisir d'en découvrir les multiples manifestations. Sa mère était une paysanne d'une grâce exceptionnelle et dans les sourires divins du maître de la peinture donnés à ses toiles, elle est toujours là, avec son amour infini pour lui et cette douceur qui semble venir de si loin. Caterina ne le quitte pas des yeux. Tant qu'il vit à la campagne, elle est à une portée d'arbalète, mais après, quand il entre dans l'atelier de Verrocchio, il devient le bel adolescent de la cité de Florence. Combien de temps a-t-elle accompagné son enfant et jusqu'où a-t-elle pu encore côtoyer l'artiste ? Etait-elle auprès de lui pour constater la grandeur et la confirmation de ses premiers succès ?

Ici, nous entrons dans l'univers épais du secret. Quand Léonard a-t-il revu sa mère ? Est-elle à ses côtés à Milan au moment où son fils œuvre avec tant de succès à la gloire du duc ? Et cette servante si discrète, qu'il appelle avec respect par son prénom, ne serait-ce pas celle qui l'a mis au monde ? En 1495 Léonard offre à sa supposée servante des funérailles émouvantes en un service somptueux qui évoque plutôt la vénération et l'amour qu'un fils porte à sa mère, ce fils élu qu'elle serait venue rejoindre après son veuvage et qui restitue dans ses tableaux la beauté de son sourire.

Qu'est-ce que le Vinci pensait de son père ? C'est auprès de lui qu'il a connu l'écriture et pourtant il ne nous dit rien de cet homme d'une vitalité légendaire qui s'était marié quatre fois et avait eu onze enfants. Quel paradoxe de constater l'extrême réserve de Léonard dans tous ses écrits. Difficile de trouver trace d'une émotion humaine, nous ignorons tout de ses sentiments, de ses goûts, de l'état de sa santé et de ses opinions sur les êtres proches ou les événements de son temps. Même quand survient l'écrasante nouvelle de la mort de son père, les signes de ses écrits se font presque absents. Seules de brèves notations enregistrent la réalité du décès. Ce qu'il y a de frappant c'est qu'elles sont rédigées, ce qui est exceptionnel de la part du maître, d'une écriture qui va de gauche à droite.

CHAPITRE 46

Il s'est évanoui, le Vinci

Mademoiselle Vote voulait bien m'aider, mais ses raisons alchimistes et ses prétextes hermétiques m'égaraient. Quand j'osais lui confier que la mort de ma bien-aimée m'avait plongé dans une tristesse profonde, elle se contentait de me répondre, croyant poser un pansement sur ma douleur vive : « N'oublie pas la douleur des autres. Tu n'es pas le seul à souffrir. Pense à la nuit que passa Stendhal au paroxysme du désespoir quelques heures avant de commencer à écrire *Le Rouge et le Noir.* »

Quelques jours plus tard, je revins dans la chambre de Léonard pour réfléchir en paix, à l'ombre de sa présence, sur ces mots qu'il avait assemblés comme pour expliquer la mort surprenante d'Arabelle et qui composaient des phrases qui semblaient se contredire. Dans la première, il déclarait : « Par l'expérience on découvre la cause » et je me demandais comment cela pouvait m'aider à comprendre l'accident de ma promise tombée dans la cruelle écluse. Dans la seconde, il disait : « La nature est pleine d'infinies raisons qui ne seront jamais dans l'expérience. » J'étais perdu et mon guide ne m'aidait plus à comprendre. Ce n'est que quelques nuits plus tard, à force de tourner ses feuillets, de consulter ses carnets que je saisis pourquoi la mort d'Arabelle me faisait l'effet d'une torture infinie. J'avais d'un côté la conviction qu'elle était encore là, non loin d'ici, dans le parc du Clos-Lucé, qu'elle était toujours notre voisine de l'autre côté du haut mur. Son âme avait les mêmes rendez-vous. Mais en même temps, j'avais perdu sa présence intense. De là tant de douleur. Et Vinci l'avait vue puisqu'il avait écrit : « L'âme désire rester unie à son corps, parce que sans les instruments organiques de ce corps, elle ne peut ni agir, ni sentir. » Alors je me suis dit qu'Arabelle tentait peut-être, à l'instant, de s'exprimer. Je quittai en courant la chambre de Léonard, dévalai le grand escalier quatre à quatre, passai devant la chapelle à la voûte étoilée, parcourus les somptueux salons du XVIIIe, anciens ateliers du peintre, passai dans la grande salle aux hallebardes espagnoles, redescendis encore les degrés de pierres blondes et froides pour déboucher dans la salle des maquettes et enfin remonter dans le jardin de roses. Sans reprendre mon souffle, je descendis le chemin caillouteux et pentu qui conduisait à la maison de Monsieur Claret, tournai à gauche, m'enfonçai dans les orties et les ronces pour, dans le petit bois, aboutir au mur sacré de mon amour.

L'échelle de fer rouillée était toujours là. Je grimpai ses barreaux et me postai à son sommet, à la place d'où je l'observais quand elle apparaissait sur son perron. Et je restai là un quart d'heure, deux demi-heures, trois ou quatre heures et bientôt une après-midi sans la voir une seule fois et même en rêve les yeux clos. Cela signifiait-il qu'il fallait en finir de jouer avec tous les songes ? Nous étions dans une époque concrète, les années soixante du XXe siècle qui se rêvaient modernes et où il n'y avait plus aucune place pour les nostalgiques de la Renaissance.

Le génie, lui, l'avait bien compris et il avait choisi de se taire pour que tout s'accomplisse. N'était-il pas finalement cet esprit si mystérieux qui semblait, à l'instar des sages de tous les temps, avoir voulu cacher d'importantes vérités sous le voile de l'énigme ? J'en aurais été tout à fait persuadé, si une phrase de lui, une seule, n'avait veillé à ressusciter mon interrogation, comme une lampe à huile dans la nuit noire : « Heureux sont ceux qui prêteront l'oreille à la parole des morts. »

Mais Léonard s'était bien enfui. J'avais mis en lui seul l'espoir qu'il soit toute ma famille, mon identité. Où était-il passé depuis le deuil de la petite fille ? Est-ce que ce chercheur infatigable s'était absenté pour ne pas voir, et glisser à côté du spectacle de la souffrance. A force d'être déçu par ses mécènes, persécuté par leur mesquinerie autant que flatté par leur grandeur, corrigé par les princes et morigéné par le pape, n'avait-il pas acquis cet art de l'esquive, ce don de la disparition, confortable à ceux qui possèdent la certitude de la force, un savoir unique tout en restant l'artiste fragile qui perçoit que mettre son genou en terre lui serait un geste fatal ?

Bien sûr, je n'allais pas jusqu'à me demander si de près ou de loin, le maître toscan, inventeur d'écluses, était responsable de la mort de ma promise. Mais le fait qu'il ne soit plus là et même impossible à atteindre par l'intermédiaire du miroir ne me portait pas à l'indulgence. Et puis l'amour qu'on investit dans un être sans qu'il le sache prend un enracinement et une valeur infiniment plus forts que celui que l'on a déclaré. Pendant tout ce temps où je m'étais éloigné du regard de mon père, attentif derrière ses lunettes rondes, ou de la présence silencieuse de ma mère, dont les regards étaient toujours à la hauteur des rêves, tout ce temps où j'étais loin des miens, éternellement pensionnaire, parfois très loin au cœur de la France, de l'autre côté de la Brenn, à Tournon-Saint-Martin, au paradis-enfer de la solitude ou dans ces camps scouts dont je revenais l'idéal enflammé, les genoux déchirés et la tête pleine des rêves héroïques et brutaux mis en scène par Baden-Powell, pendant tout ce temps j'avais abdiqué mes affections pour ne me consacrer qu'à lui. Léonard était ce Dieu le père qui pouvait tout savoir d'un fils incompris. Léonard, le maître rêvé pour ses élèves errants que les écoles ne peuvent vraiment répertorier. Léonard le sage qui considère vos bêtises en souriant et accepte vos illuminations avec l'air de celui qui sait tout de l'au-delà des devenirs.

Et celle dont je pensais qu'elle serait ma femme, qui m'a laissé veuf à quatorze ans, je n'avais même pas eu le temps de lui en parler. Etait-elle un être réel ? Aurais-je su l'aimer ? On raconte que Léonard était d'une compagnie exquise avec les femmes et Marguerite de Valois, la sœur du Roi-Chevalier, était ravie de sa conversation. Est-ce que ma bien-aimée aurait rappelé au Vinci la jeune Béatrice d'Este morte à vingt-deux ans ?

Le grand Léonard n'était plus là. Il possédait l'art de la fugue, le don inné de la fuite. Que lui importait la mort d'Arabelle, lui qui avait connu dans les sous-sols de l'hôpital de Milan ces corps meurtris, déchirés et apaisés par le grand sommeil venu d'en haut ?

Quand mes disputes avec mes frères, Charles et Elzéar, étaient trop violentes, j'étais allé me confier de nuit au miroir de la chambre de Léonard, attendant l'apaisement d'une explication supérieure. Quelle idée idiote car il est des sujets qu'il valait mieux éviter et lui parler de mes frères, c'était lui parler des siens, ses demi-frères avec lesquels il était allé jusqu'au procès. Il devait savoir que le souvenir de la douleur était au moins égal à la douleur et il avait la sagesse de surmonter cette tentation si humaine de vouloir revivre l'instant qui vous a fait tant de mal.

J'aurais dû essayer de me mettre à sa place. Il avait l'âge des fantômes, celui auquel, après tant de siècles, on prête enfin la sérénité. Et alors qu'il avait eu le privilège de rester à Amboise dans le lieu qu'il aimait et qui réjouissait ses yeux, puisqu'il avait dessiné de sa fenêtre son panorama préféré au fusain, voilà qu'il était dérangé par l'amour intempestif d'un jeune garçon avec qui il n'avait rien de commun, sinon le hasard d'une maison partagée, à cinq siècles de distance, aux briques roses et aux chénons blancs.

Celui qui aimait tant interroger la nature, n'aimait peut-être pas qu'on lui pose trop de questions. Et n'avait-il pas donné dans son œuvre des réponses à foison ? C'est pourquoi je repartais dans ce que j'appelais mes devoirs de vacances, c'est-à-dire l'étude de ce qu'il avait dit, ce Léonard de Vinci qui se faisait à lui-même honnêtement ce reproche : « J'ai gaspillé mes heures. »

Et pourtant, il me manquait. Alors j'avais trouvé la solution : fixer ses traits dans l'autoportrait de la sanguine de Turin. Imperceptiblement, les lignes de son visage bougeaient. Ses sourcils s'étaient froncés et il me fixait sans me voir. De sa bouche au mouvement à la fois amer et noble tombèrent ces mots inattendus, prononcés un peu plus bas comme ces encouragements adressés aux malades condamnés et auxquels soi-même on ne croit pas : « Tu sais, pour Claret, ce n'est peut-être pas définitif. Dis-lui que j'ai toujours été intéressé par la phonologie et que j'ai consacré à l'émission de la voix un traité accompagné de nombreux dessins qui montrent la musculation de l'appareil vocal. Dis-lui qu'il retrouvera sa voix. »

Après ces mots, Léonard s'était effacé. Je m'apaisais peu à peu. La nuit tombait doucement, les recoins de la salle s'emplissaient d'ombre et les couloirs disaient bonsoir aux chuchotements mystérieux. Les vents agitaient les grands arbres alentour du vieux manoir et pour consoler les âmes mortes qui lamentablement gémissaient le long des hautes galeries, les cloches de l'église Saint-Denis tintaient dans la brume, cependant que tous les petits clochetons des monastères environnants effeuillaient gaiement leurs sons. J'étais envahi par les ondes bienfaisantes d'une espérance comblée ; celle de la certitude de la bonté du génie. Il m'enseignait la compassion. Dans le miroir ouvragé, il prenait de la distance.

CHAPITRE 47

Passe l'ombre de Shakespeare

La nuit dans le lit de Léonard passa sur mon front l'ombre de Shakespeare. Etait-elle liée à la torture constante pour moi de la disparition d'Arabelle, de l'idée de la bien-aimée sous les eaux, de cette noyée qui surgissait soudain de la surface des songes ? Quoi qu'il en soit, les mots d'Hamlet à Ophélie flottaient dans mon demi-sommeil comme le message de l'amour vainqueur : « Doute que les étoiles soient du feu, doute que le soleil se meuve, doute de la vérité même. Ne doute pas que je t'aime. »

Mon enfance en Angleterre m'avait permis de découvrir très tôt Shakespeare, et je n'avais retenu qu'une date du 23 avril 1616, celle du décès de cet homme issu d'une famille de huit enfants qui avait interrompu ses études à l'âge de douze ans, sans qu'on en connaise les raisons, et qui s'était marié à dix-huit ans avec une femme de huit ans son aînée. Une parole de lui, comme un glaive d'or traversant un nuage gris, était venue jusqu'à moi : « Nous sommes de la même substance que les rêves et notre brève vie est entourée par le sommeil. » Il était stupéfiant de penser que le grand Will et le maître toscan employaient les mêmes mots, disaient les mêmes phrases, pensaient les mêmes choses et allaient mourir le même jour. Le génie italien précédant de quatre-vingt-dix-sept ans le dramaturge anglais dans ses adieux. Léonard disait : « Une journée bien remplie donne un bon sommeil. Une vie bien remplie donne une mort tranquille. » Et lui aussi, le 23 avril 1519, fit son testament et recommanda son âme à Dieu. Alors que ma pensée vagabondait de l'un à l'autre, dans les nappes de l'inconscient, je les voyais tous les deux amoureux des nuages et attentifs au sort des oiseaux, tous les deux entourés d'éclats humides et de lacs mystérieux, tous les deux complices de la cruauté des fleuves et des crimes du hasard, tous les deux soumis aux signes du ciel et aux tempêtes des hommes. Au berceau, Léonard, dans un de ses songes, était réveillé par le battement de la queue d'un milan dans sa bouche, tandis qu'en Angleterre l'enfant voisin de la rivière Avon remarquait : « Il y a une providence spéciale dans la chute d'un moineau. »

Et cette nuit-là, dans la chambre de Léonard, dans le lit où était mort le maître, les comparaisons entre le grand Will et l'immense Léonard m'ouvraient de vastes perspectives. Tous deux avaient des trous dans leur biographie. Il y avait une année de l'existence de

Léonard pendant laquelle on ne savait pas où il était passé et certains supposaient un voyage en Méditerranée ou une fuite en Orient. Dans la vie de Shakespeare, le mystère était encore plus grand. On perd sa trace dans un gouffre de sept années, après avoir appris qu'il avait travaillé jadis chez un imprimeur venu de Rouen, nommé Thomas Vautrelier, et qu'il avait dû gagner sa vie, à ses débuts, en gardant les chevaux des riches Londoniens devant le théâtre de James Burbage. Tous deux tissaient avec des mots l'étoffe même de nos rêves. Léonard de Vinci laissait courir sur ses carnets sa main magicienne : « La peinture est une poésie qui se voit au lieu de se sentir, et la poésie est une peinture qui se sent au lieu de se voir. » Shakespeare, lui, nous ensorcelait par ses passes d'armes de prince du paradoxe : « On peut être poète sans faire de vers et faire des vers sans être poète. » Tous deux, peut-être parce qu'ils avaient tant travaillé sur la naissance du monde, possédaient un langage encore plus aisé à comprendre lorsqu'on était dans l'âge de l'enfance. Pourquoi leurs sombres histoires pour adultes semblaient-elles également limpides aux petits, comme des contes de fées ? Léonard n'avait rien d'un professeur, mais tout d'un grand-père qui retient ses secrets avant de lâcher l'explosive poudrière d'un de ses mystères. Shakespeare était un bonheur pour les enfants rebelles et les autodidactes en liberté, lui qui dans *Comme il vous plaira* donne une si parfaite description du « visage de l'écolier ensommeillé qui se rend à contrecœur à l'école». J'avais si peur d'être seul. J'avais besoin de ces deux magiciens protecteurs, munis de leur science, de leur sagesse, de leurs secrets. Mais l'éternel sourire de Vinci était comme une promesse d'immobilité, alors que Shakespeare, perpétuel agité, avec son imagination qu'il nommait Ariel, faisait bouger les fantômes. Tous deux, Léonard et William, tous deux, Vinci et Shakespeare, ils étaient cernés par le mystère des eaux et le lac des signes.

Shakespeare, c'était une image issue pour moi de la petite enfance. Mon premier tuteur, un vieil écrivain raté, surnommé le Grand Will à l'asile de Brigthon par ses compagnons d'infortune, avait connu, dans son brillant passé, Miss Delia Bacon, descendante américaine du grand philosophe Francis Bacon, contemporain du dramaturge. Elle se convainquit que ce dernier n'était qu'un pseudonyme sous lequel se cachait – Dieu sait pourquoi ? – son illustre ancêtre. Miss Delia finit enfermée dans une maison de déments, mais l'idée qui l'avait hantée avait fait son chemin... et quelques ravages.

Mes pensées me ramenèrent alors vers la belle forêt d'Arden, dans ce comté de Warwick au cœur de l'Angleterre, où vivait à l'époque élisabéthaine, de fêtes en fêtes, en son château de Kenilworth, Leicester, favori de la reine. Là, au pays de Shakespeare, à

Stratford-upon-Avon, les bords de la rivière étaient jalonnés de saules et de peupliers, les jardins étaient plantés de thym, de romarin et de lavande, les gazons étaient tendres et les maisons à pignon. Une histoire d'enfance avait marqué l'auteur des tragédies, au point qu'il rendit plus tard célèbre, dans le monde entier, le nom de la victime de ce fait divers : la triste fin d'une jeune fille, Charlotte Hamlet, trouvée noyée dans l'eau verte de l'Avon. L'enquête avait conclu à son suicide et le motif découvert : désespoir d'amour. Le curé avait refusé les funérailles religieuses. Mais les parents soutenaient qu'il s'agissait d'un accident. Ils affirmaient que si Charlotte était tombée, c'était en voulant recueillir les nénuphars au fil de l'eau. Le vieux poète chenu, dont l'amour des métaphores était sans limites, m'incitait à me demander quel rapport il pouvait y avoir entre cette ténébreuse affaire et la naissance du personnage d'Ophélie, l'héroïne d'*Hamlet*, l'esprit égaré des fleurs, qui erre hiératique et morte, ses cheveux s'effilochant sous l'eau. Je ne pouvais m'empêcher de rapprocher cette parabole britannique du suicide de la jeune fille de la Seine que m'avait conté Monsieur Claret. Moi aussi j'avais ma noyée. Et le souvenir du visage violet de ma bien-aimée coincée dans l'écluse me frappait de plein fouet.

CHAPITRE 48

La mort de Léonard

Que reste-t-il de Léonard qui a rendu l'esprit au manoir du Cloux le 2 mai 1519 ? A Amboise le comte de Paris, ultime propriétaire du château royal, savait que ses ossements y étaient ensevelis sous son buste dans un bel ensemble de verdure et son crâne enfoui sous les dalles de la chapelle Saint-Hubert. Mais l'Histoire nous apprend que les morts parfois poursuivent leur migration secrète. Alors qu'il avait été inhumé, selon ses volontés, dans la crypte de l'église Saint-Florentin du château d'Amboise, celle-ci est dévastée pendant les guerres de Religion qui ont encore le goût amer des confitures de sang. Les tombes furent profanées, saccagées, piétinées. Les rumeurs de l'Histoire murmurent que les cercueils de plomb auraient été fondus pour fabriquer des canons. Mais ce n'est pas assez. Le début de l'Empire signera la démolition d'une grande partie de cette forteresse enchantée jusqu'à ce que son église disparaisse en 1808.

Alors dans la survie du génie intervient l'état de grâce. Comment un esprit supérieur, ayant rejoint les cieux, ne jouirait-il pas d'apprendre ce que sont devenus ses restes humains ? Un historien raconte : « Les enfants venaient jouer avec les dépouilles des morts. Les crânes et les tibias n'étaient plus que les instruments du jeu dans une partie de boules et de quilles. » Comme Léonard, qui repose en paix, aurait aimé l'idée de ce divertissement post mortem seulement dédié à la joie des enfants ! Recréer par ce que l'on a laissé derrière soi sur cette terre l'enjouement des innocents, n'est-ce pas pour un grand philosophe un des privilèges du dépassement ? A la fin du XIXe de nouvelles fouilles permettent de localiser le célèbre suaire, sous le soleil du mois d'août, les ouvriers découvrent au bout de leur pioche le squelette présumé de Léonard de Vinci ainsi qu'un cœur de plomb pesant 1,850 kg qui leur paraît être celui du génie italien et le crâne d'un septuagénaire « magistralement dessiné pour et par l'intelligence, harmonieux, indiquant la perfection » comme le note Arsène Houssaye, inspecteur général des Beaux-Arts. L'historien, engagé dans cette course à la ressemblance, ne peut s'empêcher de comparer ce crâne avec le portrait à la sanguine de Turin. Dans la terre fraîchement remuée, apparaissent des indices probants, notamment, au milieu de cheveux blancs jaunis, un écu d'argent à l'effigie de François Ier et sur des fragments de dalles ces mots gravés dans la pierre « Léo Vint » et en lettres gothiques du XVIe siècle « EO DVS VIN », que l'héritier des rois de France se plaisait à traduire ainsi : Léonardvs Vincius.

Les ossements ont la vie dure, le séjour des morts les conserve ; après avoir été attribués à Léonard, voici qu'ils sont soigneusement conservés durant une dizaine d'années dans la tour Heurtault du château, qui est devenu alors propriété de l'Etat. L'esprit de Léonard est toujours en balade. Son crâne est transporté pour être offert à l'observation de Napoléon III qui pense à un moment rendre les restes du Vinci à cette Italie à laquelle il est tant attaché. Est-il vrai que les derniers vestiges terrestres du peintre se seraient enfin immobilisés car on les a déposés dans un coffre coulé dans le sol de la chapelle du château royal d'Amboise ? Mais avec Léonard, que savoir ? Il ne part jamais sans laisser de message. Celui qui a posé à foison des points d'interrogation a la courtoisie de nous offrir aussi des affirmations : « Alors que je croyais encore apprendre à vivre, déjà j'apprenais à mourir. » Il n'est pas de ces êtres qui redoutent la mort, il l'a toujours considérée comme l'achèvement harmonieux d'une existence bien remplie et puis il clame sa conviction : nul être ne va au néant. Dix-huit mois avant sa mort, il organise encore les fêtes de la cour. Les paysages de la Touraine avec leur astre atténué par la brume légère du fleuve ont donné à l'artiste vieillissant la douceur de vivre en récompense. Il ne se plaint jamais et il espère encore : « Meurs et deviens dans ce qui survit de ton œuvre. »

Vasari fit en 1550 le récit de la mort du Maître : « Comme il ne tenait plus debout, il se fit soutenir par ses amis et serviteurs pour recevoir pieusement le saint-sacrement hors de son lit. Le roi survint, qui avait coutume de lui rendre souvent d'affectueuses visites. Avec déférence, Léonard se redressa sur le lit, expliquant sa maladie et ses manifestations, et déclarant combien il avait offensé Dieu et les hommes en ne travaillant pas dans son art comme il aurait dû. Vint un spasme avant-coureur de la mort ; le roi se dressa, lui prit la tête pour le soutenir et lui manifester sa tendresse en soulageant sa souffrance. Comprenant qu'il ne pouvait recevoir plus grand honneur, cet être d'essence divine expira entre les bras du roi. »

Certains contestent l'authenticité de ce récit de Vasari. On peut les comprendre d'abord parce que le texte de Vasari est fondé sur les témoignages de la tradition orale puisque ce dernier n'avait que huit ans à la mort de Léonard. Ensuite parce qu'ils avancent pour principal argument qu'au moment du décès, François Ier se trouvait à Saint-Germain-en-Laye où il célébrait alors les fêtes du baptême de son second fils Henri duc d'Orléans. Enfin parce qu'un peu plus de trois siècles plus tard, cette thèse est renforcée par l'érudit Jean de Laborde découvrant un édit royal établi et enregistré à Saint-Germain-en-Laye le 3 mai 1519. On suppose alors que, compte tenu des délais de route, François Ier n'a pu être matériellement auprès de son protégé au moment où il rendit l'âme le 2 mai à Amboise puisqu'il signait un parchemin le lendemain de la mort du Vinci à Saint-Germain. A quoi un autre chercheur, non moins érudit, Aimé Champollion, objectera, quelques années plus tard, que l'acte du 3 mai ne porte que la signature du chancelier « de par le Roy », et non le paraphe de François Ier. La discussion n'est pas close. Certains pensent que le souverain a pu signer le document antérieurement. D'autres font confiance à sa capacité royale de cavalier d'exception pour galoper au-devant de l'ami menacé par la mort. Ma mère avait fait le calcul qu'en changeant de monture toutes les sept lieues le roi aurait pu, en une chevauchée fantastique, de jour et de nuit, parvenir à temps à Amboise avant le dernier soupir du génie. En matière d'exploit équestre, il a peu de rivaux et en plus, il est coutumier du fait. François Ier est à la chasse à Chantilly quand il apprend que Louise de Savoie, sa mère, est mourante à Fontainebleau. Aussitôt il part au grand galop, tue deux chevaux sous lui et parvient in extremis au chevet de sa mère.

C'est pour le comte de Blacas que Jean Auguste Dominique Ingres peignit le tableau devenu fameux : *François Ier mécène recevant les derniers soupirs de Léonard de Vinci.* On y voit l'élan du roi saisissant le corps exsangue de Léonard. Ingres s'est inspiré pour représenter le souverain du *Portrait de François Ier de profil* par

Titien. Avant cette scène fixée par Ingres en 1800 et devenue légendaire, le peintre Giuseppe Cades avait mis en scène la mort de Léonard avec les gloires de la peinture : Cellini, Andrea del Sarto, Rosso Fiorentino, dans un tableau datant de 1780. La troisième toile inspirée du même thème est de Ménageot et on peut l'admirer au musée de la mairie d'Amboise, et la quatrième est signée de Gigoux, cet artiste qui succéda à Honoré de Balzac dans le lit de la comtesse Hanska.

Souvent au Clos-Lucé j'ai collé mon oreille à la terre pour savoir où était la vérité. Est-ce que j'entendrais les échos de la course effrénée du cheval, éperonné à mort par le roi son maître ? Etait-il passé devant la tour octogonale de brique et de pierre, ce cavalier intrépide et fastueux ? Seul le retentissement des sabots sur le pavé aurait pu me donner la réponse. Malheureusement je ne l'ai pas entendu. En revanche, de la mort de Léonard il m'est resté l'inoubliable image : celle d'un groupe de mendiants, lors de l'enterrement. Leur apparition est foudroyante ; précédant le cortège funèbre, ils s'avancent en plein jour portant des flambeaux. Leurs vêtements sont en lambeaux ou rapiécés par endroits, leurs visages sont hâves et leurs cheveux longs filasse. C'était la volonté de Léonard qu'ils soient les derniers à l'accompagner. Il a voulu être escorté jusqu'à la fin par la lumière des pauvres.

L'absence ne serait-ce que ce tissu flou de bouffées de présence qui vous reviennent par morceaux déchirés et uniques, par bribes détachées les unes des autres et appartenant pourtant à une même étoffe ? Léonard me manquait à cause de sa grâce infinie, il était parti avec elle comme un archange avec ses vastes ailes. Ce dont j'étais le plus privé, c'était des instants idéalisés de sa vie d'antan. Je les percevais dans ses apparitions, le son de sa voix m'en enseignait les volutes. Quand quelqu'un est parti, ce qui s'impose, ce sont les souvenirs de ces instants qui paraissent intacts parce que sculptés dans le Temps, arrêtés et encore ciselés par le moment qui bouge.

Il semblait que d'emblée les contemporains de Léonard de Vinci avaient admis et reconnu en sa personne le miracle de la nature. Leur idéal humain, c'était lui, capable de comprendre le monde mais en ayant suffisamment pénétré les secrets pour à son tour le métamorphoser, le réinventer et lui faire atteindre par l'art une perfection à fois humaniste et esthétique. Et s'il s'était absenté, c'était pour mieux revenir en force avec la subtilité de sa grâce, les pavillons de son pouvoir. Il possédait cette beauté physique « au-delà de tout éloge ». Il joignait à tous ses gestes « une grâce plus qu'infinie » et ainsi l'on voyait son cœur d'une royale magnanimité. Cette absence prolongée dénudait ses vraies vertus, dévoilait l'harmonie supérieure en laquelle il s'incarnait. Il était loin mais soudain si visible dans sa manière d'être : « La splendeur qui rayonnait de ses traits merveilleux rassérénait toute âme triste ; son discours infléchissait dans un sens ou dans un autre les volontés les plus obstinées. Cet esprit doué par Dieu de tant de grâce infuse possédait une si terrible vigueur de raisonnement étayée par l'intelligence et la mémoire, ses mains grâce au dessin savaient si bien exprimer sa pensée, qu'il dominait et confondait par ses argumentations les talents les plus vigoureux. Il avait une conversation si agréable qu'il attirait tous les cœurs. A peu près sans fortune et travaillant irrégulièrement, il eut toujours des serviteurs, des chevaux qu'il aimait beaucoup et toutes sortes d'animaux dont il s'occupait avec intérêt et une patience immenses. Sa force domptait les plus violentes fureurs ; sa main droite tordait le crayon d'une cloche murale ou d'un fer à cheval, comme s'ils étaient de plomb. Dans sa libéralité, il accueillait et nourrissait tout ami, riche ou pauvre, qui avait du talent et du mérite. Chacun de ses actes était l'ornement et l'honneur de la demeure la plus humble et la plus dépourvue. »

L'homme qui résidait dans notre maison avant de nous habiter tout entier est un ouvreur de tombes. Et même son ultime pensée est un laconique chef-d'œuvre : « Je continuerai. » Ce mot splendide restera comme gravé sur son passage terrestre. Il a confiance dans la mission de l'artiste. Il place très haut sa considération pour la création. Au plus haut : « L'esprit du peintre se transfigure à l'image de l'esprit divin. » Quand il s'est éteint à Amboise dans la foi de son baptême ayant reçu les sacrements de l'Eglise, Léonard de Vinci avait déjà prononcé depuis longtemps le mot de la fin : « Comme une journée bien remplie donne joie à dormir, ainsi une vie bien dépensée donne joie à mourir. La vie bien employée est toujours assez longue. »

CHAPITRE 49

Le Codex retrouvé

Sachant qu'il n'était plus de ce monde, qu'il n'allait pas revenir, mais qu'il n'était pas parti, je me rendis dans la chambre de Léonard, mort à l'âge de soixante-sept ans. Pour la première fois, je refermai derrière moi la porte à clé car je savais maintenant que les miroirs sont des portes par lesquelles les morts vont et viennent. Je me sentais enfin libre et j'attendais sans crainte que le grand vieillard veuille bien m'adresser derrière la glace le signe de sa présence. Sur sa table de travail, il avait laissé ce désordre qui est le délice de l'imagination : les livres ouverts, les dessins et les instruments éparpillés. Il connaissait enfin la plénitude de la lumière et avait rejoint celui qu'il appelait « l'Opérateur de tant de choses merveilleuses ».

J'aimais cette lueur argentée du soir qui traversait la pièce d'un trait brillant comme la lame d'une épée scintillante dans la nuit. J'allumai les deux torches de part et d'autre de la cheminée et cela non plus, je n'avais jamais osé le faire auparavant. L'obscurité était chassée, tout apparaissait en relief caressé par les rebondissements de la lumière : c'était la première fois que je prenais le temps d'examiner ces objets : un coffre à bijoux de cuir, un diptyque d'émail représentant une crucifixion, un pichet d'étain, une aiguière en grès allemand de Westerwald, et un christ du XVIe siècle incrusté de nacre et d'ivoire. J'avais à lui parler. Je grimpai sur le lit de Léonard et m'étendis sur le velours cramoisi. En principe, c'était le signal et il était rare qu'il se fît attendre. En revanche, ce n'était jamais lui qui parlait le premier. Il fallait se dévoiler en prononçant la première question :

« Pourrais-je revenir ici demain pour comprendre où est dissimulé dans la pièce ce trésor que je cherche : la source du savoir ? On m'a dit que vous auriez laissé ici, au Clos-Lucé, ce carnet si précieux où les trois dernières années de votre vie vous avez consigné vos maximes et vos pensées : le Codex du Cloux. »

La réponse de Léonard ne se fit pas attendre :

« C'est lorsque tu seras seul que tu t'appartiendras tout entier.

— Quelle est pour vous la meilleure façon d'atteindre l'excellence ?

— Un chef-d'œuvre, c'est un manuel pour apprendre à mourir. »

Désormais je savais que ce que je cherchais n'était pas loin d'ici. Arabelle m'avait mis sur la voie en me disant : « Si c'est ton rêve, va le chercher là où tu rêves. » Et l'évidence s'imposa à moi : là où je rêvais le plus, c'était dans la chambre de Léonard. Il y avait toutes les chances pour que le Codex perdu soit enfermé dans ce cabinet italien incrusté d'ivoire et d'ébène, proche du lit du maître, qui m'avait toujours fasciné par sa marqueterie sombre crevée d'éclats immaculés comme des étoiles dans la nuit. Je savais que par un mécanisme secret on pouvait l'ouvrir. Je commençai par m'attaquer en vain à la serrure à moraillons. Après cet échec, je décidai donc de manipuler, les uns après les autres, tous les éléments de sa décoration et même les colonnettes torsadées qui ouvraient de petits tiroirs à secrets verticaux, afin de tenter de découvrir la combinaison idéale. J'y passai plusieurs heures, en me disant que peut-être d'autres y avaient passé plusieurs siècles. Mais je n'y parvenais pas et mes mains devenaient fébriles à force de tâtonner sans succès. Je décidai d'employer les grands moyens et me dis que c'était peut-être l'occasion d'utiliser enfin le matériel de menuisier que m'avait offert mon père, en même temps que cet établi, le jour de mon anniversaire. Je descendis chercher les outils tranchants, nécessaires à forcer les cachettes du cabinet à secrets. Une fois remonté dans la chambre de Léonard, je m'étendis à même le sol, sous le cabinet italien dont le coffre principal au panneau sculpté résistait. J'étais décidé à tout pour connaître les maximes humanistes dont on m'avait dit qu'elles constituaient l'essentiel de la réflexion supérieure contenue dans le Codex du Clos-Lucé. Et alors que, étendu sous le cabinet, je commençais à scier la planche qui lui servait de fond, je fus saisi d'un rire nerveux. Je venais de penser à cette phrase idiote mais qui nous amusait tant dans la cour du collège : « C'est en sciant que Léonard devint scie. »

J'entrai peu à peu dans un processus magique, en cette fin de matinée. La sciure de bois tombait sur mon visage comme une petite pluie sèche, provoquant sur mon épiderme un picotement de satisfaction. Est-ce que le plus élégant des coffres de bois noir pouvait recéler six mille pages de dessins et de notes, debout dans la chambre de la sagesse ? En pensant que nul n'avait pu lire ce codex perdu depuis des générations, je me dis que si un écrivain accomplissait son œuvre peu lui importait de réussir sa vie. Je me dis aussi que le pire serait sans doute de finir au seuil de la vérité sans l'avoir connue, de mourir sur la brèche de l'intelligence.

Quand la planche enfin céda sous la morsure de la scie, le Codex me tomba sur le visage comme une masse molle et souple. Mais le choc fut immense.

Ici, dans cette chambre Léonard acheva son testament le 23 avril 1519, laissant ses livres, ses notes et ses dessins à son disciple bien-aimé Francesco de Melzi. Considérant « la certitude de sa mort et l'incertitude de son heure », il offrit son âme à Dieu. Ici, où mon père m'avait recommandé d'aller dormir dans le lit du maître parce que c'était un nid à idées, j'ai découvert un dimanche le Codex du Cloux. Qu'allais-je faire maintenant de cette somme fabuleuse ? Léonard de Vinci nous avait laissé l'enseignement suivant : toute connaissance découle de ce qu'on ressent. Pour lui « Inventer, c'est reproduire ». Et enfin, il dit encore que si réfléchir est une œuvre noble, réaliser est un acte servile.

Alors, après cette découverte phénoménale, j'avais rangé fiévreusement les instruments de mon méfait et balayé la sciure afin que nul ne se doute jamais de ce qui était advenu. Tout de suite, je n'avais eu qu'une idée : me réfugier dans la chambre aux pommes. J'y restais des heures entières à lire, à relire et à apprendre par cœur l'art de se conduire dans la vie, vu par Léonard :

Du corps humain

Si cette dépouille extérieure de l'homme te paraît merveilleusement ouvragée, considère qu'elle n'est rien, auprès de l'âme qui l'a formée. En vérité, quel que soit l'homme, c'est toujours quelque chose de divin que l'homme incorpore. Notre corps est au-dessous du ciel, et le ciel est au-dessous de l'esprit.

De l'irréductibilité divine

Ils veulent embrasser l'Intelligence de Dieu en qui l'univers est inclus et la peser et la diviser à l'infini, comme pour l'anatomiser !

Du doute métaphysique

Il me paraît que vaines et pleines d'erreur sont les sciences qui ne naissent pas de l'expérience, mère de toute certitude, et qui n'aboutissent pas à une notion expérimentale, c'est-à-dire que ni leur origine (principes), ni leur milieu (la méthode), ni leur fin (vérification) ne passent par aucun des cinq sens. Si nous doutons des choses qui passent par les sens, combien nous devrions douter plus encore de ce qui concerne les choses rebelles à ces sens, comme l'essence de Dieu, l'âme et autres questions similaires, sur lesquelles toujours on dispute et on conteste.

De l'image et de la lumière

Que les figures, que les couleurs, que toutes les espèces des parties de l'univers soient réduites à un point : quelle merveille que ce point !

L'air est rempli de pyramides aux droites rayonnantes qui partent de tous les points des corps lumineux.

Plaise au Seigneur, lumière de toutes choses, de m'éclairer, pour que je traite dignement de la lumière.

De la vérité

La vérité a une telle excellence qu'en louant les petites choses elle les rend nobles.

Les sens sont terrestres, et la raison se tient en dehors d'eux quand elle contemple.

Il faut contempler; il faut penser : Qui pense peu se trompe beaucoup.

Du doute scientifique

Fuis les préceptes de ces spéculateurs, dont les raisons ne sont pas confirmées par l'expérience.

Fuis l'étude dont l'opération meurt avec son opérateur.

Des mathématiques

Qu'il ne me lise pas, celui qui n'est pas mathématicien; car je le suis toujours dans mes principes.

Des principes de vie

Le créateur ne crée rien de superflu ou d'imparfait.

Nul labeur ne parvient à me fatiguer.

Je ne me lasse jamais d'être utile.

La modération réfrène tous les vices.

L'hermine préfère la mort à la souillure.

A l'épreuve nous reconnaissons l'or pur.

Tel moule, tel moulage...

Prends conseil de qui se gouverne bien.

Pense bien à la fin, considère en premier lieu la fin.

Pauvre élève qui ne surpasse son maître.

Belles choses mortelles passent et ne durent pas.

Les obstacles ne peuvent me ployer.

Tout obstacle cède à l'effort qui règle sa course sur une étoile qui ne change pas.

Qui souhaite s'enrichir en un jour est perdu dans un an.

De l'amour

Celui qui aime reçoit son mouvement de l'être aimé.
Ensemble ils s'unissent et ne font plus qu'un même objet.

De la pauvreté

Ne me méprise pas tant ! Je ne suis pas pauvre. Pauvre est plutôt celui qui désire beaucoup de choses.

Des conseils utiles

Demande conseil à qui se corrige lui-même.
Aucun conseil n'est plus loyal que celui qui se donne sur le navire en péril.

De l'amitié

Reprends l'ami en secret et loue-le en public.

Des ennemis

Les menaces sont les seules armes du menaçant. Quand on a envie de nuire et qu'on le peut, on ne menace pas.

Du travail

Toi, ô Dieu, tu vends tous les biens aux hommes au prix de l'effort. Mais la vie est bien courte pour ce marché.

La vie bien remplie est longue. Elle sera donc fructueuse.

O dormeur! qu'est-ce donc que le sommeil? Il ressemble à la mort. Pourquoi donc n'accomplis-tu pas une œuvre qui te donne, après la mort, un air de vie parfaite, toi qui, vivant, te fais par le sommeil semblable aux tristes morts?

De la prudence

Ne pas prévoir, c'est déjà gémir.

De l'habitude

Un vase brisé – il s'agit d'un vase de terre – un vase brisé peut se raccommoder s'il est cru; mais non s'il est cuit.

Du bien et du mal

Il y a du mal qui ne me nuit pas ; il y a du bien qui ne m'avantage pas.

Le mal est notre ennemi ; mais ne serait-il pas pire qu'il fût notre ami ?

Du vrai sens de la vie

Aux ambitieux qui ne se contentent pas du bénéfice de la vie ni de la beauté du monde, il est imposé pour châtiment qu'ils ne comprennent pas la vie et restent insensibles à l'utilité et à la beauté de l'univers.

Toute notre connaissance a son principe dans les sens.

L'âme désire rester unie à son corps, parce que sans ces instruments organiques de ce corps, elle ne peut ni agir ni sentir.

Au bout de sept jours, m'étant enfermé à clé dans la chambre aux pommes, je m'étais imprégné de la richesse de ses sentences et je les savais désormais par cœur.

C'était la veille de Noël. Maurice avait préparé une monumentale flambée dans la haute cheminée de la salle des gardes. Le soir alors que les préparatifs de la fête autour de la crèche et du sapin avaient réuni tous mes frères auprès de ma mère, je ne parvenais pas à partager leur joie. Ma décision était prise. Afin de demeurer le seul détenteur de la sagesse de celui dont j'habite la maison et qui à son tour m'avait habité tout entier, j'avançai vers le brasier en tenant serré contre ma poitrine le codex retrouvé et attendant que les hautes flammes s'apaisent, dans la nuit, je le jetai au feu.

Le lendemain matin, quand est venue l'heure de la distribution des cadeaux, chacun s'est précipité sur son soulier pour découvrir au pied de la cheminée les témoignages concrets de l'amour qui lui étaient dispensés. Moi, je n'avais jeté qu'un regard distrait sur mes présents. Ce qui fixait toute mon attention c'était cette masse grise de la cendre du codex, relevée par quelques braises mourantes.

Un seul morceau du manuscrit n'avait pas complètement brûlé et j'ai pu y lire, alors, au milieu de la poudre du temps détruit, cette ultime pensée du Vinci, comme un message qui m'était destiné : « Ecris, ce qu'est l'âme ! »

CHAPITRE 50

Le rêve de Venise

Mon père est mort. L'enterrement a eu lieu à l'église Saint-Denis d'Amboise. A la fin de la messe, ses sept fils portent le cercueil. Tante Geneviève, l'artiste de la famille, la jeune fille aux yeux bleus qui a attendu trop longtemps le fiancé suédois qui n'est jamais revenu, a été frappée par cette image d'Epinal qui rappelait pour elle le temps des preux. Elle me l'a dit. Fratrie, chevalerie, cela me rappelait le souvenir du roi Jean le Bon, lors de la bataille de Poitiers. Avec ses deux fils à ses côtés au plus fort du combat, le prévenant des ruses et des coups d'estoc de l'ennemi : « Père, gardez-vous à droite ! Père gardez-vous à gauche ! » Cette image c'était mon rêve. J'aurais tant voulu guerroyer à ses côtés, lui montrer que moi aussi je pouvais être brave. Mon rêve. Je me souviens de cette phrase notée dans mon carnet vert. Celle du prince de Ligne s'adressant à son fils alors qu'ils chevauchaient de concert botte à botte avant la bataille : « Il serait joli que nous ayons ensemble une petite blessure. » La vie ne m'avait pas donné cela. Et pourtant c'était mon rêve. Partager avec lui plus que la vie : le péril. Le protéger des coups et m'avancer pour en donner au-devant de lui. Offrir le premier le baiser au danger. Et puis, en sa présence, être ce dont il avait rêvé pour nous : des gens de bien. Lui dire qu'il ne s'était pas trompé dans son pari. Que pour cela au moins nous étions selon sa volonté. Mais même quand mon père est mort, je n'étais pas encore prêt à lui parler. Il m'a fallu vingt ans. Et j'ai fait deux songes.

Ancien élève de l'Ecole nationale d'administration, juste après la guerre, il travaillait au ministère des Finances, alors rue de Rivoli. Le soir il rentrait tard du cabinet du ministre. Il était si sérieux dans son travail et si grave dans sa vie, si respectueux de l'Etat, si soucieux de bien faire. Au niveau le plus haut il voyait bien le jeu des ambitions, mais son credo à lui c'était l'honnêteté et son bonheur tricolore c'était servir. Il n'avait pas gardé du ministère le plus gai des souvenirs, c'était un lieu sévère aux façades noircies ; celles du palais du Louvre, majestueux et sinistre. Je ne suis allé qu'une seule fois à son bureau. Je me souviens de la secrétaire déférente, de ses collègues aux airs glacés et de sa réserve à lui. Voir mon père ailleurs, dans un cadre solennel, c'était un peu comme si je l'avais surpris dans sa classe de l'école des grands.

Au fond je le pensais lointain. Peut-être qu'il ne l'était pas. J'ai toujours rêvé de me rapprocher de lui. D'où ce songe ancien dont je me souviens. Mon père et moi nous sommes assis par terre sur le trottoir, sous les arcades de la rue de Rivoli, en face du ministère des Finances. Nous disposons d'un beau matériel pour ce que nous avons à faire. Une boîte noire en bois brillant, longue et rectangulaire, avec des petits tiroirs contenant toutes sortes de brosses, de chiffons et de cirages, surmontée d'un marchepied. Nous cirons les chaussures des passants qui le veulent bien. Dans une petite soucoupe, ils nous laissent une obole. C'est moi qui répands la cire, noire, marron ou jaune clair, sur la chaussure qui se présente, sans lever les yeux. Auparavant, j'ai passé soigneusement le chiffon sur le soulier. Et puis le geste le plus important, brosser, faire briller, bien sûr je le laisse à mon père. Les affaires ne marchent pas si mal. Nous brossons sans fatigue et nous cirons sans peur. Nous faisons humblement briller le soleil sur les pieds. Nous avons trouvé l'état idéal. C'est si simple d'être heureux et me voilà comblé par cette situation divine. Enfin je suis seul avec lui. Enfin il n'est qu'à moi. Il est toujours le même, dignité souriante, tranquillité majestueuse, courtoisie exquise. C'est un homme sans servilité, indifférent aux fausses apparences. C'est un grand seigneur qu'aucune humble tâche ne répugne. C'est ainsi que je le connais, si heureux d'être à ses côtés dans ce qu'on appelle le dénuement et qui pour moi, ce jour-là, ou plutôt dans la nuit de ce rêve-là, représente la joie.

Le second rêve est définitif. Depuis la mort de mon père, j'attends qu'il revienne. Je suis en quête de lui sans vraiment le chercher et les années passent. Et puis, un jour, me promenant dans la Sérénissime où était venu Léonard de Vinci, je tombe sur lui assis au bord du canal, sur le quai des Esclavons. C'est le rêve de Venise. J'ai retrouvé mon père mais ce n'est pas tout à fait le même. C'est lui mais jeune homme, tel que je ne l'ai jamais connu, mais tel que je peux l'identifier car j'ai vu beaucoup de photos de lui à cette époque. Des photos de fiancé dont ma mère était si fière, fixées par le studio Harcourt après la guerre, avec sur sa chemise kaki les décorations du jeune lieutenant. Ou alors, les clichés représentant cet étudiant de l'Ecole libre des sciences politiques, cigarette au bec, avec son air rêveur, ses lunettes d'appliqué, ses cheveux en arrière plaqués comme le voulait l'élégance de l'époque, où il ressemblait à Guy de Larigaudie avec ce même style de *gentleman chrétien.* Quand je le reconnais, stupéfait qu'il soit jeune, je m'assois à côté de lui, les jambes ballantes au-dessus de l'eau couleur d'encre. Je lui demande de revenir à la maison. Je lui dis que nous l'espérons et que ses enfants ont grandi en faisant à peu près ce qu'il attendait d'eux. Ce n'est pas qu'il soit indifférent, mais il ne répond pas. Il regarde les flots sombres et dans le lointain la brume de Venise. Non il ne parle pas, il ne se tourne pas vers moi. Et pourtant il est là, jeune, de profil, élégant, détaché, immatériel, toujours le même. C'est mon père. Je lui demande pourquoi il est parti. Est-il mieux là où il est maintenant ? Il ne me répond pas. Je lui demande encore de revenir à la maison et j'ose le supplier mais sans forcer la note car je sais son art d'être un aristocrate et sa manière d'être un diplomate, lui qui disait toujours : « Le mieux est l'ennemi du bien. » Je voudrais le ramener de ces rivages de la mort sur le Grand Canal, jusqu'à l'appartement de Paris. Sa tête fait signe que non. Est-ce qu'il n'a pas été heureux avec nous, est-ce que l'au-delà est un tel paradis, est-ce la vraie raison ? Sa tête fait signe que non. Je ne vais pas insister, il faut le laisser là. Il faut se lever, partir, marcher encore dans Venise, sur les quais. C'est ce qu'il veut peut-être ? Vingt ans que j'attends ce rendez-vous qu'il ne m'a pas donné. C'est déchirant. C'est insoutenable. Et pourtant Léonard de Vinci m'avait prévenu : « Si tu veux être écrivain, sépare le verbe de la chair. »

Ce jour-là oui, devant les eaux mortes
et son souvenir vivant, oui, j'ai pleuré.

Au Clos-Lucé, le 26 janvier 2005.

TABLE

Cet ouvrage a été imprimé par la
SOCIÉTÉ NOUVELLE FIRMIN-DIDOT
Mesnil-sur-l'Estrée
en mai 2005

et relié
aux Établissements Brun
à Malesherbes

Édition exclusivement réservée aux adhérents du Club
Le Grand Livre du Mois
15, rue des Sablons
75116 Paris
réalisée avec l'aimable autorisation des éditions Grasset

Imprimé en France

Dépôt légal : mai 2005
N° d'impression : 73204
ISBN : 2-286-00166-9